解读文字来自于教师的思考和课堂教学指导的实践

NA HAN JIE DU

《呐喊》解读

苏建忠　主编

伴随着课程改革的深入，学生阅读文学名著的热情越来越高，遇到的问题也越来越多，有些同学在某些名著的阅读中还存在着比较大的困难。

本书就是针对学生在《呐喊》一书的阅读中存在的各种问题进行课堂阅读指导的结晶。

九州出版社

JIUZHOUPRESS

图书在版编目（CIP）数据

《呐喊》解读／苏建忠主编 . －－北京：九州出版社，
2017. 12

ISBN 978－7－5108－6520－6

Ⅰ.①呐⋯ Ⅱ.①苏⋯ Ⅲ.①鲁迅散文—散文集②鲁迅
小说—小说集③鲁迅著作—文学研究 Ⅳ.①I210.2②I210.97

中国版本图书馆 CIP 数据核字（2018）第 011705 号

《呐喊》解读

作　　者　苏建忠　主编

出版发行　九州出版社

地　　址　北京市西城区阜外大街甲 35 号（100037）

发行电话　（010）68992190/3/5/6

网　　址　www. jiuzhoupress. com

电子信箱　jiuzhou@ jiuzhoupress. com

印　　刷　三河市华东印刷有限公司

开　　本　710 毫米×1000 毫米　16 开

印　　张　15

字　　数　195 千字

版　　次　2018 年 3 月第 1 版

印　　次　2018 年 3 月第 1 次印刷

书　　号　ISBN 978－7－5108－6520－6

定　　价　45.00 元

编委会

主　编　苏建忠

编　者　贲　鎏　邓长生　李香阁
　　　　刘　姝　苏建忠　王　青
　　　　王双远　杨　敏　杨文慧
　　　　尹　莉　张　磊　张凌云
　　　　张英华
　　　　（以汉语拼音为序）

顾　问　李树方

前　言

　　阅读文学名著是高中生语文学习中的一项重要任务。《普通高中语文课程标准（实验）》规定：必修阶段"课外自读文学名著（五部以上）及其他读物，总量不少于 150 万字"。伴随着课程改革的深入，学生阅读文学名著的热情越来越高，遇到的问题也越来越多，有些同学在某些名著的阅读中还存在着比较大的困难。

　　本书就是针对学生在《呐喊》一书的阅读中存在的各种问题进行课堂阅读指导的结晶。所有问题来源于学生，所有的解读文字来自于教师的阅读积累、思考和课堂教学指导的实践。

　　全书按《呐喊》一书所列篇目进行编排。每篇解读文章分为三部分，一是"学生之问"，是对学生阅读《呐喊》一书时提出的各种问题的归纳；二是"阅读指要"，是教师指导学生阅读该篇作品的实践中总结出的有效方法；三是全文"解读"，是教师就着高中生的水平，围绕学生的主要问题对原文进行的深入浅出的解说。为了读者阅读的方便，将鲁迅先生的原文列于解读之前，并就阅读中可能遇到的字词、时代背景、知识文化背景等问题进行尽量详细的解释。

  本书由北京市语文特级教师李树方老师指导，苏建忠老师策划并组织编写，所有编写者均为教研员或一线教师。在编辑过程中，文字资料部分虽尽最大努力标出作者姓名及出处，但仍难免有遗漏；所有参考文献也都是为学生专题学习之用，谨向所有作者表示最诚挚的谢意！

  一部好的作品，应该内容系统，材料典型，具有引领性和伸展性，有利于学生研读；又应该编制精心，阐释深刻，思辨力强。这是我们的追求，实际效果却又离此目标远之又远。恳请各级领导、广大师生多多提出宝贵意见。

苏建忠

2017 年 10 月 30 日

目 录
CONTENTS

《狂人日记》解读

【学生之问】

1.《狂人日记》通篇在写什么？虽然文中的一个个汉字全都认识,但合在一起就不知所云了。

2.《狂人日记》的小序有什么作用？十三篇日记具有怎样的结构特点？

3. 我们应该如何理解狂人形象？鲁迅先生为什么选用狂人作为本文的主人公？

4. 怎样理解"大哥"的典型意义？

5. 为什么作品最后要发出"救救孩子"的呐喊？

6.《狂人日记》与鲁迅的其他小说比,具有怎样的艺术特点？

【阅读指要】

《狂人日记》这篇小说的主体内容是"狂人"的十三篇日记。要读懂这篇小说,需要明白这十三篇日记是由下面这四方面内容构成的。第一,只是为表现主人公"我"是一个"狂人"的内容。这些内容的特点就是语言"错杂无伦次",它们分布在十三篇日记之中,是我们阅读的最大障碍,可称为"障眼法"的内容,阅读时可忽略不计。第二,"我"和周围的人(赵贵翁、一伙小孩子、路上的人、何先生等等)及大哥的矛盾。这是这篇小说故事情节的主体内容。第三,"我"对周围的人以及以"大哥"为代表的家人的所作所为的思考。这是这篇小说的核心所在,是不断揭示主旨的地方,多数以"我想","照我自己想","凡事总须研究,才会明白"等词语为标志。第四,具有象征意义的人、物或事件。例如"古久先生","陈年流水簿子","廿年以前,把古久先生的陈年流水簿子,踹了一脚,古久先生很不高兴"等等。需要弄清它们的象征意义。

【原文】

某君昆仲①,今隐其名,皆余昔日在中学校时良友;分隔多年,消息渐阙②。日前偶闻其一大病;适归故乡,迂道③往访,则仅晤④一人,言病者其弟也。劳君远道来视,然已早愈,赴某地候补⑤矣。因大笑,出示日记二册,谓可见当日病状,不妨献诸⑥旧友。持归阅一过,知所患盖"迫害狂"之类。语颇错杂无伦次,又多荒唐之言;亦不著月日,惟墨色字体不一,知非一时所书。间亦有略具联络者,今撮录一篇,以供医家研究。记中语误,一字不易⑦;惟人名虽皆村人,不为世间所知,无关大体,然亦悉易去。至于书名,则本人愈后所题,不复改也。七年四月二日识⑧。

【注释】①昆仲:称人兄弟的敬词。长曰昆,次曰仲。②阙:通"缺"。③迂道:绕道。④晤:相遇,见面。⑤候补:清代官制,通过科举或捐纳等途径取得官衔,但还没有实际职务的中下级官员,由吏部抽签分发到某部或某省,听候委用,称为候补。⑥诸:兼词,相当于"之"和"于"。⑦易:换,更改。⑧识(zhì):记。

【译文】

有兄弟二人,现在不说他们的名字,都是我从前在中学时的好朋友;因分隔了多年,他们的消息渐渐地没有了。日前偶然听说他们中的一个得了一场大病;刚好我回到故乡,就绕道去探访,只是仅见到一个人,他说得病的是自己的弟弟。他还说劳烦你远道来探访,但是他的病早已经好了,已经到某地去做候补了。于是他大笑,拿出两册日记来,说(通过这些日记)可以知道他病时候的样子,不妨将它送给你。(我)拿回去看过一遍,知道他患的大概是"迫害狂"这类的病。日记的表达很是错杂无章,又有很多荒唐的说话;也不标明日期,只是墨色和字体前后不一样,以此知道不是一下子写成的。日记中间或也有能关联在一起的内容,现在我就将它们聚合为一篇,来提供给医生进行研究。日记中的语句错误,一字也不改;只有人名,虽然全部是村里的人,不被世间的人知道,无关大体,但是也全部改变了。至于书名,则是日记作者本人病好时题的,就不再改动了。民国七年四月二日记。

【解读】

序言部分用文言写成。虽不能说是字字珠玑,但也做到了字无可改,句无可删。序文可分为三部分。

第一部分(某君昆仲……不妨献诸旧友):写我得到了朋友患迫害狂病时写的两本日记。"某君昆仲"四字,开门见山,交代了这篇小说的两个核心人物。"今隐其名"是小说的常见笔法,意在告诉读者,不要好奇去索隐;又能增加故事的神秘性。"皆余昔日在中学校时良友",交代"我"和这兄弟二人的关系。因为是曾经的"良友",所以就有得到《狂人日记》的可能,实际又为正文所写故事情节的真实性和合理性作铺垫。"分隔多年,消息渐阙"这八个字既引出了下文的"日前偶闻其一大病"和"适归故乡,迂道往访",又避免了读者"既为良友,如何不知病情,如何不去探望"的疑问。"则仅晤一人,言病者其弟也",此一句避免了"我"与曾经的病人的直接接触,只由"哥哥"引出其人其事,使情节免生许多枝杈,笔法干净利落。"劳君远道来视",看似只是一句人之常情的表达谢意的话,与上文的"迂道往访"呼应,实际也是"出示日记二册"的理由之一。"然已早愈,赴某地候补矣",既交代了病者早已痊愈的结果,免去读者的担心,又暗示读者:下面的十三则日记中的主人公病前与愈后都不是一般人,于是也就会有那不一般的疯言疯语。"因大笑"有多重语意,一是从情理上写出了哥哥为弟弟的病愈而开心,二是从常理上写出了哥哥为弟弟的光明的未来高兴,三是为见到"我"这个久无音讯的老友而兴奋,于是才顺理成章地"出示日记二册,谓可见当日病状,不妨献诸旧友"。

第二部分(持归阅一过……以供医家研究):交代日记的内容及特点,不断强化十三则日记的真实性。"持归阅一过"为过渡语,使上下文连接自然。"知所患盖'迫害狂'之类",看似是在交代病的种类,实则是为正文的十三则日记内容进行逻辑上的铺垫:因为是患"迫害狂"之症,所以才会有那许多的疑心和猜想;因为这许多疑心和猜想,才会有诸如"从字缝里看出字来,满本都写着两个字是'吃人'"的振聋发聩的呐喊。"语颇错杂无伦次"是概括写出"迫害狂"日记的语言特点,又暗示读者阅读时可以忽略这些只为表现"迫害狂"病情的"障眼法"语句。"又多荒唐之言"表面是写作为"迫害狂"的日记内容的荒诞不经,实则暗示日记内容的可贵之处就在于这里的正话反说,同时又为本文的写作择清了责任——以防有关当局的文字狱——我写的这篇小说都是疯者的疯言疯语,我也认为它是"荒唐之言"啊。"亦不著月日",既是再次告知读者,这些日记只是"迫害狂"的疯言疯语,因为是疯者,自然不会如常规日记的日清月明;又是在暗示读者:我这篇小说不是在写一时一地之人之事,是在写对整个封建社会所谓"仁义道德"的认知。正如阿 Q 之无名无姓,实际是暗示读者,我写的是整个的国民性啊。"惟墨色字体不一,知非一时所书",还是在佐证日记内容为疯者的疯言疯语,因为病非一日,且病情的轻重不同,所以日记的墨色字体当然会不一样。"间亦有略具联络者",表面是说从日记中可见当时的病情状况及其发展脉络,实则暗示读者下面的十三则日记是有其内在逻辑性的。"今撮录一篇,以供医家研究"依然是为防止文字狱的择清责任的障眼法的句子——下面的故事不要当小说来读,我的目的只是供医家研究。

第三部分（记中语误……七年四月二日识）：写"我"对日记的处理原则，再次强化十三则日记的真实性。"记中语误，一字不易"，既呼应上文的"语颇错杂无伦次"，又再次暗示读者下面十三则日记内容的真实性——不是我为吸引眼球而胡编的；"惟人名虽皆村人，不为世间所知，无关大体，然亦悉易去"，则呼应序文开头的"今隐其名"，其作用当然也如同"今隐其名"时的分析。"至于书名，则本人愈后所题，不复改也"则又再次强调故事的"真实性"——连"题目"都是疯者自己拟定的，所写内容可真是跟"我"没有一毛钱关系。"七年四月二日识"表明我这篇序文的写作日期。

总之，这篇序文是在强化一个迫害狂故事的真实性。为什么这样写？可借《红楼梦》的一句"假作真来真亦假"来说：这篇小说看似是疯人疯语的如实记录，实则是觉醒者的深情呐喊。

【原文】

一

今天晚上，很好的月光。

我不见他，已是三十多年；今天见了，精神分外爽快。才知道以前的三十多年，全是发昏；然而须十分小心。不然，那赵家的狗，何以看我两眼呢？

我怕得有理。

【解读】

以文言文形式所写的"序文"代表现实世界的声音，而从此以下的十三篇白话文"日记"则代表了一个狂人的内心世界的声音。

这第一则日记就是作者使用的"障眼法"，只是为表现主人公"我"是一个"狂人"，与之后的十二篇日记内容没有必然的联系。其特点就是语言"错杂无伦次"，比如"我不见他"一句中的"他"就很突兀，没有对应的指代内容，应该属于序言中所谓"记中语误，一字不易"。"那赵家的狗"一句中的"赵家"应指下一则日记中的赵贵翁。

"我怕得有理"一句具有设置悬念、引出下文的作用。

【原文】

二

今天全没月光，我知道不妙。早上小心出门，赵贵翁的眼色便怪：似乎怕我，似乎想害我。还有七八个人，交头接耳的议论我，张着嘴，对我笑了一笑；我便从头直冷到脚跟，晓得他们布置，都已妥当了。

我可不怕，仍旧走我的路。前面一伙小孩子，也在那里议论我；眼色也同赵贵翁一样，脸色也铁青。我想我同小孩子有什么仇，他也这样。忍不住大声说，"你告诉我！"他们可就跑了。

我想：我同赵贵翁有什么仇，同路上的人又有什么仇；只有廿①年以前，把古久先生的陈年流水簿子②，踹了一脚，古久先生很不高兴。赵贵翁虽然不认识他，一定也听到风声，代抱不平；约定路上的人，同我作冤对③。但是小孩子呢？那时候，他们还没有出世，何以今天也睁着怪眼睛，似乎怕我，似乎想害我。这真教我怕，教我纳罕④而且伤心。

我明白了。这是他们娘老子教的！

【注释】①廿(niàn)：二十。②古久先生的陈年流水簿子：这里比喻我国封建主义统治的长久历史。③冤对：冤家对头。④纳罕：诧异；惊奇。

【解读】

这第二则日记写的是路上的人——包括小孩子在内的赵贵翁等人，似乎想害我。开篇第一句"今天全没月光，我知道不妙"为"障眼法"的"疯话"。"古久先生"是全文中一直没出场又很重要的"人物"，因为作者要借他来象征几千年来的中国封建社会，所以称之为"古久"。像"古久先生"这样以谐音方法为作品人物取名的方法，在中国古代文学创作中并不少见，比如《红楼梦》中"元、迎、探、惜"四姐妹，就是"原应叹息"的谐音。"流水簿子"本是指店铺中每天记载金钱或货物出入的账目,这里比喻几千年来的中国封建历史文化中的糟粕。以此类推,赵贵翁大概就是封建统治的自觉维护者,"赵家的狗"则象征封建势力的帮凶。随着故事情节的发展,后面还有不少具有象征意义的人、事、物、景。与鲁迅的其他小说比,象征性正是《狂人日记》最突出的艺术特点。

第三自然段,以"我想"为标志的心理活动,解释了赵贵翁等想要害我的原因。"把古久先生的陈年流水簿子,踹了一脚",表明了我对几千年来中国封建历史文化传统的反叛,为此"古久先生很不高兴"。于是对几千年来的中国封建历史文化传统深信不疑的"赵贵翁"便约定认识与不认识的"路上的人"同我作冤家对头,而且还把他们的这种思想与行为传递给自己的孩子,以期望他们的孩子将来接着同我作对,这就是第四段的"我明白了。这是他们娘老子教的!"请大家特别注意这里对"孩子"这一人物及情节的设置。其实,"我"之所以踹"古久先生的陈年流水簿子"——反叛几千年来中国封建历史文化传统,也是为作为国家民族未来的"孩子"能免受封建历史文化传统的毒害;以赵贵翁为代表的封建历史文化传统的维护者也在以自己的方式强势地教化着这些孩子。所以这篇小说才在最后发出了"救救孩子"的呐喊。

【原文】

三

晚上总是睡不着。凡事须得研究,才会明白。

他们——也有给知县打枷过的,也有给绅士掌过嘴的,也有衙役占了他妻子的,也有老子娘被债主逼死的;他们那时候的脸色,全没有昨天这么怕,也没有这么凶。

最奇怪的是昨天街上的那个女人,打他儿子,嘴里说道,"老子呀!我要咬你几口才出气!"他眼睛却看着我。我出了一惊,遮掩不住;那青面獠牙的一伙人,便都哄笑起来。陈老五赶上前,硬把我拖回家中了。

　　拖我回家,家里的人都装作不认识我;他们的脸色,也全同别人一样。进了书房,便反扣上门,宛然是关了一只鸡鸭。这一件事,越教我猜不出底细。

　　前几天,狼子村的佃户来告荒①,对我大哥说,他们村里的一个大恶人,给大家打死了;几个人便挖出他的心肝来,用油煎炒了吃,可以壮壮胆子。我插了一句嘴,佃户和大哥便都看我几眼。今天才晓得他们的眼光,全同外面的那伙人一模一样。

　　想起来,我从顶上直冷到脚跟。

　　他们会吃人,就未必不会吃我。

　　你看那女人"咬你几口"的话,和一伙青面獠牙人的笑,和前天佃户的话,明明是暗号。我看出他话中全是毒,笑中全是刀。他们的牙齿,全是白厉厉的排着,这就是吃人的家伙。

　　照我自己想,虽然不是恶人,自从踹了古家的簿子,可就难说了。他们似乎别有心思,我全猜不出。况且他们一翻脸,便说人是恶人。我还记得大哥教我做论②,无论怎样好人,翻他几句,他便打上几个圈;原谅坏人几句,他便说"翻天妙手,与众不同"。我那里③猜得到他们的心思,究竟怎样;况且是要吃的时候。

　　凡事总须研究,才会明白。古来时常吃人,我也还记得,可是不甚清楚。我翻开历史一查,这历史没有年代,歪歪斜斜的每叶④上都写着"仁义道德"几个字。我横竖睡不着,仔细看了半夜,才从字缝里看出字来,满本都写着两个字是"吃人"!

　　书上写着这许多字,佃户说了这许多话,却都笑吟吟的睁着怪眼看我。

　　我也是人,他们想要吃我了!

　　【注释】①告荒:报告灾情。②做论:指练习写科举考试要求写的八股文。③那里:哪里。后文中还有"那里"同如"哪里"的情况,都参看此注。④叶:同

"页"。

【解读】

第三则日记是揭示全文主旨的重要篇章,共十二段,可分为六层。

1、2段为第一层:今日要害我的人——赵贵翁以及"七八个人"等人也曾是受苦受难之人。他们"也有给知县打枷过的,也有给绅士掌过嘴的,也有衙役占了他妻子的,也有老子娘被债主逼死的",总之,这是些在封建社会受苦受难受压迫的人,但是他们客观上却做着自觉维护封建统治秩序的事——谋害我这个反叛中国封建历史文化传统之人。这也正是《呐喊》《彷徨》中诸多小说中的一个重要主题,譬如《药》中的老栓,《阿Q正传》中的阿Q。

3-5段为第二层:"我"被拖回家中,反关在书房里;而家里人的脸色也和"青面獠牙"的一伙人一样:由家外到家里,他们都会害我。其中"狼子村"的村名有如"古久先生"的名字一样有着寓意,狼子——狼崽子,虽然幼小,也有凶残的本性。

6-8段为第三层:不但那些青面獠牙的外人要吃我,我的亲人也要吃我。

9段为第四层:他们吃我的原因及原则。原因:"我"虽然不是恶人,但"踹了古家的簿子"——反叛了几千年来中国封建历史文化传统。原则:说人是恶人——吃人不对,吃恶人却可以;只要"说"某人是恶人,就可以堂皇地吃。

10段为第五层:揭示主旨,封建的仁义道德是吃人的根源。"我翻开历史一查,这历史没有年代,歪歪斜斜的每叶上都写着'仁义道德'几个字。我横竖睡不着,仔细看了半夜,才从字缝里看出字来,满本都写着两个字是'吃人'!"这是现代文学中石破天惊的一段话,是鲁迅先生把封建的仁义道德的这层窗户纸给捅破了。"这历史没有年代"正说明这是整个封建旧社会的特征;"从字缝中看出"则说明封建的历史文化传统中的糟粕一直以"仁义道德"的面貌出现。这就像《祝福》中的善女人柳妈给祥林嫂讲地狱的故事,出捐门槛的主意,看似在帮祥林嫂,是在做善事,实际上是害了祥林嫂。

11－12段为第六层。11段为障眼法内容——"书上写着这许多字,佃户说了这许多话,却都笑吟吟的睁着怪眼看我",像是"疯言疯语"。12段"我也是人,他们想要吃我了!"作为过渡句,总结本则日记内容,引出第四则日记。

以上三则日记为这篇小说的第一部分,从情节上看,主要讲了我因为踹了古久先生的陈年流水簿子,世上的人,包括我的家里人在内都要"吃"我;从主旨上看,揭示了封建文化传统的吃人特征。

以下四、五、六三则日记是这篇小说的第二部分。

【原文】

四

早上,我静坐了一会儿。陈老五送进饭来,一碗菜,一碗蒸鱼;这鱼的眼睛,白而且硬,张着嘴,同那一伙想吃人的人一样。吃了几筷,滑溜溜的不知是鱼是人,便把他兜肚连肠的吐出①。

我说"老五,对大哥说,我闷得慌,想到园里走走。"老五不答应,走了;停一会,可就来开了门。

我也不动,研究他们如何摆布我;知道他们一定不肯放松。果然!我大哥引了一个老头子,慢慢走来;他满眼凶光,怕我看出,只是低头向着地,从眼镜横边暗暗看我。大哥说,"今天你仿佛很好。"我说"是的。"大哥说,"今天请何先生来,给你诊一诊。"我说"可以!"其实我岂不知道这老头子是刽子手扮的!无非借了看脉这名目,揣一揣肥瘠②:因这功劳,也分一片肉吃。我也不怕;虽然不吃人,胆子却比他们还壮。伸出两个拳头,看他如何下手。老头子坐着,闭了眼睛,摸了好一会,呆了好一会;便张开他鬼眼睛说,"不要乱想。静静的养几天,就好了。"

不要乱想，静静的养！养肥了，他们是自然可以多吃；我有什么好处，怎么会"好了"？他们这群人，又想吃人，又是鬼鬼祟祟，想法子遮掩，不敢直捷下手，真要令我笑死。我忍不住，便放声大笑起来，十分快活。自己晓得这笑声里面，有的是义勇和正气。老头子和大哥，都失了色，被我这勇气正气镇压住了。

但是我有勇气，他们便越想吃我，沾光一点这勇气。老头子跨出门，走不多远，便低声对大哥说道，"赶紧吃罢！"大哥点点头。原来也有你！这一件大发见，虽似意外，也在意中：合伙吃我的人，便是我的哥哥！

吃人的是我哥哥！

我是吃人的人的兄弟！

我自己被人吃了，可仍然是吃人的人的兄弟！

【注释】①便把他兜肚连肠的吐出：把吃进去的东西彻彻底底地吐出来。他，该是序文中所说的"记中语误"，应为"它"；兜肚连肠，包括胃连同肠子，比喻全部东西一起处理。②揣一揣肥瘠：估测一下肥瘦。揣，chuǎi，估计，忖度；肥瘠，féi jí，肥瘦。

【解读】

这第四则日记，从内容上说，写的是我大哥表面上是请大夫来给我诊病，在我看来，实际上是大哥伙同外人要一起"吃"我。从艺术手法上说，是采用"误会法"设置故事情节的范例：大夫的低头走路，被误会为"满眼凶光，怕我看出"；大夫诊病，被误会为"揣一揣肥瘠"；大夫的"静静养几天的"叮嘱，被误会为"养肥了，他们是自然可以多吃"；大夫的一句催促家人给患者买药吃的省略语"赶紧吃罢"和"大哥点点头"，被误会为我的"一件大发见"，"合伙吃我的人，便是我的哥哥！"正是这些误会，绝好地展现了一个"狂人"的逻辑思维。

最后三段都是独句成段，意在突出强调亲哥哥竟然会吃亲弟弟。

【原文】

五

这几天是退一步想：假使那老头子不是刽子手扮的，真是医生，也仍然是吃人的人。他们的祖师李时珍做的"本草什么"①上，明明写着人肉可以煎吃；他还能说自己不吃人么？

至于我家大哥，也毫不冤枉他。他对我讲书的时候，亲口说过可以"易子而食"②；又一回偶然议论起一个不好的人，他便说不但该杀，还当"食肉寝皮"③。我那时年纪还小，心跳了好半天。前天狼子村佃户来说吃心肝的事，他也毫不奇怪，不住的点头。可见心思是同从前一样狠。既然可以"易子而食"，便什么都易得，什么人都吃得。我从前单听他讲道理，也糊涂过去；现在晓得他讲道理的时候，不但唇边还抹着人油，而且心里满装着吃人的意思。

【注释】①"本草什么"：指《本草纲目》，明代医学家李时珍（1518—1593）的药物学著作，共五十二卷。该书曾经提到唐代陈藏器《本草拾遗》中以人肉医治痨病的记载，并表示了异议。这里说李时珍的书"明明写着人肉可以煎吃"，当是"狂人"的"记中语误"。②"易子而食"：语见《左传》宣公十五年，是宋将华元对楚将子反叙说宋国都城被楚军围困时的惨状："敝邑易子而食，析骸而爨。"③"食肉寝皮"：语出《左传》襄公二十一年，晋国州绰对齐庄公说："然二子者，譬于禽兽，臣食其肉而寝处其皮矣。"按："二子"指齐国的殖绰和郭最，他们曾被州绰俘虏过。

【解读】

这第五则日记是上一篇日记内容的延续，写的是"狂人"对第四篇日记内容的思考。这"思考"概括起来有两点，其一，医生也是吃人的人；其二，我大哥的确是个吃人的人。就第一点来说，鲁迅在《呐喊·自序》中就曾说过这样两句："我还记得先前的医生的议论和方药，和现在所知道的比较起来，便渐渐的悟得中医不过是一种有意的或无意的骗子"，"我的梦很美满，预备卒业回来，救治像我父亲似的被误的病人的疾苦"。这是鲁迅先生早年对中医的一种看法。这样的看法也反映在《明天》等小说中,单四嫂子的宝儿即是为庸医所吃。

【原文】

六

黑漆漆的,不知是日是夜。赵家的狗又叫起来了。

狮子似的凶心,兔子的怯弱,狐狸的狡猾,……

【解读】

这第六则日记只有这两行没头没尾的字。"黑漆漆的,不知是日是夜"可以看作是狂人眼中对社会的比喻,"狮子似的凶心,兔子的怯弱,狐狸的狡猾"则可以看作是对吃人者特点的比喻。

也有人认为第六篇日记内容属于障眼法的内容,"黑漆漆的,不知是日是夜"等天气与时辰全是有意设置的,只是为表现主人公"我"是一个"狂人"。

以上四、五、六这三则日记为这篇小说的第二部分,从情节上看,由第一部分的世上的人要吃我而深入一步,主要讲了我发现我大哥也是要吃我的人。从主旨上看,由第一部分揭示了封建文化传统的吃人特征也深入一步,开始重点"暴露家族制度和礼教的弊害"(鲁迅《〈中国新文学大系〉小说二集序》)。与前面的古久先生等人物设计同理,这里的大哥就是家族制度的象征。

以下七、八、九三则日记是这篇小说的第三部分。

【原文】

七

我晓得他们的方法,直捷杀了,是不肯的,而且也不敢,怕有祸祟①。所以他们大家连络,布满了罗网,逼我自戕②。试看前几天街上男女的样子,和这几天我大哥的作为,便足可悟出八九分了。最好是解下腰带,挂在梁上,自己紧紧勒死;他们没有杀人的罪名,又偿了心愿,自然都欢天喜地的发出一种呜呜咽咽的笑声③。否则惊吓忧愁死了,虽则略瘦,也还可以首肯④几下。

他们是只会吃死肉的!——记得什么书上说,有一种东西,叫"海乙那"⑤的,眼光和样子都很难看;时常吃死肉,连极大的骨头,都细细嚼烂,咽下肚子去,想起来也教人害怕。"海乙那"是狼的亲眷,狼是狗的本家。前天赵家的狗,看我几眼,可见他也同谋,早已接洽。老头子眼看着地,岂能瞒得我过。

最可怜的是我的大哥,他也是人,何以毫不害怕;而且合伙吃我呢? 还是历来惯了,不以为非呢? 还是丧了良心,明知故犯呢?

我诅咒吃人的人,先从他起头;要劝转吃人的人,也先从他下手。

【注释】①祸祟:指鬼神带给人的灾祸。祟(suì):鬼怪或鬼怪害人。②自戕(qiāng):自杀。戕:杀害,残害。③呜呜咽咽的笑声:呜咽本是低声的哭泣或凄切的声音,这里用来修饰笑声,传神地写出了大哥等人盼望我死却又在我自戕之后那种假装哭泣伤心的神态。④首肯:点头表示同意。⑤"海乙那":英语 hyena 的音译,即鬣狗(又名土狼),一种食肉兽,常跟在狮虎等猛兽之后,以它们吃剩的兽类的残尸为食。

【解读】

第七则日记的内容可分为两层,前两段为第一层,强调吃人者的狡猾和凶狠。狡猾在于大家联络、布满罗网、逼人自戕;凶狠在于吃人连骨头都不剩。后两段为第二层,强调我诅咒吃人的人,要劝转像大哥这样的吃人的人。

【原文】

八

其实这种道理,到了现在,他们也该早已懂得,……

忽然来了一个人;年纪不过二十左右,相貌是不很看得清楚,满面笑容,对了我点头,他的笑也不像真笑。我便问他,"吃人的事,对么?"他仍然笑着说,"不是荒年,怎么会吃人。"我立刻就晓得,他也是一伙,喜欢吃人的;便自勇气百倍,偏要问他。

"对么?"

"这等事问他什么。你真会……说笑话。……今天天气很好。"

天气是好,月色也很亮了。可是我要问你,"对么?"

他不以为然了。含含胡胡的答道,"不……"

"不对?他们何以竟吃?!"

"没有的事……"

"没有的事?狼子村现吃;还有书上都写着,通红崭新!"

他便变了脸,铁一般青。睁着眼说,"有许有的,这是从来如此……"

"从来如此,便对么?"

"我不同你讲这些道理;总之你不该说,你说便是你错!"

我直跳起来,张开眼,这人便不见了。全身出了一大片汗。他的年纪,比我大哥小得远,居然也是一伙;这一定是他娘老子先教的。还怕已经教给他儿子了;所以连小孩子,也都恶狠狠的看我。

【解读】

第八则日记写的是"我"在梦中与一个二十左右的人的争论。从第二段的"忽然来了一个人"开始进入梦境,到最后一段"我直跳起来,张开眼"从梦中醒来,作者塑造了一个二十岁左右的青年形象。因为是在梦境,所以这个人的相貌"不很看得清楚",也正是如此,它可以作为那个时代绝大多数青年人的象征。这种人有四个突出特点,一是年纪轻轻就走入了吃人者的行列;二是从骨子里认可"从来如此"就是对的;三是顽固不化,当别人把他们驳得哑口无言的时候,他们不但不思悔改,而且振振有词地说"你说便是你错";四是他们已经把从娘老子那里得到的"从来如此"的封建文化传统原原本本地教给了自己的孩子了。这个二十岁左右的人在鲁迅的《药》中也有鲜明的体现。

还需要特别注意的是狂人的一句话："从来如此，便对么？"这是石破天惊的一声呐喊。因为"从来如此"就是习惯，就是传统；既是习惯和传统，就不能变，也不应该变。所以从"从来如此，便对么？"这么简单的一句话，却最简明地表达出了"五四"精神。这是最响亮的一个变革的呼声。如果说鲁迅这部小说集叫《呐喊》，那么这句话是整个小说集最点题的，这部小说集的文眼。

为什么故事情节发展至此，狂人会突然做了这样一个梦呢？为什么又偏偏梦到这样一个"二十左右"的人呢？其实，梦是心头想，梦境中与二十左右的青年的争论，正是上一则日记内容的合理发展。上一则日记结尾是："我诅咒吃人的人，先从他起头；要劝转吃人的人，也先从他下手。"这里的"他"，就是狂人的大哥。狂人要劝转大哥，自然会发生争论；狂人与二十左右之人的争论，正是狂人心中与大哥争论的预设，只不过为了表现主人公"我"是一个狂人，才幻化了这样一个梦境。同时，以"二十左右"象征当时社会的绝大多数青年，意在表明青年人受封建文化传统毒害之深。这正是所谓一箭双雕。

【原文】

九

自己想吃人，又怕被别人吃了，都用着疑心极深的眼光，面面相觑。……

去了这心思，放心做事走路吃饭睡觉，何等舒服。这只是一条门槛，一个关头。他们可是父子兄弟夫妇朋友师生仇敌和各不相识的人，都结成一伙，互相劝勉，互相牵掣，死也不肯跨过这一步。

【解读】

第九则日记写的是"狂人"之思，是针对劝转大哥的"理性"思考——虽然是狂人，但这篇小说中的狂人具有极严密的逻辑思维。这里虽然只有两段，却鲜明地表达出这样三个内容：第一，现实社会是一个充满悖论的社会：自己想吃人，又怕被别人吃了，都用着疑心极深的眼光,面面相觑。这是有可能劝转大哥这类人的前提。第二,想吃人又怕被人吃的人们之间,不仅有仇敌和各不相识的关系,更有父子兄弟夫妇朋友师生这种至亲至爱的关系。第三,解决自己想吃人又怕被吃的方法只有一条:去掉吃人这心思;但是这样做起来很难。

以上七、八、九这三则日记为这篇小说的第三部分,从情节上看,是第二部分的合理发展,由我发现我大哥也是要吃我的人到我要劝转吃人的人,就要从劝转大哥做起。从主旨上看,由第二部分暴露家族制度和礼教的弊害到决意改变这个吃人的世界。这正是以"狂人"为代表的反叛者——先进知识分子的可贵之处,他们不但要揭露这个世界的罪恶,还要想办法拯救这个世界。

以下十、十一两则日记是这篇小说的第四部分。

【原文】

十

大清早,去寻我大哥;他立在堂门外看天,我便走到他背后,拦住门,格外沉静,格外和气的对他说,

"大哥,我有话告诉你。"

"你说就是,"他赶紧回过脸来,点点头。

"我只有几句话,可是说不出来。大哥,大约当初野蛮的人,都吃过一点人。后来因为心思不同,有的不吃人了,一味要好,便变了人,变了真的人。有的却还吃,——也同虫子一样,有的变了鱼鸟猴子,一直变到人。有的不要好,至今还是虫子。这吃人的人比不吃人的人,何等惭愧。怕比虫子的惭愧猴子,还差得很远很远。

"易牙①蒸了他儿子,给桀纣吃,还是一直从前的事。谁晓得从盘古开辟天地以后,一直吃到易牙的儿子;从易牙的儿子,一直吃到徐锡林②;从徐锡林,又一直吃到狼子村捉住的人。去年城里杀了犯人,

还有一个生痨病的人,用馒头蘸血舐③。

"他们要吃我,你一个人,原也无法可想;然而又何必去入伙。吃人的人,什么事做不出;他们会吃我,也会吃你,一伙里面,也会自吃。但只要转一步,只要立刻改了,也就是人人太平。虽然从来如此,我们今天也可以格外要好,说是不能! 大哥,我相信你能说,前天佃户要减租,你说过不能。"

当初,他还只是冷笑,随后眼光便凶狠起来,一到说破他们的隐情,那就满脸都变成青色了。大门外立着一伙人,赵贵翁和他的狗,也在里面,都探头探脑的挨进来。有的是看不出面貌,似乎用布蒙着;有的是仍旧青面獠牙,抿着嘴笑。我认识他们是一伙,都是吃人的人。可是也晓得他们心思很不一样,一种是以为从来如此,应该吃的;一种是知道不该吃,可是仍然要吃,又怕别人说破他,所以听了我的话,越发气愤不过,可是抿着嘴冷笑。

这时候,大哥也忽然显出凶相,高声喝道,

"都出去! 疯子有什么好看!"

这时候,我又懂得一件他们的巧妙了。他们岂但不肯改,而且早已布置;预备下一个疯子的名目罩上我。将来吃了,不但太平无事,怕还会有人见情④。佃户说的大家吃了一个恶人,正是这方法。这是他们的老谱!

陈老五也气愤愤的直走进来。如何按得住我的口,我偏要对这伙人说,

"你们可以改了,从真心改起! 要晓得将来容不得吃人的人,活在世上。

"你们要不改,自己也会吃尽。即使生得多,也会给真的人除灭了,同猎人打完狼子一样! ——同虫子一样!"

那一伙人,都被陈老五赶走了。大哥也不知那里去了。陈老五劝我回屋子里去。屋里面全是黑沉沉的。横梁和椽子都在头上发

抖；抖了一会,就大起来,堆在我身上。

万分沉重,动弹不得；他的意思是要我死。我晓得他的沉重是假的,便挣扎出来,出了一身汗。可是偏要说,

"你们立刻改了,从真心改起！你们要晓得将来是容不得吃人的人,……"

【注释】①易牙:春秋时齐国人,善于调味。据《管子·小称》:"夫易牙以调和事公(按:指齐桓公),公曰'惟蒸婴儿之未尝',于是蒸其首子而献之公。"桀、纣各为我国夏朝和商朝的最后一代君主,易牙和他们不是同时代人。这里说的"易牙蒸了他儿子,给桀纣吃",也是"狂人""语颇错杂无伦次"的表现。②徐锡林:隐指徐锡麟(1873—1907),字伯荪,浙江绍兴人,清末革命团体光复会的重要成员。一九○七年与秋瑾准备在浙、皖两省同时起义。七月六日,他以安徽巡警处会办兼巡警学堂监督身份为掩护,乘学堂举行毕业典礼之机刺死安徽巡抚恩铭,率领学生攻占军械局,弹尽被捕,当日惨遭杀害,心肝被恩铭的卫队挖出炒食。③舐(shì):舔。④见情:别人对自己有好处从而心里感激。

【解读】

这第十则日记主要写的是狂人劝转大哥的行动。狂人从人性(第4段)和历史与现实(第5、6段)的角度劝大哥不要吃人,也劝世人不要吃人(第10–16段),呼喊出"将来容不得吃人的人,活在世上"的时代强音。第14、15段为障眼法。

还需要注意的是像第4、5段这样,有些段落只有前引号而没有后引号,因为连续引用的段落,只在最后一段的结尾才加后引号。有些段的结尾处用的是逗号,属于"障眼法"的内容。

【原文】

十一

太阳也不出,门也不开,日日是两顿饭。

我捏起筷子,便想起我大哥；晓得妹子死掉的缘故,也全在他。那时我妹子才五岁,可爱可怜的样子,还在眼前。母亲哭个不住,他

却劝母亲不要哭；大约因为自己吃了，哭起来不免有点过意不去。如果还能过意不去，……

妹子是被大哥吃了，母亲知道没有，我可不得而知。

母亲想也知道；不过哭的时候，却并没有说明，大约也以为应当的了。记得我四五岁时，坐在堂前乘凉，大哥说爷娘生病，做儿子的须割下一片肉来，煮熟了请他吃①，才算好人；母亲也没有说不行。一片吃得，整个的自然也吃得。但是那天的哭法，现在想起来，实在还教人伤心，这真是奇极的事！

【注释】①大哥说爷娘生病，做儿子的须割下一片肉来，煮熟了请他吃：指"割股疗亲"，即割取自己的股肉煎药，以医治父母的重病。这是封建社会的一种愚孝行为。《宋史·选举志一》："上以孝取人，则勇者割股，怯者庐墓。"

【解读】

这第十一则日记在小说的情节上达到了高潮，也是小说的结局，主要写大哥曾吃过妹妹，甚至母亲可能也曾吃过，而且以为应当吃。全文写至此，这个吃人的世界没有了一丝的人性。

以上十、十一这两则日记为这篇小说的第四部分，从情节上看，是第三部分的有力发展，由我要劝转吃人的人就要从劝转大哥做起，发展到付诸劝说大哥的行动，虽然这个行动当时没有收到任何结果；不但没有结果，还有了新的"发现"：大哥的确是吃人的人，而且吃的是自己的亲妹妹，甚至连我母亲也曾吃过。从主旨上看，由第三部分的决意改变这个吃人的世界的想法发展为改变这个世界的行动。有想法当然可贵，付诸行动更可贵。

以下十二、十三两则日记是这篇小说的第五部分。

十 二

不能想了。

四千年来时时吃人的地方，今天才明白，我也在其中混了多年；大哥正管着家务，妹子恰恰死了，他未必不和在饭菜里，暗暗给我们吃。

我未必无意之中，不吃了我妹子的几片肉，现在也轮到我自己，……

有了四千年吃人履历的我，当初虽然不知道，现在明白，难见真的人①！

【注释】①真的人：指没有吃过人的人，即没有用封建的仁义道德等害过人的人。

【解读】

这第十二则日记标志着情节进入了尾声。即使这尾声，也有出人意料之处：我这样一个反叛封建文化传统的"狂人"，居然也可能吃过人，虽然是无意之中吃了我妹子的几片肉。至此，这篇小说中的"我"不仅是一个觉醒者、反叛者、拯救者，也曾经是一个吃人者。至此，"我"便合情合理地具有了这样的象征意义：四千年的中国封建社会。

【原文】

十三

没有吃过人的孩子，或者还有？

救救孩子……

一九一八年四月

【解读】

这第十三则日记是全文的最后一篇。为什么要找"没有吃过人的孩子"？因为只有没吃过人的孩子才不会有吃人的逻辑和心理。一句"或者还有？"给读者以渺茫又无限的希望。"救救孩子……"则成为时代的强音，因为只有拯救孩子——哪怕他也曾吃过人，中国才有希望。这里的孩子，象征着未来的中国。

以上十二、十三这两则日记为这篇小说的第五部分，从情节上看，属于小说的尾声，"狂人"居然也可能吃过人，虽然是无意之中吃了妹子的几片肉。从主旨上看，"我"不仅是一个觉醒者、反叛者、拯救者，也居然曾经是一个吃人者。既然我也曾是个吃人者，那么我还配做一名救世者吗？于是"我"发出了"没有吃过人的孩子，或者还有"的疑问，更发出了"救救孩子"的时代呐喊。

需要指出的是，鲁迅当年批判四千年的中国封建社会是一个吃人的社会，批判得对吗？今天为什么还要弘扬传统文化？我要说，鲁迅当年的"呐喊"是为反封建文化传统的需要，封建传统文化，其弊端已经阻碍了中国的发展，请看本文之后的《孔乙己》《药》《明天》《头发的故事》《故乡》《阿Q正传》，就是明证。当然今天弘扬传统文化绝不是弘扬其中的糟粕，而是要弘扬优秀传统文化。

（苏建忠）

参考文献

①鲁迅：《鲁迅全集》第一卷[M]，人民文学出版社，1981年。

②李春林：《〈呐喊〉导读》[M]，辽宁大学出版社，2001年

③陈文颖：《解读〈呐喊·朝花夕拾〉》[M]，京华出版社，2001年。

④严家炎：《复调小说：鲁迅的突出贡献》[J]，《中国现代文学研究丛刊》，2001年3月。

⑤孔庆东解读鲁迅《狂人日记》，[EB/OL] http://gz. eywedu. com/Article_15/20079181480585 – 1. html.

《孔乙己》解读

【学生之问】

1. 小说题目是"孔乙己"，但开篇作者为什么没有从孔乙己写起？

2. 孔乙己这个人物很是让人捉摸不透、难以理解，他到底是堕落的还是善良的？我们应该怎样看待孔乙己这个人物？

3. 作者为什么为主人公取名为孔乙己？其中是否有什么深刻的用意？

4. 孔乙己那不肯脱去的破旧的长衫表明了什么？是不是有什么象征意义？

5.《孔乙己》这篇小说让人感觉比较多的是人物与人物活动，而缺少相应的环境描写，对这一点，我们应该怎样理解？

6. 作品中的"小伙计"一会儿以成年人的身份出现，一会儿又以小孩子的身份出现，他在小说中到底起怎样的作用？

【阅读指要】

《孔乙己》这篇小说塑造了一个令人说不完、道不尽，有着多个解读方向和不尽解读可能的人物形象孔乙己，同时，还描摹了一系列与孔乙己有着生活交集的相关人物形象。要读懂这篇小说，首先就要对孔乙己这个人物形象做出解读，解读孔乙己形象，我们既要分析他外显的表现与性格，又要挖掘他内隐的心理与情感；既要叩问造成他命运的外部原因,又要探询造成他命运的内部原因;既要类型化地去审视他,又要充分地认识到他是一个极为特殊的个体;既要紧扣文本去解读这一形象的价值意义,又要在不偏离文本内涵的前提下融入自己的思考与认识做出个性化解读。在解读孔乙己这一人物形象的同时,我们还要注意和重视其周围人——短衣帮酒客、酒店掌柜等,应该说,孔乙己的命运与他们息息相关,是他们共同构成了孔乙己所生活的社会环境。再有,我们还要关注到小伙计这一人物,关注到他在小说中的特殊身份与特别作用。无论是解读孔乙己形象,还是解读包括小伙计在内的其他人物形象,我们都要一方面从全篇角度整体审视、整体把握,另一方面就局部、就细节做细微研读、深度思考。此外,在研读中,我们还要牢固树立关联意识、思辨意识、多维意识、动态意识等意识,以免堕入孤立、僵化、片面、静止地看问题的泥淖。

【原文】

孔乙己①

鲁镇的酒店的格局,是和别处不同的:都是当街②一个曲尺③形的大柜台,柜里面预备着热水,可以随时温酒。做工的人,傍午傍晚散了工,每每花四文铜钱,买一碗酒,——这是二十多年前的事,现在每碗要涨到十文,——靠柜外站着,热热的喝了休息;倘肯多花一文,便可以买一碟盐煮笋,或者茴香豆,做下酒物了,如果出到十几文,那就能买一样荤菜,但这些顾客,多是短衣帮④,大抵⑤没有这样阔绰⑥。只有穿长衫的,才踱进店面隔壁的房子里,要酒要菜,慢慢地坐喝。

我从十二岁起,便在镇口的咸亨酒店里当伙计,掌柜说,样子太傻,怕侍候⑦不了长衫主顾⑧,就在外面做点事罢。外面的短衣主顾,虽然容易说话,但唠唠叨叨缠夹不清⑨的也很不少。他们往往要亲眼看着黄酒从坛子里舀出,看过壶子底里有水没有,又亲看将壶子放在热水里,然后放心:在这严重⑩监督之下,羼⑪水也很为难。所以过了几天,掌柜又说我干不了这事。辛亏荐头⑫的情面大,辞退不得,便改为专管温酒的一种无聊职务了。

我从此便整天的站在柜台里,专管我的职务。虽然没有什么失职,但总觉有些单调,有些无聊。掌柜是一副凶脸孔,主顾也没有好声气,教人活泼不得;只有孔乙己到店,才可以笑几声,所以至今还记得。

孔乙己是站着喝酒而穿长衫的唯一的人。他身材很高大;青白脸色,皱纹间时常夹些伤痕;一部乱蓬蓬的花白的胡子。穿的虽然是长衫,可是又脏又破,似乎十多年没有补,也没有洗。他对人说话,总是满口之乎者也⑬,教人半懂不懂的。因为他姓孔,别人便从描红纸⑭上的“上大人孔乙己⑮”这半懂不懂的话里,替他取下一个绰号⑯,叫作孔乙己。孔乙己一到店,所有喝酒的人便都看着他笑,有的叫道,“孔乙己,你脸上又添上新伤疤了!”他不回答,对柜里说,“温两碗酒,要一碟茴香豆⑰。”便排出九文大钱。他们又故意的高声嚷道,“你一定又偷了人家的东西了!”孔乙己睁大眼睛说,“你怎么这样凭空污人清白……”“什么清白?我前天亲眼见你偷了何家的书,吊着打。”孔乙己便涨红了脸,额上的青筋条条绽出⑱,争辩道,“窃书不能算偷……窃书!……读书人的事,能算偷么?”接连便是难懂的话,什么“君子固穷”⑲,什么“者乎”之类,引得众人都哄笑起来:店内外充满了快活的空气。

听人家背地里谈论,孔乙己原来也读过书,但终于没有进学⑳,又不会营生㉑;于是愈过愈穷,弄到将要讨饭了。幸而写得一笔好字,便替人家钞钞书㉒,换一碗饭吃。可惜他又有一样坏脾气,便是好喝懒做。坐不到几天,便连人和书籍纸张笔砚,一齐失踪。如是几次,叫他钞书的人也没有了。孔乙己没有法,便免不了偶然做些偷窃的事。但他在我们店里,品行却比别人都好,就是从不拖欠;虽然间或没有

25

现钱,暂时记在粉板㉓上,但不出一月,定然还清,从粉板上拭去了孔乙己的名字。

孔乙己喝过半碗酒,涨红的脸色渐渐复了原,旁人便又问道,"孔乙己,你当真认识字么?"孔乙己看着问他的人,显出不屑置辩㉔的神气。他们便接着说道,"你怎的连半个秀才也捞不到呢?"孔乙己立刻显出颓唐不安模样,脸上笼上了一层灰色,嘴里说些话;这回可是全是之乎者也之类,一些不懂了。在这时候,众人也都哄笑起来:店内外充满了快活的空气。

在这些时候,我可以附和着笑,掌柜是决不责备的。而且掌柜见了孔乙己,也每每这样问他,引人发笑。孔乙己自己知道不能和他们谈天,便只好向孩子说话。有一回对我说道,"你读过书么?"我略略点一点头。他说,"读过书,……我便考你一考。茴香豆的茴字,怎样写的?"我想,讨饭一样的人,也配考我么?便回过脸去,不再理会。孔乙己等了许久,很恳切的说道,"不能写罢?……我教给你,记着!这些字应该记着。将来做掌柜的时候,写账要用。"我暗想我和掌柜的等级还很远呢,而且我们掌柜也从不将茴香豆上账;又好笑,又不耐烦,懒懒的答他道,"谁要你教,不是草头底下一个来回的回字么?"孔乙己显出极高兴的样子,将两个指头的长指甲敲着柜台,点头说,"对呀对呀!……回字有四样写法㉕,你知道么?"我愈不耐烦了,努着嘴走远。孔乙己刚用指甲蘸了酒,想在柜上写字,见我毫不热心,便又叹一口气,显出极惋惜的样子。

有几回,邻舍孩子听得笑声,也赶热闹,围住了孔乙己。他便给他们茴香豆吃,一人一颗。孩子吃完豆,仍然不散,眼睛都望着碟子。孔乙己着了慌,伸开五指将碟子罩住,弯腰下去说道,"不多了,我已经不多了。"直起身又看一看豆,自己摇头说,"不多不多!多乎哉?不多也㉖。"于是这一群孩子都在笑声里走散了。

孔乙己是这样的使人快活,可是没有他,别人也便这么过。

有一天,大约是中秋前的两三天,掌柜正在慢慢的结账,取下粉板,忽然说,"孔乙己长久没有来了。还欠十九个钱呢!"我才也觉得他的确长久没有来了。一个喝酒的人说道,"他怎么会来?……他打折了腿了。"掌柜说,"哦!""他总仍旧是偷。这一回,是自己发昏,竟偷到丁举人家里去了。他家的东西,偷得的么?""后来怎么样?""怎么样?先写服辩㉗,后来是打,打了大半夜,再打折了腿。""后来呢?""后来打折了腿了。""打折了怎样呢?""怎样?……谁晓得?许是㉘死了。"掌柜也不再问,仍然慢慢的算他的账。

中秋过后,秋风是一天凉比一天,看看㉙将近初冬;我整天的靠着火,也须穿上棉袄了。一天的下半天,没有一个顾客,我正合了眼坐着。忽然间听得一个声音,"温一碗酒。"这声音虽然极低,却很耳熟。看时又全没有人。站起来向外一望,那孔乙己便在柜台下对了门槛坐着。他脸上黑而且瘦,已经不成样子;穿一件破夹袄㉚,盘着两腿,下面垫一个蒲包㉛,用草绳在肩上挂住;见了我,又说道,"温一碗酒。"掌柜也伸出头去,一面说,"孔乙己么?你还欠十九个钱呢!"孔乙己很颓唐的仰面答道,"这……下回还清罢。这一回是现钱,酒要好。"掌柜仍然同平常一样,笑着对他说,"孔乙己,你又偷了东西了!"但他这回却不十分分辩,单说了一句"不要取笑!""取笑?要是不偷,怎么会打断腿?"孔乙己低声说道,"跌断,跌,跌……"他的眼色,很像恳求掌柜,不要再提。此时已经聚集了几个人,便和掌柜都笑了。我温了酒,端出去,放在门槛上。他从破衣袋里摸出四文大钱,放在我手里,见他满手是泥,原来他便用这手走来的。不一会,他喝完酒,便又在旁人的说笑声中,坐着用这手慢慢走去了。

自此以后,又长久没有看见孔乙己。到了年关㉜,掌柜取下粉板说,"孔乙己还欠十九个钱呢!"到第二年的端午,又说"孔乙己还欠十九个钱呢!"到中秋可是没有说,再到年关也没有看见他。

我到现在终于没有见——大约孔乙己的确死了。

一九一九年三月㉝。

【注释】①这篇小说最初发表于一九一九年四月《新青年》第六卷第四号，后被收录在小说集《呐喊》中。这篇小说在发表时，篇末有作者如下一段附记："这一篇很拙的小说，还是去年冬天做成的。那时的意思，单在描写社会上的或一种生活，请读者看看，并没有别的深意。但用活字排印了发表，却已在这时候，——便是忽然有人用了小说盛行人身攻击的时候。大抵著者走入暗路，每每能引读者的思想跟他堕落：以为小说是一种泼秽水的器具，里面糟蹋的是谁。这实在是一件极可叹可怜的事。所以我在此声明，免得发生猜度，害了读者的人格。一九一九年三月二十六日记。"②当街：临街。③曲尺：也叫矩尺，木工用来求直角的尺，用木或金属制成，像直角三角形的两个直角边，通常在较长的一边上有刻度。④短衣帮：短衣，旧时指用粗布制成的形制较短的衣物，多为社会地位低下、经济上贫穷的平民百姓穿用。短衣帮，这里指社会地位低下的平民。"短衣帮"与下文中提到的"穿长衫的"分属不同阶层，"穿长衫的"通常指富裕的上层人士或有文化的人。⑤大抵：大概，大致。⑥阔绰：富裕，阔气。⑦侍候：伺候，服侍。⑧主顾：顾客。⑨缠夹不清：缠夹，纠缠夹杂。杂七杂八搅在一起，弄不清楚。在文中指在"是不是往酒里羼了水"问题上纠缠、争辩，说不清楚。⑩严重：这里是严格的意思。⑪羼（chàn）：混杂，掺杂。⑫荐头：指旧时以介绍佣工为业的人，也泛指介绍职业的人。⑬之乎者也：这四个字都是文言虚词，一般形容半文不白的话或文章，也用来讽刺人说话喜欢拿腔作调、咬文嚼字。⑭描红纸：又称红模子，是一种印有红色楷字，供儿童摹写用的字帖，摹写时，要求黑色墨迹恰好压盖住红色字模。⑮上大人孔乙己：旧时通行的一种描红纸上印有"上大人孔乙己"这样一些包含各种笔画而又比较简单的字，一说它们是三字一句的似通非通的文字，另一说它们只是一些单个的字印在了一起，没有什么特殊含义。⑯绰号：外号，诨号。⑰茴香豆：浙江绍兴著名的传统小吃，属于民间闲食，也是城乡酒店四季常备的下酒之物。⑱绽出：这里是突显、突露出来的意思。⑲君子固穷：出自《论语·卫灵公》，"子曰：'君子固穷，小人穷斯滥矣。'"君子：有教养、有德行的人。固穷：安守于穷困之境。指君子能够安贫乐道,不以穷困而改变操守。⑳进学:明清两代,由童生考取生员(秀才),进入府学、县学读书称为进学。童生:通过了县试、府试两场考核的读书人为童生(成为童生才有资格参加院试,院试中的成绩佼佼者才能成为秀才)。㉑营生:谋生或维持生活。㉒钞钞书:即"钞书",做手抄本书籍的抄写工作。古时候,书籍的出版、印刷、发行、销售等方面的业务并不像现在这样发达,买书并不是件容易的事,所以就需要抄书;另外,在书籍收藏的问题上,有些文人名士有其特殊的偏好——收藏手抄本书籍,明代以来手抄本书籍即成了许多藏书家的至宝,所以也需要抄书,于是就出现了以给人抄书为职业的人。抄书是一项非常繁重、复杂且枯燥的工作,其工价则是很低廉的,它只是一个谋生的手段,不是特别需要挣钱糊口的人是不会去做这一工作的。㉓粉板:一种约一尺见方的白漆或黄漆木板,可用毛笔写字,能随写随擦。旧时店铺常用它来记事、记账。㉔不屑置辩:不屑,认为不值得,表示轻视、蔑视的态度。认为不值得去分辩。㉕回字有四样写法:指"回"字的四种不同写法——"回"、"囘"、"𡆧"及"𫭢"。汉字因为有古体字、俗体字等,有些字是有不同写法的。㉖多乎哉?不多也:多吗?不多呀!语出于《论语·子罕》,文中表现的不是语句的原意。㉗服辩:又作"伏辩",即认罪书。一般是在私了案子的情形下所写。㉘许是:或许是,可能是。表猜度语气。㉙看看:渐渐地。㉚夹袄:双层布料的短上衣。㉛蒲包:以蒲叶编成的用来装东西的器具。㉜年关:指农历年底。旧时负债的人必须在这时偿还债务,他们过年像过关一样,所以称年底为年关。下文所提到的端午和中秋也是旧时惯例上债主收债的时间点。㉝一九一九年三月:本文实际写于一九一八年冬,这个时间为作者编集时所补记,现通行版本均于篇末属这一时间。

【解读】

《孔乙己》这篇小说所塑造的孔乙己这一人物形象很值得我们品思、玩味。

一般地,我们可以认为,孔乙己是一个落魄的旧知识分子形象。他读过书,但却没有进学;他热衷于功名,但科举考试却并没有垂青于他。而他又因为好喝懒做、不会营生,以致落到了将要讨饭的地步;他还偶尔偷窃,甚至因为偷窃而被打折了腿,最终落得个下落不明的结局(很可能是已经死亡)。就此,我们感觉,他是可怜的,同时又有几分可气。

但是,如果我们对孔乙己的认识仅就止步于此,那未免有些肤浅,有些表面化,有些扁平化。其实,孔乙己这一人物形象的身上有着更多的值得我们去挖掘的东西。

在当时的社会环境与社会现实之下,孔乙己热衷于功名,并以自己是一个读书人而自高自傲,看不起"短衣帮"这样的下层劳动人民(他不肯脱下长衫以示与短衣帮有别便是例证,他在短衣帮面前"之乎者也"地说话以示自己读过书便是例证,他要酒时在短衣帮面前多要一个茴香豆、"排出九文大钱"便是例证……),是有着其社会原因的。可以说,在一定意义上来讲,孔乙己的思想与认识是深深地受了当时社会价值观与科举制度的毒害的,是深深地受了当时的文化的影响的——丁举人由于中了举,就可以让人对其敬仰三分(有酒客的话可以为证:"他家的东西,偷得的么?"试问:难道别人家的东西就可以偷吗?),这怎么能不让同是读过书的孔乙己艳羡、怎么能不让同是读过书的孔乙己思慕? 正是因此,孔乙己渴望功名,即使没有得到,即使无望得到,他仍以自己是读书人、有或至少曾经有步入上层的可能而自觉高人一等——环境能造就一个人,也能毁掉一个人,孔乙己的遭际离不开他所生活的环境,离不开他所生活的制度环境、观念环境、价值环境、文化环境。

可惜的是,孔乙己不管因为什么原因,他毕竟没有进学,甚至于连"半个秀才"也没捞到。那么,接下来就要看孔乙己自己的了,他应该做的是,认清自己,发挥长处,努力争取自己的幸福,至少是一般境况的生活,但他没有! 事实上,孔乙己是有其靠一己之力来谋生的资本的:他"写得一笔好字",帮人抄书谋生一定是不成问题的;他"身材高大",做些体力活谋生应该是不成问题的;他知道回字的四样写法,搞些文字学研究而谋生是有可能的;他有一定的远见(替小伙计为计,掌握"茴"字的写法,将来做掌柜的时候写账用),就其智力水平来讲,设计好自己的人生应该是有可能的。但问题是,他好喝懒做,时而偷窃,所以他的遭遇也绝对有其自身的原因。其实,孔乙己需要的是自我救赎——在那样的社会,是没有什么人可以帮助孔乙己的;在那样的社会,是没有什么人对孔乙己做出正确的引导的。自我放荡与自我救赎之间,其结果相差万千,这也许并不能指望社会与环境,不能求助于外力。于是,我们可以认为,孔乙己,好喝懒做是其致命的弱点,不能认清自己是其致命的弱点,不能认清现实是其致命的弱点,科举制度的毒害只是其命运的外因。实为可悲的是,孔乙己并不以其遭际为悲,他自喜于其读过书的经历、自恋于其所谓读书人的身份,在他眼里,也许别人才是可惨、可悲的,这样的思想意识、这样的思维逻辑最是令我们触目惊心!

有人评价孔乙己是一个被封建科举制度毒害的典型,他代表着一大批没有能够在科举考试下成就自己的人,他的遭遇是对科举制度的控诉。事实上,这种说法虽然有一定道理,但更有在范围上扩大孔乙己形象的作用,而不是在深度上品析孔乙己形象的价值与意义之嫌——封建时代没有能考取功名的人远远多于考取了功名的人,那些没有考取功名的人都是这样生活的吗?都是这样放荡自己的吗?回答必然是否定的——蒲松龄就是这样的例子,尽管蒲松龄的经济生活也并不理想,但他的精神生活、他落榜后的所作所为却堪为落榜之人的楷模。这就需要我们回归到文学创作的规律上来看孔乙己,作为文学形象,孔乙己是"这一个"文学形象,而不是"某一类"形象,他有可能代表一类人物,但他更多的则是作为一个极端的个体以其"或一种生活"(鲁迅《〈孔乙己〉附记》)来反映社会生活、社会面貌、社会现实。文学作品就是要选取、塑造一个极端的形象(芸芸众生是难以进入作家的视界的),这样的形象才能

"引起一些疗救的注意"（鲁迅《我怎么做起小说来》），这样的形象才最具有震撼力，这样的形象才最具有影响力，这样的形象才最具有穿透力，这样的形象才最具有警醒力。也许你会觉得鲁迅先生太冷了、太狠了，他笔下的孔乙己为什么会是这副惨状？他对孔乙己的揭露为什么竟是这样的无情？！须知，"良药苦口利于病，忠言逆耳利于行"，如果是一团和气、和风细雨的暗示，根本达不到令人震惊的效果。

对孔乙己，我们可以认为，他的经济生活是可惨的，而他的精神世界更是可悲的；他的遭际离不开社会体制与社会文化的原因，更离不开他自己的原因。

就孔乙己来说，他还有一重悲哀，那就是，在社会生活中，他是一个可有可无的人（"孔乙己是这样的使人快活，可是没有他，别人也便这么过"），而他那足以引起人们的同情与思考的遭际实际上反而成了别人的笑柄。每个人都是上帝派下来的天使，孔乙己应该也不例外，但可悲的是，孔乙己并没能成为天使，这在很大程度上固然是孔乙己自己造成的，但也不乏有其周围人的原因，其周围人也同样是这篇小说中的重要人物形象，也非常值得我们去审视。

鲁迅先生笔下是有一群看客的，他们冷漠，他们无情，他们麻木，他们无聊，他们有着一种畸形的心理，他们处在某种不幸之中，还要欣赏、把玩他人的不幸，《孔乙己》中的"短衣帮"便是这样的一群人。短衣帮处在社会的最底层，他们经济地位低下，精神生活匮乏，尤其是没有任何令他们省视自己处于此等状态的机缘，他们更不能自觉地、哪怕是自发地省视自我，故此，他们只有以赏玩他人之苦为乐。他们是可气的、可恨的，也是可悲的、可怜的。他们在赏玩孔乙己的痛苦的时候，所拥有的心理优势是潜在的，是无意识的，他们带给我们心理上的撞击与震撼似乎要远远比孔乙己还有力度。鲁迅先生做出他们的画像，更是在揭示些什么，更是要表现些什么。我们分明地看到,短衣帮的冷漠、无情、麻木、无聊,更加深了孔乙己境况之悲惨;而孔乙己境况之悲惨更映照了短衣帮的冷漠、无情、麻木、无聊。于是,我们深深地感到,须自我救赎的并不仅仅是孔乙己,更有短衣帮在其中。与孔乙己相比,短衣帮才更具有类型化特点,他们是一个巨大的群体——看客群体的代表。短衣帮这个群体构成了孔乙己所生活的社会环境的一个维度。

掌柜其人的身份、地位有别于短衣帮,但他的无情也是赤裸裸的,甚至比短衣帮有过之而无不及,他无聊地、居高临下地取笑孔乙己,他因孔乙己欠十九个钱而在近一年的时间里多次念叨孔乙己(十九个钱固然是他应得的,但他只念钱不念人的思维意识还是暴露了他无情的本质),他是社会上的中层人物,构成了孔乙己所生活的社会环境的第二个维度。

丁举人没有出场,但就小说来看,可以说他是构成孔乙己所生活的社会环境的第三个维度。无论如何,生命也应该是最需要敬畏、最需要尊重的,孔乙己偷了他家的东西,他就至于往死里打吗(虽然孔乙己被打当时没有死掉,但他被凶残地殴打是有很大的死掉的危险的,而且孔乙己其后最终的"死"不能说与此无关)?丁举人难道不应该去想想吗?夜深人静之时,难道他会安心吗?作为小说中的丁举人,他似乎觉得痛打偷窃他家东西的孔乙己是理所当然的,什么原因?权势的作用!这是那个社会的又一特点,有权有势就可以恣意妄为,而且无论是在权势人心底里,还是在下层人意识中,他们都会觉得这是理所当然的。权大于法是可怕的,所有人都认为权应该大于法尤其可怕。

理清了短衣帮、掌柜、丁举人等,我们就不能说这篇小说缺乏环境描写了,他们这些人就构成了环境,构成了孔乙己所生存的社会环境。小说的环境描写有的时候是自然环境突出一些,有的时候是社会环境突出一些,这取决于作者的设计与安排,取决于作者要表现什么(当然,这篇小说也有一定的自然环境描写,那就是"中秋过后,秋风是一天凉比一天",这一描写主要是创设了氛围,暗示了孔乙己悲惨的结局)。其实,与此同时,孔乙己本身也是这个社会的一员,尽管他有他的特殊性,尽管他是遭受迫害和毒害的形象,但是,孔乙己在他的遭遇中所起的作用以及他对这个社会的影响,决定了他也不例外地有其创造小说社会环境的作用——对他造成迫害的社会环境正是在他的参与下形成的,他本人也是他所生活的社会环境的一个维度。

　　谈到社会环境,我们还可以注意到,甫读作品,我们就发现了一个问题:小说的开头,作者为什么没有直接介绍孔乙己,而是用大量的笔墨介绍鲁镇的酒店的格局,详细介绍短衣帮与长衫主顾这两种酒客之间的差别,以及掌柜的与小伙计、酒店与顾客之间的矛盾关系呢?这也是为反映社会背景,反映存在着泾渭分明的等级差别的社会背景,反映人与人之间交织着种种矛盾的社会背景;当然,小说开头还有交代故事场景,为孔乙己的出场做铺垫,并具有巧妙地、不着痕迹地暗示孔乙己悲剧原因的作用。

　　作品中的小伙计,他首先是一个叙事者,孔乙己的故事是由他讲述的;同时,他又是一个见证人,小的时候,他是孔乙己故事的见证者。小伙计的形象比较特殊,如上所述,他身兼两个身份,但他并不是看客,他小的时候,孔乙己令他发笑、令他快乐是孩童心理的自然反应,并不源自他对孔乙己遭遇进行品鉴而形成的收获感与优越感,并不源于他高高在上地对孔乙己奚落、嘲讽而产生的成就感与满足感。在孔乙己被打折了腿后,小伙计还能够为孔乙己温了酒放在门槛上(尽管这是他的职务);而已到成年的小伙计,则是在平静地叙述孔乙己的故事,甚至作品最后他提到"大约孔乙己的确死了"的时候还能让我们隐隐地捕捉到一点点遗憾感、失落感、感伤感。尽管小伙计小时候也觉得孔乙己是一个"讨饭一样的人",是不配考他的,但这是他作为一个小孩受成人的影响而产生的认识,是他作为一个小孩子的幼稚的认识；尽管小伙计并没有在行动上、精神上给予孔乙己什么帮助——他也没有这样的能力，但是他，尤其是成年之后的他却令我们看到了改变社会的一丝希望、一丝可能，这或许有现实的原型与依据，也或许是源于鲁迅先生所说的"那时的主将是不主张消极的"（鲁迅《呐喊·自序》）这个原因吧。

关于《孔乙己》的主题，学术界有着很多的说法，如：批判封建科举制度，批判封建教育体制，揭露下层人民的麻木，抨击封建等级制度，提醒社会注意对儿童的教育与影响等等，这些说法都是有一定的道理的。与此同时，我们还可以从另一个视角去看，那就是作品对当时社会病态的、畸形的文化的揭示。如前所说，孔乙己所受的毒害也好，孔乙己不能认清自己也罢，孔乙己周围人对他的冷漠也好，对他的无情也罢，都是当时社会形态、社会意识的文化的折射，作品告诉我们，打破旧文化，创造新文化是那时的当务之急，这其实与当时的新文化运动也是相辅相成的。

到这里，我们对《孔乙己》已经有了比较全面、比较深入的把握和认识，下面，我们再放飞思维，就作品的某些细节做一些问答性思考。

作者为什么为主人公取名为孔乙己？这个名字很容易让人联想到儒家与儒家思想，并进而将其曲解为腐朽的封建思想，但这样的理解对吗？其实，在鲁迅先生的作品中，先生往往并不煞有介事地写一个很像真实名字的名字（如：阿Q），为的是不让某些别有用心的人穿凿附会、恣意生发，正如先生所说："单在描写社会上的或一种生活，请读者看看，并没有别的深意。"（鲁迅《〈孔乙己〉附记》）因而，我们也大可不必想得太多。有些小说，人物名字或有深意，但也有一些不是这样的，他并没有什么寓意，所以，我们不要太过于敏感。

孔乙己为什么嗜酒如命？孔乙己在他的精神世界里是痛苦地煎

熬着的,无望地延喘着的。他要用酒精来麻木自己,让自己暂时忘掉这种悲苦,因而,他对酒就有了一种精神上的依赖。与此同时,还有一个思想上的问题,孔乙己自认为是读书人,是高人一等的人,是有资格常常喝酒的人,甚至于是可以在喝酒时多加一碟茴香豆以向短衣帮炫耀的人,他是在满足自己的自尊感,展现自己的存在感,甚至是优越感。

孔乙己为什么分茴香豆给孩子们吃?这固然是因为他心底的那一份善良与爱心,但也未尝不是因为孩子们天真无邪,不取笑他,不奚落他,他可以借孩子们来慰藉他孤独、孤苦、孤寂的心灵(他和小伙计聊"回"字的四种写法,其实也是为驱除寂寞使然,尽管其中也有一定的炫耀自己的意味)。

"这是二十年前的事了"一句仅仅是要表现酒价涨了吗?当然不是,因为表现酒价涨了本身并没有什么实际意义。那么,它隐含的内容是什么呢?应该是在这二十年中,有着许多变与不变的东西,如果社会文化、社会意识、社会形态已经随着社会的演进与发展而变得好起来了,作者也就没有必要来写这个故事了。再有,从叙事角度说,它暗示着二十年前后的"小伙计"对孔乙己的印象可能会有变化,小伙计小时候亲眼见到的孔乙己与二十年后回忆中的孔乙己可能有所不同,这也为小说中孔乙己形象的丰富性、多维性与能够被无限地解读提供了可能。

孔乙己那不肯脱去的破旧的长衫表明了什么,是不是有什么象征意义?孔乙己的那件破旧的长衫恐怕不简单地表明孔乙己的身份和经济状况,它应该是有其象征义的:没落的旧文化、没落的旧思想,它们就像一袭破旧的长衫一样束缚着孔乙己,而孔乙己却甘于被禁锢在这种束缚之中,甚至于以被禁锢在这种束缚之中为美、为荣。

孔乙己为什么要站在外面喝酒?孔乙己站在外面喝酒,固然与其经济实力有关,但反过来想,似乎与其想在短衣帮面前显示其穿长衫、读书人的身份也有关,他进到店面里面绝然是一个地位低下者,而在外面,他比短衣帮多要一碟茴香豆,似乎还是有一定的心理优势的——尽管短衣帮也戏弄他、嘲讽他、取笑他、揶揄他、赏玩他。我们可以比较"站着喝酒而穿长衫的唯一的人"和"穿长衫而站着喝酒的唯一的人"之间的区别。

孔乙己喝酒时间点的选择,原来是选人多的时候,而打折腿后的最后一次到店则是选没人的时候,这反映了孔乙己怎样的心理?孔乙己在被打折腿之前,虽被短衣帮所取笑,但在内心深处,他是有心理优势的,他觉得他是读书人,他觉得他高于短衣帮,他故意出现在短衣帮面前,以找到一种高人一等的自我陶醉感。而被打折腿后,孔乙己不仅是腿被打折了,身体残废了,更主要的是他不能站在短衣帮面前炫耀自己了,他的精神也最终被打垮了,而且是被他自己打垮了。

孔乙己也许至死都没有感觉到他的境况是可惨、可悲的,也许至死都不明白造成他陷入如此生活窘境的原因是什么,但这一切都已经过去了,他再也不需要去感觉到、去弄明白了。唯有我们,读了先生的作品,要谨防没落的、腐朽的文化的回潮与侵袭,要高扬社会主义核心价值观的大旗,徜徉在这先进文化的春风中,快乐地生活。

（邓长生）

参考文献

①鲁迅:《鲁迅全集》第一卷[M],人民文学出版社,2005 年。

②张敏:《〈孔乙己〉的教学解读和教学建议》[D],上海师范大学,2015 年。

③陈丹:《〈孔乙己〉的文学解读与教学解读研究》[D],南京师范

大学,2014 年。

　　④林超然:《〈孔乙己〉的隐喻空间》[J],《名作欣赏》,2008 年。

　　⑤戴本刚:《对〈孔乙己〉主题的多元解读》[J],《语文天地》,2010 年。

　　⑥潘海军:《简论鲁迅小说〈孔乙己〉的三重意蕴》[J],《长春大学学报》,2011 年。

《药》解读

1. 小说的题目有什么含义？《药》的主题是什么？

2. 为什么鲁迅先生安排这两家人分别姓"华"、"夏"？姓别的不行吗？为什么叫老栓、小栓、夏瑜？叫其他名字不行吗？

3. 鲁迅《药》中描写的"人血馒头"是指谁的血都行，还是只有烈士的血能治痨病？华老栓为什么一定要买"人血馒头"，而不用自己的血呢？

4. 文中提到的那个被杀的人，也就是那个夏家的孩子是个什么人物？他为什么要劝牢头造反？

5. 为什么夏四奶奶上坟时，见华大妈坐在地上看她，便有些"踌躇"，脸上出现"羞愧"？

6. 清末没有用花环寄托哀思的习俗，作者在第四部分为何要写上"一圈红白的花"？

7. 小说的结尾是什么意思？

8. 现在的中学生读这一百年前的这篇文章有用吗？

【阅读指要】

小说《药》写于一九一九年四月二十五日。辛亥革命虽然推翻了帝制，但是并没有从根本上解决解放人民思想的问题，况且有很多革命党人不能够真正联系群众发动起义,反而试图想依靠暗杀等暴力手段或者依靠少数人完成反帝反封建的革命任务。比如一九〇七年七月六日,徐锡麟刺杀安徽巡抚恩铭,失败后被恩铭的亲兵残酷地挖出心肝炒食。另一位革命党人秋瑾因此被告发而入狱,在绍兴轩亭口英勇就义。鲁迅先生以此为背景,写下这篇小说,一是表现当时人们的愚昧和麻木,一是遗憾辛亥革命者的脱离群众,最终引起"疗救者"的注意,以此来解决中国社会的诸多问题。小说以"药"为题,是双关语。旧时迷信,以为人血可以医治肺痨,所以这里的"药"既指人血馒头,又指作者给中国革命开出的良"药"。

小说一共四千五百二十字左右,写了十一个人物。

人物可以分为这样几个层面:刽子手康大叔,告密者夏三爷,牢头阿义;革命者夏瑜;茶馆主人华老栓和妻子华大妈儿子华小栓,茶客三人,驼背五少,花白胡子,二十几岁的人和夏瑜母亲夏四奶奶。

小说的情节由明、暗两条线索组成。明线:华老栓买药,小栓吃药,茶馆谈药,小栓医治无效。暗线:夏瑜被杀,他的鲜血被当成药吃下,茶客们谈论夏瑜。坟场上两个母亲相遇,双线会合,华夏两家交汇在一起,"华夏"也就有了华夏民族的含义。

【原文】

一

秋天的后半夜,月亮下去了,太阳还没有出,只剩下一片乌蓝的天;除了夜游的东西,什么都睡着。华老栓忽然坐起身,擦着火柴,点上遍身油腻的灯盏,茶馆的两间屋子里,便弥满了青白的光。

"小栓的爹,你就去么?"是一个老女人的声音。里边的小屋子里,也发出一阵咳嗽。

"唔。"老栓一面听,一面应,一面扣上衣服;伸手过去说,"你给我罢。"

华大妈在枕头底下掏了半天，掏出一包洋钱①，交给老栓，老栓接了，抖抖的装入衣袋，又在外面按了两下；便点上灯笼，吹熄灯盏，走向里屋子去了。那屋子里面，正在窸窸窣窣的响，接着便是一通咳嗽。老栓候他平静下去，才低低的叫道，"小栓……你不要起来。……店么？你娘会安排的"。

老栓听得儿子不再说话，料他安心睡了；便出了门，走到街上。街上黑沉沉的一无所有，只有一条灰白的路，看得分明。灯光照着他的两脚，一前一后的走。有时也遇到几只狗，可是一只也没有叫。天气比屋子里冷多了；老栓倒觉爽快，仿佛一旦变了少年，得了神通，有给人生命的本领似的，跨步格外高远。而且路也愈走愈分明，天也愈走愈亮了。

老栓正在专心走路，忽然吃了一惊，远远里看见一条丁字街，明明白白横着。他便退了几步，寻到一家关着门的铺子，蹩进②檐下，靠门立住了。好一会，身上觉得有些发冷。

"哼，老头子。"

"倒高兴……。"

老栓又吃一惊，睁眼看时，几个人从他面前过去了。一个还回头看他，样子不甚分明，但很像久饿的人见了食物一般，眼里闪出一种攫取③的光。老栓看看灯笼，已经熄了。按一按衣袋，硬硬的还在。仰起头两面一望，只见许多古怪的人，三三两两，鬼似的在那里徘徊；定睛再看，却也看不出什么别的奇怪。

没有多久，又见几个兵，在那边走动；衣服前后的一个大白圆圈，远地里也看得清楚，走过面前的，并且看出号衣④上暗红的镶边。——一阵脚步声响，一眨眼，已经拥过了一大簇人。那三三两两的人，也忽然合作一堆，潮一般向前赶；将到丁字街口，便突然立住，簇成一个半圆。

老栓也向那边看，却只见一堆人的后背；颈项都伸得很长，仿佛许多鸭,被无形的手捏住了的,向上提着。静了一会,似乎有点声音,便又动摇起来,轰的一声,都向后退;一直散到老栓立着的地方,几乎将他挤倒了。

"喂!一手交钱,一手交货!"一个浑身黑色的人,站在老栓面前,眼光正像两把刀,刺得老栓缩小了一半。那人一只大手,向他摊着;一只手却撮着一个鲜红的馒头,那红的还是一点一点的往下滴。

老栓慌忙摸出洋钱,抖抖的想交给他,却又不敢去接他的东西。那人便焦急起来,嚷道,"怕什么? 怎的不拿!"老栓还踌躇着;黑的人便抢过灯笼,一把扯下纸罩,裹了馒头,塞与老栓;一手抓过洋钱,捏一捏,转身去了。嘴里哼着说,"这老东西……。"

"这给谁治病的呀?"老栓也似乎听得有人问他,但他并不答应;他的精神,现在只在一个包上,仿佛抱着一个十世单传的婴儿,别的事情,都已置之度外了。他现在要将这包里的新的生命,移植到他家里,收获许多幸福。太阳也出来了;在他面前,显出一条大道,直到他家中,后面也照见丁字街头破匾上"古□亭口"⑤这四个黯淡的金字。

【注释】①洋钱:指银元。银元最初是从外国流入我国的,所以俗称洋钱;我国自清代后期开始自铸银元,但民间仍沿用这个旧称。②蹩(bié)进:躲躲闪闪地走进去。③撮(jué)取:夺取。④号衣:指清朝士兵的军衣,前后胸都缀有一块圆形白布,上有"兵"或"勇"字样。⑤篇中人物夏瑜隐喻清末女革命党人秋瑾。秋瑾就义的地点在绍兴轩亭口。轩亭口是绍兴城内的大街,街旁有一牌楼,匾上题有"古轩亭口"四字。

【解读】

第一章节以秋天的后半夜开始,老栓准备去刑场买药。秋季问斩,这是自古惯例。华大妈在枕头摸索了半天才掏出洋钱,老栓接过来"抖抖"的放进衣袋,又"按"了两下,老俩口这一串动作自然看出这钱来之不易。本来就是小本经营的劳动者,儿子生了病,生活很是艰难。

　　在黎明前走出房门,因为带着希望,希望这一次神奇的"药方"可以治愈儿子的痨病,所以老栓心情大概是激动和期待的,所以不觉得冷,反而在希望的驱使下越走越快,步子格外高远。当然老栓这样老实巴交的人事到临头也不免胆怯,待看到那条要展示杀人的丁字街,不觉得有点身冷。

　　然而总是会有那么多人消息灵通,知道老栓买药的事情,"哼,老头子""倒高兴",这语气分明有种不太愉快的情绪在里面。"哼"这个语气似乎有种不满意,"老头子"也许是轻蔑的称呼,也许意味着说话人比华老栓年轻。"倒高兴"似乎认为老栓买药是占了多大便宜的事。不管如何,买人血馒头用来治病这件事,大家都觉得是天经地义的,甚至谁能够买到反而是件让人羡慕的事。所以他们如同久饿的人看着老栓放出攫取的光,如同有些人看着别人得到好处总是有点眼热。这种眼光让老栓有点胆怯,很担心自己为儿子买救命药的钱被抢走,所以不由得按一按自己的洋钱。周围那些人冒着寒冷,起着大早专门来看杀头,这样的人你说有多"古怪",像鬼一样,可是这样的人多了,也就不奇怪了。这恐怕就是当时的社会现状了,百姓们热衷于当看客。我们不禁想起鲁迅弃医从文的理由,就是因为看到中国人围观自己的同胞被杀害的场面而深感国人的麻木,感到中国人的体格不管多么健康茁壮,但是精神上是愚昧麻木的,是可怕的。这些古怪的来看夏瑜被杀头的人们不也是如此吗?

　　所以鲁迅不无嘲讽不无心痛地写出杀头的场面,兵们还穿着清朝的衣服,一眨眼,人们就拥挤过来,如潮水般合聚,围成一个半圆,伸着脖子如鸭子般努力向上挣扎着,争取多看一点。杀头是一场热闹,看热闹的人们对于死者是谁,为谁而死都不关心,只是一场戏而已。

　　刽子手康大叔出场了,因为刚杀过人,眼神里不免有杀气,所以眼光正像两把刀,没见过世面的老栓自然萎缩。鲁迅在这里似乎用了一个特写慢镜头:一只大手摊过来要钱,另一只手撮着一个鲜红的馒头,鲜血还在不停地往下滴。老栓也许能够和他人一样看热闹,但鲜血染红的馒头怎么也不敢伸手去拿。于是康大叔便有了一连串动作戏,抢灯笼,扯灯罩,裹馒头,塞过来,抓洋钱,捏一捏,转身离开,留下一句不屑:这老东西……这老东西什么呢,赚了便宜?

蘸了鲜血的馒头能治病吗?我们通过现在的知识可以知道这是不可能的,可是老栓们不知道。有人问"这是给谁治病的呀",说明当时人血馒头治病是人们的共识,足见当时人们愚昧的普遍。老栓把自己全部的注意力都集中在这"药"上了,仿佛儿子立刻就痊愈了似的,这人血馒头仿佛可以给儿子移植新的生命,让这个家庭重获幸福。此时的老栓不会去想这血是谁的,这人为什么被杀,他只关心自己和家人的幸福,其他的事和他又有什么关系呢?

以上是第一章。老栓到刑场买药,也就意味着另一个人物"夏瑜"被杀头。

【原文】

二

老栓走到家,店面早经收拾干净,一排一排的茶桌,滑溜溜的发光。但是没有客人;只有小栓坐在里排的桌前吃饭,大粒的汗,从额上滚下,夹袄也帖住了脊心,两块肩胛骨高高凸出,印成一个阳文①的"八"字。老栓见这样子,不免皱一皱展开的眉心。他的女人,从灶下急急走出,睁着眼睛,嘴唇有些发抖。

"得了么?"

"得了。"

两个人一齐走进灶下,商量了一会;华大妈便出去了,不多时,拿着一片老荷叶回来,摊在桌上。老栓也打开灯笼罩,用荷叶重新包了那红的馒头。小栓也吃完饭,他的母亲慌忙说:

"小栓——你坐着,不要到这里来。"

一面整顿了灶火,老栓便把一个碧绿的包,一个红红白白的破灯笼,一同塞在灶里;一阵红黑的火焰过去时,店屋里散满了一种奇怪的香味。

"好香! 你们吃什么点心呀?"这是驼背五少爷到了。这人每天总在茶馆里过日,来得最早,去得最迟,此时恰恰蹩到临街的壁角的桌边,便坐下问话,然而没有人答应他。"炒米粥么?"仍然没有人应。老栓匆匆走出,给他泡上茶。

"小栓进来罢!"华大妈叫小栓进了里面的屋子,中间放好一条凳,小栓坐了。他的母亲端过一碟乌黑的圆东西,轻轻说:

"吃下去罢,——病便好了。"

小栓撮②起这黑东西,看了一会,似乎拿着自己的性命一般,心里说不出的奇怪。十分小心的拗开了,焦皮里面窜出一道白气,白气散了,是两半个白面的馒头。——不多工夫,已经全在肚里了,却全忘了什么味;面前只剩下一张空盘。他的旁边,一面立着他的父亲,一面立着他的母亲,两人的眼光,都仿佛要在他身上注进什么又要取出什么似的;便禁不住心跳起来,按着胸膛,又是一阵咳嗽。

"睡一会罢,——便好了。"

小栓依他母亲的话,咳着睡了。华大妈候他喘气平静,才轻轻的给他盖上了满幅补钉的夹被。

【注释】①阳文:刻在器物上的文字,笔画凸起的叫阳文,笔画凹下的叫阴文。②撮(cuō):用手指捏取。

【解读】

小栓的病是肺痨,总是觉得饿,是一直要吃的,但是只是瘦,看到儿子的模样,开心的老栓不免皱眉,怕是有了一种预感。但是辛苦买来的药总是要吃的,怎么吃却是不知道,可见人血馒头能治病的说法也只是谣传,如果真的能够治病,不也会堂而皇之地进入《本草纲目》一类的药书里,标明服用的方法吗?

在烤制人血馒头的时候，老栓的茶馆来了第一位客人。驼背五少每天在茶馆度日，总是最早来，最晚走，看来这个人有点闲钱有大把的闲时，天天无所事事，属于遗少一类。鲁迅在写人物时常爱用"蹩"这个字，比如老栓第一章时因为害怕蹩进屋檐下，此时驼背五少蹩到临街的桌角，这"蹩"本来是一脚受伤身体歪斜的意思，鲁迅形容老栓的"蹩"是躲闪，而驼背五少的"蹩"则是身体的歪斜和为打发时光的缓慢走路。每天坐在临街的桌边，自然是为了看街景打发时间，老栓匆匆给他泡茶，也没有回答他的两个问题，也许是心思在人血馒头上，也许对这个驼背五少也没什么好感。

终于到了吃"药"的时候，这个"神奇"的药对这一家三口来说也许是最后的希望了，所以小栓小心翼翼地看，似乎对待自己的生命，老栓和华大妈希望小栓吃下"药"后可以药到病除，满怀希望的眼光似乎要注入小栓身体里健康的种子而取出疾病的根源。可是这省吃俭用买来的馒头真能治病吗？那满是补丁的夹被是这个家庭经济状况的反映，这刚吃过人血馒头后的一阵又一阵无法止息的咳嗽不也是对这"良药"效果的如实反映吗？

以上是第二章，小栓吃"药"，意味着夏瑜的鲜血被吃。

【原文】

三

店里坐着许多人，老栓也忙了，提着大铜壶，一趟一趟的给客人冲茶；两个眼眶，都围着一圈黑线。

"老栓，你有些不舒服么？——你生病么？"一个花白胡子的人说。

"没有。"

"没有？——我想笑嘻嘻的，原也不像……"花白胡子便取消了自己的话。

"老栓只是忙。要是他的儿子……"驼背五少爷话还未完，突然闯进了一个满脸横肉的人，披一件玄色布衫，散着纽扣，用很宽的玄色①腰带，胡乱捆在腰间。刚进门，便对老栓嚷道：

"吃了么？好了么？老栓，就是运气了你！你运气，要不是我信息灵……。"

老栓一手提了茶壶，一手恭恭敬敬的垂着；笑嘻嘻的听。满座的人，也都恭恭敬敬的听。华大妈也黑着眼眶，笑嘻嘻的送出茶碗茶叶来，加上一个橄榄，老栓便去冲了水。

"这是包好！这是与众不同的。你想，趁热的拿来，趁热的吃下。"横肉的人只是嚷。

"真的呢，要没有康大叔照顾，怎么会这样……"华大妈也很感激的谢他。

"包好，包好！这样的趁热吃下。这样的人血馒头，什么痨病②都包好！"

华大妈听到"痨病"这两个字，变了一点脸色，似乎有些不高兴；但又立刻堆上笑，搭讪着走开了。这康大叔却没有觉察，仍然提高了喉咙只是嚷，嚷得里面睡着的小栓也合伙咳嗽起来。

"原来你家小栓碰到了这样的好运气了。这病自然一定全好；怪不得老栓整天的笑着呢。"花白胡子一面说，一面走到康大叔面前，低声下气的问道，"康大叔——听说今天结果的一个犯人，便是夏家的孩子，那是谁的孩子？究竟是什么事？"

"谁的？不就是夏四奶奶的儿子么？那个小家伙！"康大叔见众人都耸起耳朵听他，便格外高兴，横肉块块饱绽，越发大声说，"这小东西不要命，不要就是了。我可是这一回一点没有得到好处；连剥下来的衣服，都给管牢的红眼睛阿义拿去了。——第一要算我们栓叔运气；第二是夏三爷赏了二十五两雪白的银子，独自落腰包，一文不花。"

小栓慢慢的从小屋子里走出，两手按了胸口，不住的咳嗽；走到灶下,盛出一碗冷饭,泡上热水,坐下便吃。华大妈跟着他走,轻轻的问道,"小栓,你好些么?——你仍旧只是肚饿?……"

"包好,包好!"康大叔瞥了小栓一眼,仍然回过脸,对众人说,"夏三爷真是乖角儿,要是他不先告官,连他满门抄斩。现在怎样?银子!——这小东西也真不成东西!关在牢里,还要劝牢头造反。"

"阿呀,那还了得。"坐在后排的一个二十多岁的人,很现出气愤模样。

"你要晓得红眼睛阿义是去盘盘底细的,他却和他攀谈了。他说:这大清的天下是我们大家的。你想:这是人话么?红眼睛原知道他家里只有一个老娘,可是没有料到他竟会这么穷,榨不出一点油水,已经气破肚皮了。他还要老虎头上搔痒,便给他两个嘴巴!"

"义哥是一手好拳棒,这两下,一定够他受用了。"壁角的驼背忽然高兴起来。

"他这贱骨头打不怕,还要说可怜可怜哩。"

花白胡子的人说,"打了这种东西,有什么可怜呢?"

康大叔显出看他不上的样子,冷笑着说,"你没有听清我的话;看他神气,是说阿义可怜哩!"

听着的人的眼光,忽然有些板滞③;话也停顿了。小栓已经吃完饭,吃得满头流汗,头上都冒出蒸气来。

"阿义可怜——疯话,简直是发了疯了。"花白胡子恍然大悟似的说。

"发了疯了。"二十多岁的人也恍然大悟的说。

店里的坐客,便又现出活气,谈笑起来。小栓也趁着热闹,拼命咳嗽;康大叔走上前,拍他肩膀说:

"包好!小栓——你不要这么咳。包好!"

"疯了。"驼背五少爷点着头说。

【注释】①玄色:赤黑色,黑中带红的颜色,泛指黑色。②痨病:即肺结核。

③板滞:形容表情呆板冷漠。

【解读】

第三章是小说重要的章节,集中在茶馆的一小段时间内展开,茶客们纷纷登场,康大叔也又再次亮相,围绕着"药"展开话题,也就自然而然地谈到夏瑜。

花白胡子爱搭讪,在这里起到穿针引线的作用,他询问老栓是否不舒服,听到"没有"的回答便立刻取消自己的问题,可以看出这个人也没有什么立场,他一方面抚慰老栓"好运气",一方面低声下气地问康大叔被杀头的"夏瑜"的情况,自然引出康大叔对夏瑜的介绍。

在众茶客中,鲁迅特地设计一个二十几岁的人,本来是年轻有见识的,可是却依然对劝牢头造反的"夏瑜"说着"那还了得"的评价,不理解夏瑜说"大清的天下是大家"的说法,附和着别人说夏瑜"发了疯",这个人物的设置恐怕体现了鲁迅的深意:深受封建思想的影响,人们只承认眼前现实,不想变革,也不理解变革,反而不接受任何改变,年轻人也是如此,这是多么可怕呢!

康大叔在刑场上是个剑子手,靠卖人血馒头发财,此时特地过来,而且是"闯"进茶馆,可见这个人平时也是横行霸道的。他闯进来,一连串地叫嚷:"吃了么? 好了么? 老栓,就是运气了你! 你运气,要不是我信息灵……"然后又是一连串的"包好",不管别人爱听不爱听,只要有康大叔的地方,他就是主角。而别人也都恭恭敬敬,说明大家都怕他,不光是因为他是杀人的剑子手,更重要的是怕康大叔背后的朝廷。康大叔蛮横,贪婪,无礼又无耻,比如第一章中从老栓手里抢过洋钱是"捏一捏",比如他在茶馆里公然说"我可是这一回一点没有得到好处",他怎么没有得到好处呢? 他从老栓那里得到买人血馒头的钱了,可是他还是很羡慕连夏瑜的衣服都剥去的牢头阿义,当然更羡慕密告自己侄子的夏三爷,出卖亲情得到了二十五两白银。"独自落腰包,一文不花"这句话分明大有羡慕嫉妒恨的意味。

从康大叔的谈话中我们可以大体知道革命者夏瑜的情况,只有一个老母亲相依为命,家里穷。亲戚们认为夏瑜的举动是谋反;本家夏三爷平时自然也不会接济他,所以才有后来丧失亲情的告密。牢头阿义盘问夏瑜,夏瑜反而劝牢头造反,跟阿义说:这大清的天下是我们大家的,被阿义打了两个嘴巴,他反而说阿义可怜。我们可以看出夏瑜革命立场坚定,但是也能够看出他做事不看对象,宣传革命时也并没有什么策略,可见其幼稚与脱离群众的特点。而本来应该公平地在天下生活的人们,根本不了解他的想法,反而认为夏瑜的举动不合伦常,挨了打也是对的,说阿义"可怜"是发疯。茶客们说夏瑜是"这种东西"被打"不可怜",恐怕能够反映出革命失败的原因。

一个人深陷危险中而不觉,另一个人勇敢地冲上去全心全意去救人,可是不知道怎样去救,反而搭上自己的性命,被救的人不感激反而认为是多事,这是一个多么可悲的现实呢!

这大概就是鲁迅在第三章中想要告诉我们的吧。

【原文】

四

西关外靠着城根的地面,本是一块官地;中间歪歪斜斜一条细路,是贪走便道的人,用鞋底造成的,但却成了自然的界限。路的左边,都埋着死刑和瘐毙①的人,右边是穷人的丛冢②。两面都已埋到层层叠叠,宛然阔人家里祝寿时的馒头。

这一年的清明,分外寒冷;杨柳才吐出半粒米大的新芽。天明未久,华大妈已在右边的一坐新坟前面,排出四碟菜,一碗饭,哭了一场。化过纸③,呆呆的坐在地上;仿佛等候什么似的,但自己也说不出等候什么。微风起来,吹动他短发,确乎比去年白得多了。

小路上又来了一个女人,也是半白头发,褴褛的衣裙;提一个破旧的朱漆圆篮,外挂一串纸锭,三步一歇的走。忽然见华大妈坐在地上看她,便有些踌躇,惨白的脸上,现出些羞愧的颜色;但终于硬着头皮,走到左边的一坐坟前,放下了篮子。

那坟与小栓的坟,一字儿排着,中间只隔一条小路。华大妈看他排好四碟菜,一碗饭,立着哭了一通,化过纸锭;心里暗暗地想,"这坟里的也是儿子了。"那老女人徘徊观望了一回,忽然手脚有些发抖,跄跄踉踉退下几步,瞪着眼只是发怔。

华大妈见这样子,生怕他伤心到快要发狂了;便忍不住立起身,跨过小路,低声对他说,"你这位老奶奶不要伤心了,——我们还是回去罢。"

那人点一点头,眼睛仍然向上瞪着;也低声吃吃的说道,"你看,——看这是什么呢?"

华大妈跟了他指头看去,眼光便到了前面的坟,这坟上草根还没有全合,露出一块一块的黄土,煞是难看。再往上仔细看时,却不觉也吃一惊;——分明有一圈红白的花,围着那尖圆的坟顶。

他们的眼睛都已老花多年了,但望这红白的花,却还能明白看见。花也不很多,圆圆的排成一个圈,不很精神,倒也整齐。华大妈忙看他儿子和别人的坟,却只有不怕冷的几点青白小花,零星开着;便觉得心里忽然感到一种不足和空虚,不愿意根究。那老女人又走近几步,细看了一遍,自言自语的说,"这没有根,不像自己开的。——这地方有谁来呢? 孩子不会来玩;——亲戚本家早不来了。——这是怎么一回事呢?"他想了又想,忽又流下泪来,大声说道:

"瑜儿,他们都冤枉了你,你还是忘不了,伤心不过,今天特意显点灵,要我知道么?"他四面一看,只见一只乌鸦,站在一株没有叶的树上,便接着说,"我知道了。——瑜儿,可怜他们坑了你,他们将来总有报应,天都知道;你闭了眼睛就是了。——你如果真在这里,听到我的话,——便教这乌鸦飞上你的坟顶,给我看罢。"

微风早经停息了;枯草支支直立,有如铜丝。一丝发抖的声音,在空气中愈颤愈细,细到没有,周围便都是死一般静。两人站在枯草丛里,仰面看那乌鸦;那乌鸦也在笔直的树枝间,缩着头,铁铸一般站着。

许多的工夫过去了;上坟的人渐渐增多,几个老的小的,在土坟间出没。

华大妈不知怎的,似乎卸下了一挑重担,便想到要走;一面劝着说,"我们还是回去罢。"

那老女人叹一口气,无精打采的收起饭菜;又迟疑了一刻,终于慢慢地走了。嘴里自言自语的说,"这是怎么一回事呢?……"

他们走不上二三十步远,忽听得背后"哑——"的一声大叫;两个人都竦然的回过头,只见那乌鸦张开两翅,一挫身,直向着远处的天空,箭也似的飞去了。

一九一九年四月。

【注释】①瘐毙:旧时关在牢狱里的人因受刑或饥寒、疾病而死亡。②丛冢:乱坟堆。冢,坟墓。③化过纸:纸指纸钱,一种迷信用品,旧俗认为把它火化后可供死者在"阴间"使用。下文说的纸锭,是用纸或锡箔折成的元宝。

【解读】

小栓并没有因为吃了人血馒头而活下来,恰好说明人血馒头是不治病的。时间到了第二年的清明,双双失去了儿子的两个老女人来上坟。一个儿子是为了另一个儿子而死,可是母亲们都不知。夏四奶奶有点踌躇,因为儿子是被杀头的,是犯了大清的法,所以很羞愧,怕人见。然而看见了儿子坟头的小花(那小花是作者刻意的安排,表明对未来的乐观和期望),让夏四奶奶陡然有了一种期望——自己的儿子夏瑜是被冤枉的。可是这个母亲也就只能说"他们坑了你","他们会遭报应"这样的话语,可见夏四奶奶根本不知道自己的儿子为何而死,母子之间尚且隔膜,何况是和华老栓们呢!对乌鸦飞上坟顶的期盼也不过是为了证明儿子是冤枉的而已,可是乌鸦竟没有如愿的飞到坟顶,反而飞走了,夏四奶奶的希望落了空,这深深的隔膜最终也没有消除。这阴冷的结局,和花白胡子等人对夏瑜的冷漠态度,在氛围上是一致的,从而增强了作品的悲剧性。

至于乌鸦在这里究竟有什么作用和意义,是有不同说法的。有的人认为乌鸦象征反动派,乌鸦飞去,象征黑暗消失。有的人认为乌鸦没有按照夏四奶奶的希望飞上夏瑜坟顶,有反对封建迷信的作用。有的人认为乌鸦象征着革命者的战斗雄姿,乌鸦的飞去,给人以力量的感受。对此等看法,你的意见又是怎样的呢?

一个革命者的鲜血成为一个普通青年治病的“药”,这本来是荒诞的。如果革命者的鲜血能够引发小栓们和其他人们的觉醒,把属于统治阶级的大清的天下变成大家的,那才是真正的良药。可惜夏瑜的鲜血并没有起到这样的作用。

对于这篇作品,主人公究竟是谁,有多种看法。有人认为是夏瑜,虽然没有正式出现,但小说从侧面对辛亥革命的教训进行总结,体现革命者脱离群众的特点,并且结尾处的花环表明革命还有后来人。有人认为是华老栓,因为贯穿于买药吃药谈药的情节中,作者意在强调他的愚昧,引起疗救者的注意。也有人认为两人都是主人公,缺一不可,互相映衬。同学们也可以就此展开讨论,形成自己的看法。

(张磊)

参考文献

①王富仁:《中国反封建思想革命的一面镜子:〈呐喊〉〈彷徨〉综论》[M],北京师范大学出版社,1986 年。

②王昆仑:《鲁迅思想与〈药〉主题解读》[J],《文学教育》,2007 年第 4 期。

③孙伏园:《鲁迅先生二三事·药》[M],作家书屋,1945 年。

④薛绥之:《鲁迅作品注解异议》[M],山东人民出版社,1979 年。

⑤钱理群:《鲁迅与当代中国》[M],北京大学出版社出版,2017 年。

《明天》解读

【学生之问】

1. 单四嫂子的情绪经历了怎样的变化过程?

2. 王九妈等邻居们帮助单四嫂子给宝儿办了丧事,算不算助人为乐?

3. 蓝皮阿五和红鼻子老拱是怎样的人?

4. 作品为什么以"明天"为题?

5. 作者为什么多次提到单四嫂子是一个"粗笨女人"?

6. 文中多次提到这屋子"太静、太大、太空",应该怎样理解?

7. 怎样理解"只有那暗夜为想变成明天,却仍在这寂寞里奔波"这句话?

8. "另有几条狗,也躲在暗地里呜呜的叫"这句话有什么意义?可不可以去掉?

【阅读指要】

《明天》是鲁迅先生着力反映妇女悲惨命运的小说之一,它讲述了一个悲惨的故事:家住鲁镇的单四嫂子两年前死了丈夫,为了养活自己和儿子宝儿,她每天辛勤劳作,纺纱赚钱。不幸的是宝儿生病了,为治好儿子的病,单四嫂子想尽办法:求神许愿、吃单方、花大钱请"名医"诊治,但是宝儿最终还是离她而去,只留下单四嫂子一人在暗夜里等待未知的明天。

对于主人公单四嫂子，我们不能只对她的悲惨遭遇表示同情，还应该思考造成单四嫂子悲惨命运的主观原因和社会根源，这就需要了解故事发生的时代背景，从而做到知人论世。同时还要仔细研读文本，抓住音容笑貌、一举一动等细节，从鲁迅先生冷静的叙述描写中去感受人物。把握王九妈、蓝皮阿五、红鼻子老拱等人物形象也应如此。

鲁迅先生是深刻的，他的文章也是耐人寻味的。鲁迅的文章具有"感人而又发人深省的质地"，并且"在五四时代似乎是为鲁迅作品所专有"（彭明伟《悲哀的推移——从〈明天〉、〈祝福〉谈鲁迅小说叙事的特点》）。为此，鲁迅的文章，你一定要熟读多思。他小说里写到的某个人的某些特征，可能代表整个国民性；作品里"鲁镇"的面貌，反映的也是旧中国的现状乃至中华民族的精神状态，具有代表性和普遍性。

【解读】

鲁迅先生在什么背景下写的《明天》呢？

《明天》写于一九二〇年六月，辛亥革命刚刚结束，五四运动爆发不久，小说反映的仍旧是辛亥革命之后中国的社会现实。因为鲁镇是"偏僻"的，辛亥革命时期的"资产阶级民主革命思想"以及新文化运动所倡导的"民主科学"均未波及至此，所以这里是"有些古风"的。比如这里的人们"不上一更"，也就是晚上七点左右，"便都关门睡觉了"。再如蓝皮阿五和身为寡妇的单四嫂子在街上走也要离开"二尺五寸多地"，也就是将近一米的距离。同学们在初中学习过鲁迅先生的《孔乙己》，和孔乙己生活的鲁镇一样，那里偏僻、闭塞、落后，封建思想浓郁。鲁镇是中国封建社会一个具体而微的缩影，是封建思想统治下的鲁镇，这也就揭示了造成单四嫂子悲惨命运的社会根源。

《明天》这篇小说的时间安排比较集中，下面不妨按照时间顺序，以"明天"为线索,将这篇小说分为三个部分进行详细解读。

【原文】

明　天

"没有声音,——小东西怎了?"

红鼻子老拱手里擎了一碗黄酒,说着,向间壁努一努嘴。蓝皮阿五便放下酒碗,在他脊梁上用死劲的打了一掌,含含糊糊嚷道:

"你……你你又在想心思……。"

原来鲁镇是僻静地方,还有些古风:不上一更,大家便都关门睡觉。深更半夜没有睡的只有两家:一家是咸亨酒店,几个酒肉朋友围着柜台,吃喝得正高兴;一家便是间壁的单四嫂子,他自从前年守了寡,便须专靠着自己的一双手纺出棉纱来,养活他自己和他三岁的儿子,所以睡的也迟。

这几天,确凿没有纺纱的声音了。但夜深没有睡的既然只有两家,这单四嫂子家有声音,便自然只有老拱们听到,没有声音,也只有老拱们听到。

老拱挨了打,仿佛很舒服似的喝了一大口酒,呜呜的唱起小曲来。

这时候,单四嫂子正抱着他的宝儿,坐在床沿上,纺车静静的立在地上。黑沉沉的灯光,照着宝儿的脸,绯红里带一点青。单四嫂子心里计算:神签也求过了,愿心也许过了,单方也吃过了,要是还不见效,怎么好? ——那只有去诊何小仙了。但宝儿也许是日轻夜重,到了明天,太阳一出,热也会退,气喘也会平的:这实在是病人常有的事。

单四嫂子是一个粗笨女人,不明白这"但"字的可怕:许多坏事固然幸亏有了他才变好,许多好事却也因为有了他都弄糟。夏天夜短,老拱们呜呜的唱完了不多时,东方已经发白;不一会,窗缝里透进了银白色的曙光。

【解读】

故事从"深更半夜"开始写起,这时候红鼻子老拱和蓝皮阿五正在咸亨酒店喝酒,而隔壁的单四嫂子正在焦急地等待天明,期盼宝儿的病有所好转。作为小说的开头,作者为读者交代了故事发生的社会环境——"有些古风"的鲁镇,也交代了主人公单四嫂子的基本情况与宝儿的病情。我们可以在这部分初步感知单四嫂子、红鼻子老拱与蓝皮阿五的人物形象特征。

小说中第一次提到单四嫂子是"一个粗笨女人",儿子宝儿生病了,这个"粗笨女人"不去找医生,却带着宝儿求签许愿、吃单方。然而宝儿的病还不见好,这个"粗笨女人"心里算计:"那只有去诊何小仙了"。这里请同学们注意"只有"二字,单四嫂子走投无路,想到的竟然只有何小仙,何小仙是她最后的希望,仿佛诊了何小仙,宝儿就可以转危为安了。这是多么迷信,多么愚昧啊!这是造成主人公悲剧命运的主观原因。她的愚昧和无知葬送了宝儿的性命,也导致了自己更加悲惨的命运。即便如此,作为一个母亲,她对宝儿的爱却是真实的,她焦急地等待着天明,盼望着到了明天,"太阳一出,热也会退,气喘也会平",宝儿的病会有所好转,这正是她令人同情的地方。

这部分还简单勾勒了红鼻子老拱与蓝皮阿五两个人物,他俩是咸亨酒店的常客,是一对酒肉朋友,通过两人之间的对话"你……你你又在想心思……",我们不难看出,这两个酒鬼对身为寡妇的单四嫂子同样心怀不轨。"深更半夜"还关注着隔壁单四嫂子屋里的动静,还有蓝皮阿五在红鼻子老拱脊梁上"用死劲"打的那一掌,都足以说明这一点。

【原文】

单四嫂子等候天明,却不像别人这样容易,觉得非常之慢,宝儿的一呼吸,几乎长过一年。现在居然明亮了;天的明亮,压倒了灯光,——看见宝儿的鼻翼,已经一放一收的扇动。

单四嫂子知道不妙,暗暗叫一声"阿呀!"心里计算:怎么好? 只有去诊何小仙这一条路了。他虽然是粗笨女人,心里却有决断,便站起身,从木柜子里掏出每天节省下来的十三个小银元和一百八十铜钱,都装在衣袋里,锁上门,抱着宝儿直向何家奔过去。

天气还早,何家已经坐着四个病人了。他摸出四角银元,买了号签,第五个便轮到宝儿。何小仙伸开两个指头按脉,指甲足有四寸多长,单四嫂子暗地纳罕,心里计算:宝儿该有活命了。但总免不了着急,忍不住要问,便局局促促的说:

"先生,——我家的宝儿什么病呀?"

"他中焦塞着①。"

"不妨事么? 他……"

"先去吃两帖。"

"他喘不过气来,鼻翅子都扇着呢。"

"这是火克金②……"

何小仙说了半句话,便闭上眼睛;单四嫂子也不好意思再问。在何小仙对面坐着的一个三十多岁的人,此时已经开好一张药方,指着纸角上的几个字说道:

"这第一味保婴活命丸,须是贾家济世老店才有!"

单四嫂子接过药方,一面走,一面想。他虽是粗笨女人,却知道何家与济世老店与自己的家,正是一个三角点;自然是买了药回去便宜了。于是又径向济世老店奔过去。店伙也翘了长指甲慢慢的看方,慢慢的包药。单四嫂子抱了宝儿等着;宝儿忽然擎起小手来,用力拔他散乱着的一绺头发,这是从来没有的举动,单四嫂子怕得发怔。

太阳早出了。单四嫂子抱了孩子,带着药包,越走觉得越重;孩子又不住的挣扎,路也觉得越长。没奈何坐在路旁一家公馆的门槛上,休息了一会,衣服渐渐的冰着肌肤,才知道自己出了一身汗;宝儿却仿佛睡着了。他再起来慢慢地走，仍然支撑不得，耳朵边忽然听得人说：

"单四嫂子，我替你抱勃罗！"似乎是蓝皮阿五的声音。

他抬头看时，正是蓝皮阿五，睡眼朦胧的跟着他走。

单四嫂子在这时候，虽然很希望降下一员天将，助他一臂之力，却不愿是阿五。但阿五有些侠气，无论如何，总是偏要帮忙，所以推让了一会，终于得了许可了。他便伸开臂膊，从单四嫂子的乳房和孩子中间，直伸下去，抱去了孩子。单四嫂子便觉乳房上发了一条热，刹时间直热到脸上和耳根。

他们两人离开了二尺五寸多地，一同走着。阿五说些话，单四嫂子却大半没有答。走了不多时候，阿五又将孩子还给他，说是昨天与朋友约定的吃饭时候到了；单四嫂子便接了孩子。幸而不远便是家，早看见对门的王九妈在街边坐着，远远地说话：

"单四嫂子，孩子怎了？——看过先生了么？"

"看是看了。——王九妈，你有年纪，见的多，不如请你老法眼③看一看，怎样……"

"唔……"

"怎样……？"

"唔……"王九妈端详了一番，把头点了两点，摇了两摇。

宝儿吃下药，已经是午后了。单四嫂子留心看他神情，似乎仿佛平稳了不少；到得下午，忽然睁开眼叫一声"妈！"又仍然合上眼，像是睡去了。他睡了一刻，额上鼻尖都沁出一粒一粒的汗珠，单四嫂子轻轻一摸，胶水般粘着手；慌忙去摸胸口，便禁不住呜咽起来。

宝儿的呼吸从平稳到没有，单四嫂子的声音也就从呜咽变成号咷。这时聚集了几堆人：门内是王九妈蓝皮阿五之类，门外是咸亨的掌柜和红鼻老拱之类。王九妈便发命令，烧了一串纸钱；又将两条板凳和五件衣服作抵，替单四嫂子借了两块洋钱，给帮忙的人备饭。

第一个问题是棺木。单四嫂子还有一副银耳环和一支裹金的银簪,都交给了咸亨的掌柜,托他作一个保,半现半赊的买一具棺木。蓝皮阿五也伸出手来,很愿意自告奋勇;王九妈却不许他,只准他明天抬棺材的差使,阿五骂了一声"老畜生",快快的努了嘴站着。掌柜便自去了;晚上回来,说棺木须得现做,后半夜才成功。

掌柜回来的时候,帮忙的人早吃过饭;因为鲁镇还有些古风,所以不上一更,便都回家睡觉了。只有阿五还靠着咸亨的柜台喝酒,老拱也呜呜的唱。

这时候,单四嫂子坐在床沿上哭着,宝儿在床上躺着,纺车静静的在地上立着。许多工夫,单四嫂子的眼泪宣告完结了,眼睛张得很大,看看四面的情形,觉得奇怪:所有的都是不会有的事。他心里计算:不过是梦罢了,这些事都是梦。明天醒过来,自己好好的睡在床上,宝儿也好好的睡在自己身边。他也醒过来,叫一声"妈",生龙活虎似的跳去玩了。

老拱的歌声早经寂静,咸亨也熄了灯。单四嫂子张着眼,总不信所有的事。——鸡也叫了;东方渐渐发白,窗缝里透进了银白色的曙光。

银白的曙光又渐渐显出绯红,太阳光接着照到屋脊。单四嫂子张着眼,呆呆坐着;听得打门声音,才吃了一吓,跑出去开门。门外一个不认识的人,背了一件东西;后面站着王九妈。

哦,他们背了棺材来了。

【注释】①中焦塞着,中医用语,指消化不良一类的病症。中医学以胃的上口至咽喉,包括心、肺、食管等为上焦;脾、胃为中焦;肾、大小肠和膀胱为下焦。②火克金,中医用语。中医学用古代五行相生相克的说法来解释病理,认为心、肺、肝、脾、肾五脏与火、金、木、土、水五行相应。火克金,是说"心火"克制了"肺金",引起了呼吸系统的疾病。③法眼,佛家语,原指菩萨洞察一切的智慧,这里是称许对方有鉴定能力的客气话。

【解读】

这部分写第二天宝儿的病并没有好转,单四嫂子"果断"带着宝儿去诊何小仙。然而宝儿吃了药后没多久就断气了,王九妈等邻居们替单四嫂子筹备宝儿的丧事,单四嫂子守着宝儿的尸体呆坐到天明。

这一部分我们可以关注单四嫂子的心理变化过程,进而总结其人物形象。其次可以进一步了解蓝皮阿五,概括何小仙、王九妈等人物的形象特征。

当单四嫂子诊了何小仙拿了药,心里计算:"宝儿该有活命了",她心里踏实了一些,但也"免不了着急"。当单四嫂子抱着宝儿,带着药包,觉得回家的路越走越长的时候,她内心应该是无助的。没想到,午后宝儿吃了药之后还是断了气,单四嫂子从呜咽到号咷,她内心极度悲伤,悲伤到顾不上安排孩子的后事,全凭王九妈一人发号施令。晚上,单四嫂子的眼泪宣告完结,她心里计算:"不过是梦罢了,这些事都是梦","明天醒过来"一切都会恢复如常,单四嫂子"张着眼睛",一直呆呆地坐到天明。

综上,单四嫂子的心理经历了:踏实一些又"免不了着急"——孤单无助——悲痛至极——逃避现实——自我麻痹的变化过程。结合对第一部分的分析,我们认为单四嫂子首先是一个不幸的、无助的母亲。中年丧夫已属不幸,更加不幸的是唯一的孩子又生病了!她为宝儿的病用尽了她所知的所有办法,不吝钱财,不辞辛苦,令人动容。其次,她又是一个受封建思想毒害的愚昧无知的、不断麻痹自己的妇人。她把宝儿的性命交给江湖骗子何小仙,是何等无知;她无法接受"宝儿确乎死了"的残酷现实。是啊,对于单四嫂子来讲,"夫在从夫,夫死从子",子死又从谁呢?所以,单四嫂子只好不断地麻痹自己:宝儿生病时,她等待明天,期望宝儿的病能好起来;宝儿死了,她陷入回忆之中,逃避没有宝儿的现实。宝儿的死代表单四嫂子希望的破灭,更加预示了她绝望的将来。

这部分又两次提到了单四嫂子是个"粗笨女人",到此为止一共三次。将它们进行比较,别有一番意味。

1. "单四嫂子是一个粗笨女人,不明白这'但'字的可怕。"

第一次说单四嫂子"粗笨",是因为她确实"粗笨",她对宝儿的病抱有幻想,简单地以为到了明天就会好些的,"这是病人常有的事"。她粗笨到根本想不到带孩子去看真正的医生,耽误了宝儿治病的时间。作者对她的"粗笨",也就是无知和愚昧,带有一丝同情的意味。

2. "他虽然是粗笨女人,心里却有决断。"

第二次写单四嫂子"粗笨",就带有一些无奈和愤怒的味道了。作者在这里使用了转折关系连词"却",在我看来,"却"有些说反话的意思。果断地做正确的事情是有决断,那么执迷不悟地去做错误的事情,还是有决断吗? 显然不是。鲁迅先生对单四嫂子走投无路,毅然决然地去求何小仙的行为同情、惋惜,也无奈、愤怒,正所谓"哀其不幸,怒其不争"!

3. "他虽是粗笨女人,却知道何家与济世老店与自己的家,正是一个三角点。"

第三次说单四嫂子"粗笨",明显带有同情的味道。可怜的单四嫂子无依无靠,为宝儿的病奔波劳累,只有一个蓝皮阿五对她施以援手,目的还不单纯。从这三次写单四嫂子的"粗笨",可以看出作者对自己笔下的人物错综复杂的心情。

这部分还对"名医"何小仙进行了简单描写,一个庸医,更准确地说是一个江湖骗子,"伸开两个指头按脉,指甲足有四寸多长",说宝儿的病是"火克金","说了半句话,便闭上眼"……鲁迅先生说中医"不过是一种有意的或无意的骗子"(鲁迅《呐喊·自序》),确实如此,何小仙开的药根本治不了宝儿的病,他就是一个江湖骗子,是宝儿最终病死的直接因素。

还有王九妈,单四嫂子问起宝儿的病,她支支吾吾,除了"把头点了两点,摇了两摇",没有一点帮助。然而却在宝儿断气以后开始发号施令。有的同学认为单四嫂子的邻居们很热心,都来帮助操办丧事。其实不然!单四嫂子为了给宝儿诊何小仙已经花光了积蓄,王九妈为她操办宝儿的丧事,让她的生活更是雪上加霜。用"两条板凳和五件衣服"作抵押,王九妈"替"单四嫂子做主,"借了两块洋钱,给帮忙的人备饭";"一副银耳环和一支裹金的银簪"交给了咸亨的掌柜,置办棺木;所有"帮忙"的人都在单四嫂子家里吃了饭。如此一来,单四嫂子不仅一贫如洗,甚至还负债累累。所以说,这哪里是什么热心帮助,分明是趁火打劫。王九妈俨然一个封建家长,井然有序地安排着宝儿的丧葬事宜,仿佛一切都是"理所应当"的,唯独忽略了单四嫂子的内心感受,也从未为她的将来做什么打算,少了同情心和人情味。所以说,王九妈这些人实际上是冷漠和麻木的。

再来看蓝皮阿五,有些同学认为他是有些侠气的,因为在单四嫂子无助的情况下,阿五伸出援手接过了宝儿。但是阿五抱着孩子"只走了不多时候",就因为"和别人约好的吃饭时间到了",把孩子还给了单四嫂子。试问这是真心相助吗?蓝皮阿五只是想从单四嫂子身上占些便宜而已。更何况宝儿死后,"阿五还靠着咸亨的柜台喝酒",没有一丝同情心。如果说何小仙是杀死宝儿的直接因素,那么王九妈、蓝皮阿五这样冷漠残酷的邻居,就是造成单四嫂子悲惨命运的间接原因。

【原文】

下半天,棺木才合上盖:因为单四嫂子哭一回,看一回,总不肯死心塌地的盖上;幸亏王九妈等得不耐烦,气愤愤的跑上前,一把拖开他,才七手八脚的盖上了。

但单四嫂子待他的宝儿,实在已经尽了心,再没有什么缺陷。昨天烧过一串纸钱,上午又烧了四十九卷《大悲咒》①;收敛的时候,给他穿上顶新的衣裳,平日喜欢的玩意儿,——一个泥人,两个小木碗,两个玻璃瓶,——都放在枕头旁边。后来王九妈掐着指头仔细推敲,也终于想不出一些什么缺陷。

这一日里,蓝皮阿五简直整天没有到;咸亨掌柜便替单四嫂子雇了两名脚夫,每名二百另十个大钱,抬棺木到义冢地上安放。王九妈又帮他煮了饭,凡是动过手开过口的人都吃了饭。太阳渐渐显出要落山的颜色;吃过饭的人也不觉都显出要回家的颜色,——于是他们终于都回了家。

单四嫂子很觉得头眩,歇息了一会,倒居然有点平稳了。但他接连着便觉得很异样:遇到了平生没有遇到过的事,不像会有的事,然而的确出现了。他越想越奇,又感到一件异样的事——这屋子忽然太静了。

他站起身,点上灯火,屋子越显得静。他昏昏的走去关上门,回来坐在床沿上,纺车静静的立在地上。他定一定神,四面一看,更觉得坐立不得,屋子不但太静,而且也太大了,东西也太空了。太大的屋子四面包围着他,太空的东西四面压着他,叫他喘气不得。

他现在知道他的宝儿确乎死了;不愿意见这屋子,吹熄了灯,躺着。他一面哭,一面想:想那时候,自己纺着棉纱,宝儿坐在身边吃茴香豆,瞪着一双小黑眼睛想了一刻,便说,"妈!爹卖馄饨,我大了也卖馄饨,卖许多许多钱,——我都给你。"那时候,真是连纺出的棉纱,也仿佛寸寸都有意思,寸寸都活着。但现在怎么了?现在的事,单四嫂子却实在没有想到什么。——我早经说过:他是粗笨女人。他能想出什么呢?他单觉得这屋子太静,太大,太空罢了。

但单四嫂子虽然粗笨,却知道还魂是不能有的事,他的宝儿也的确不能再见了。叹一口气,自言自语的说,"宝儿,你该还在这里,你给我梦里见见罢。"于是合上眼,想赶快睡去,会他的宝儿,苦苦的呼吸通过了静和大和空虚,自己听得明白。

单四嫂子终于朦朦胧胧的走入睡乡,全屋子都很静。这时红鼻子老拱的小曲,也早经唱完;跄跄踉踉出了咸亨,却又提尖了喉咙,唱道:

"我的冤家呀!——可怜你,——孤另另的……"

蓝皮阿五便伸手揪住了老拱的肩头,两个人七歪八斜的笑着挤着走去。

单四嫂子早睡着了,老拱们也走了,咸亨也关上门了。这时的鲁镇,便完全落在寂静里。只有那暗夜为想变成明天,却仍在这寂静里奔波;另有几条狗,也躲在暗地里呜呜的叫。

一九二〇年六月。

【注释】①《大悲咒》即佛教《观世音菩萨大悲心陀罗尼经》中的咒文。迷信认为给死者念诵或烧化这种咒文,可以使他在"阴间"消除灾难,往生"乐土"。

【解读】

这部分写第三天早上,单四嫂子终于在众人的"帮助"下埋葬了宝儿。邻居们散去后,只剩单四嫂子一人等待未知的将来。

这一天,邻居们忙着安葬宝儿,依旧表现得冷漠和麻木。单四嫂子不忍与宝儿阴阳两隔,王九妈"等得不耐烦,气愤愤的跑上前,一把拖开他",多么冷酷无情。"蓝皮阿五简直整天没有到",咸亨掌柜"替单四嫂子雇了抬棺材的脚夫",又花了四百多个大钱,让单四嫂子如何偿还?"所有动过手开过口的人都吃了饭",好在傍晚时候,这些人"终于"都回家了。"终于"二字意味深长,恐怕单四嫂子也盼望这些人赶紧回家吧,这里哪有一个人是真正关心她的呢?生活在这样一群冷漠麻木的人们中间,单四嫂子该有多么的无助啊!所以说,《明天》"通过寡妇单四嫂子痛失独子的描写,令人震悚地展示了一副中国妇女孤立无助的图景,同时抨击了没落社会中人们的无情和冷漠"(《高考必考的十大名著解读》)。

然而,众人回家之后,单四嫂子开始相信"他的宝儿确乎死了",

但她继续逃避现实,把自己放逐在回忆里,回想宝儿还在的时候,回想宝儿说过的话,盼望着能和宝儿"梦里见见",终于朦胧地走进了梦乡。作者在这里忍不住插话——"我早经说过:他是粗笨女人"。鲁迅先生对单四嫂子的自我麻痹感到愤怒,所以不再冷眼旁观。然而愤怒之余,作者又想"他能想出什么呢"?单四嫂子只觉得这屋子"太静、太大、太空"罢了。太静,是因为宝儿死了,往日的欢声笑语消失了;太大,是因为只剩下单四嫂子一个人了;太空,是因为这个家被洗劫一空,没剩下什么了。鲁迅先生想借这一处描写,让读者去感受单四嫂子丧夫失子后生活上的窘迫,精神上的空虚、绝望,用空间的"静、大、空"反衬人物的孤单与无助。单四嫂子的第三个明天会怎么样呢?"粗笨"的单四嫂子是不会明白的,她不会从自身去反思是谁要了宝儿的命,又是谁造成了自己悲苦的命运。

我们应该清楚,虽说生老病死是自然规律,但是宝儿病死是有人为原因的。江湖骗子何小仙是直接因素,冷漠麻木的王九妈、蓝皮阿五、红鼻子老拱、咸亨掌柜是间接因素。甚至包括单四嫂子在内,愚昧无知的母亲也是导致宝儿最终病死的原因之一。"还有什么比母亲'吃'儿子更惨烈的呢?"(高志明《解读鲁迅名作〈明天〉》)这就是鲁迅先生的深刻之处。同一般的丧夫失子的悲剧相比,《明天》是悲剧中的悲剧,杀死儿子的凶手中,居然有自己的母亲。从这个角度来讲,单四嫂子的悲惨命运也是自己一手造成的,邻居们的冷漠与麻木对单四嫂子悲惨命运起到了推波助澜的作用。那么,又是什么造就人们的愚昧无知与冷漠麻木呢?是那个冷酷无情、封建落后的社会制度造就了这样的人们。《明天》和《药》一样,反映的是辛亥革命以后中国的社会现实,那就是封建帝制虽然被推翻了,但是封建思想依然根深蒂固。如果不去打破这样的社会制度,人们的思想就无法改变,宝儿这样的孩子就没有"明天",单四嫂子这样的普通妇人就没有"明天",这个民族、这个国家就没有"明天"。换句话说,只有让人们彻底摒弃头脑中的封建意识,中国才会有光明的未来。

作品为什么以"明天"为题? 一来,作品是以时间顺序叙述的,一共写了两个明天,串起了整个故事。在结构上,结尾的语句又与题目相互照应,使小说结构严谨。二来,"明天"作为题目,揭示了小说的主题。明天代表未来和希望,但是这样的鲁镇,在这里生活的人们,他们是没有未来、没有希望的。他们如同在"铁屋子"里酣睡,就快要闷死了而不自知。第三,以"明天"作为题目,又着实耐人寻味。单四嫂子的明天会怎样? 鲁镇的明天会怎样? 中国的明天又会怎样? 我们的国家要怎样才会有光明的未来? 这些都值得我们每一位读者深思。

同样发人深省的还有小说中的一些语句,如"另有几条狗,也躲在暗地里呜呜的叫"这句话。它可不可以去掉? 不可以。这句话出现在小说结尾,前文说"这时的鲁镇,便完全落在寂寞里",那么,暗地里的几声狗叫衬托了暗夜的寂静,让寂静的黑暗的夜随着"呜呜的"声响而逐渐蔓延,从而表现暗夜的漫长。这漫长的暗夜不正是当时黑暗的社会吗? 这漫长的暗夜正在吞噬熟睡的人们,所以这句话实在意味深长,真的不应该删去。另外,狗叫声是"呜呜的"而不是"汪汪的",也渲染了人物悲惨的命运!

再如"只有那暗夜为想变成明天,却仍在这寂寞里奔波"这句话。这句话也出现在小说的结尾,关键词为"想要"和"寂寞"。"寂寞"表现的是人物的孤独和社会的黑暗,它是暗夜想要变为明天所必须经历的过程。"想要"表达的是一种意愿,说明作者对明天、对未来还是抱有一些希望的。

最后,我想说一下《明天》在《呐喊》中的特殊性。《呐喊》共收录鲁迅于一九一八年至一九二二年所做的十四篇小说以及《自序》。从题目上看,只有《明天》一篇含有"未来"与"希望"之意。鲁迅先生在《自序》中说过,"我虽然自有我的确信,然而说到希望,却是不能抹杀的,因为希望是在于将来,决不能以我之必无的证明,来折服了他之所谓可有"。所以我们坚信,明天终有一天会代替暗夜,新世界必将代替旧社会。我们生活的现在,不正是鲁迅先生期望的明天吗?

（张凌云）

参考文献

①鲁迅:《鲁迅全集》第一卷[M],人民文学出版社,1981 年。

②彭明伟:《悲哀的推移——从〈明天〉、〈祝福〉谈鲁迅小说叙事的特点》[J],《孝感学院学报》,2012 年 1 月。。

③高志明:《解读鲁迅名作〈明天〉》[J],《文学教育:鉴赏者》,2007 年 10 月。

《一件小事》解读

【学生之问】

1.《一件小事》是在什么样的社会背景下写成的？文章开头段为什么说所谓国家大事只是增长了我的坏脾气？

2.《一件小事》中"我"为什么会突然感到一种异样的感觉？"变成一种威压，甚而至于要榨出皮袍下面藏着的'小'来。"这句话应该怎样理解？

3. 应该如何理解"我"的形象？作品结尾为什么说"增长我的勇气和希望"？

4.《一件小事》与鲁迅的其他小说比，具有怎样的艺术特点？

5. 这个女人到底是不是"碰瓷"的？

【阅读指要】

《一件小事》是鲁迅先生写的篇幅最短的小说。但这件小事，对于鲁迅先生而言，却有着非同寻常的意义。在二十世纪上叶的旧中国，人力车夫作为社会底层的一部分饱受压迫和歧视，很多人都看不起他们，当然其中也包括"我"。鲁迅先生以第一人称的写法，通过对"一件小事"和"我"的思想情感前后变化的叙述，歌颂了普通劳动者人力车夫正直、善良、无私、勇于负责的高尚品质，表现出"我"勇于自我批评，严于解剖自己的精神，进而揭示出了知识分子必须向劳动人民学习的深刻社会主题。鲁迅先生把深刻的道理通过一种小事展现了出来,是对以小见大的写作手法的成功运用。

【原文】

我从乡下跑到京城里,一转眼已经六年了。其间耳闻目睹的所谓国家大事,算起来也很不少;但在我心里,都不留什么痕迹,倘要我寻出这些事的影响来说,便只是增长了我的坏脾气,——老实说,便是教我一天比一天的看不起人。

但有一件小事,却于我有意义,将我从坏脾气里拖开,使我至今忘记不得。

【解读】

本文发表于一九一九年底。这一年中国爆发了反帝反封建的五四运动,中国工人阶级在这次运动中第一次登上了政治舞台。鲁迅先生也投入其中,他开始认识到中国工人阶级身上的优秀品质以及他们的伟大力量,并开始寄希望于他们。所以说《一件小事》正是在五四运动的影响下完成的。

辛亥革命以后,当时社会上发生了一些"所谓"的国家大事,如袁世凯称帝、张勋复辟等政治事件。为什么要在国家大事前加上"所谓"二字呢?足以见得"我"对那些乌烟瘴气的历史闹剧的深恶痛绝,它们只是"增长了我的坏脾气",教我"一天比一天看不起人"。相比而言的一件小事,却"将我从坏脾气里拖开",更可见这件小事对我的影响之大。作者通过"大事"与小事的强烈对比,说明所谓国家大事并不大,一件小事并不小,它深深地触动了"我",它是"我"对人生乃至中国未来发展的看法的一个转折点,突出了这件小事的重大意义。

【原文】

这是民国六年的冬天,大北风刮得正猛,我因为生计关系,不得不一早在路上走。一路几乎遇不见人,好容易才雇定了一辆人力车,教他拉到S门去。不一会,北风小了,路上浮尘早已刮净,剩下一条洁白的大道来，车夫也跑得更快。刚近 S 门，忽而车把上带着一个人，慢慢地倒了。

跌倒的是一个女人，花白头发，衣服都很破烂。伊从马路边上突然向车前横截过来；车夫已经让开道，但伊的破棉背心没有上扣，微风吹着，向外展开，所以终于兜着车把。幸而车夫早有点停步，否则伊定要栽一个大斤斗，跌到头破血出了。

伊伏在地上；车夫便也立住脚。我料定这老女人并没有伤，又没有别人看见，便很怪他多事，要自己惹出是非，也误了我的路。

我便对他说，"没有什么的。走你的罢！"

车夫毫不理会，——或者并没有听到，——却放下车子，扶那老女人慢慢起来，搀着臂膊立定，问伊说：

"你怎么啦？"

"我摔坏了。"

我想，我眼见你慢慢倒地，怎么会摔坏呢，装腔作势罢了，这真可憎恶。车夫多事，也正是自讨苦吃，现在你自己想法去。

车夫听了这老女人的话，却毫不踌躇，仍然搀着伊的臂膊，便一步一步的向前走。我有些诧异，忙看前面，是一所巡警分驻所，大风之后，外面也不见人。这车夫扶着那老女人，便正是向那大门走去。

我这时突然感到一种异样的感觉，觉得他满身灰尘的后影，刹时高大了，而且愈走愈大，须仰视才见。而且他对于我，渐渐的又几乎变成一种威压，甚而至于要榨出皮袍下面藏着的"小"来。

我的活力这时大约有些凝滞了，坐着没有动，也没有想，直到看见分驻所里走出一个巡警，才下了车。

巡警走近我说，"你自己雇车罢，他不能拉你了。"

我没有思索的从外套袋里抓出一大把铜元，交给巡警，说，"请你给他……"

【解读】

作者首先对这件小事发生的时间、地点、人物等作了必要的交代,然后又补充说明了事情发生的起因,暗示带倒老女人的责任并不在车夫。面对这一突发状况,车夫和"我"却表现出截然不同的态度。"我"想最好的办法就是一走了之,认为她只是"装腔作势","真可憎恶",用我们现在的话说就是遇到了一个"碰瓷"的。而车夫却"放下车",去扶去揽去问,"毫不踌躇",这些细致入微的神态和动作描写,使车夫的形象变得非常高大。这鲜明的对比也使我们看到了这两个人物思想品质的不同。车夫是朴实无私、正直善良、勇于负责的,而"我"却表现得冷漠自私,心里只有自己。

对车夫的表现,虽然一时不理解,但"我"毕竟是个为生计奔波的知识分子,所以当"我"看着车夫"扶着那老女人","向那大门走去"时,思想感情上也不能不受到触动,瞬间激起了内心的巨大变化。"觉得他满身灰尘的后影,刹时高大了,而且愈走愈大,须仰视才见。"这里运用"高大"、"仰视"两个词写出了车夫对我的触动之大,突出了"我"对车夫的认识的转变,由先前的"看不起"变成了后来的赞颂和敬仰。正是车夫举手投足间给我的震撼促使"我"进行了激烈的思想斗争,这就像一种强大的威慑力直击"我"丑恶的自私自利的灵魂深处,最终促使"我"对自己进行了无情的、勇敢的批判。文中"而且他对于我,渐渐的又几乎变成一种威压,甚而至于要榨出皮袍下面藏着的'小'来"一句是我们理解上的难点,这里的"小"对应的是车夫的"大",是"我"与车夫崇高精神品质相比而感到的自惭形秽。"我"的狭隘与自私都通过这"小"字体现出来,这个"小"应当是指人格上的渺小。

鲁迅先生通过"我"思想前后变化的对比,成功地写出了这件小事对"我"的影响之大,教育之深,将"我"从坏脾气里拖开,从而刻画出了一个勇于自己解剖、勇于自我反省,想要真诚地向劳动人民学习的旧时代的进步知识分子形象。

【原文】

风全住了，路上还很静。我走着，一面想，几乎怕敢想到我自己。以前的事姑且搁起，这一大把铜元又是什么意思？奖他么？我还能裁判车夫么？我不能回答自己。

这事到了现在，还是时时记起。我因此也时时熬了苦痛，努力的要想到我自己。几年来的文治武力①，在我早如幼小时候所读过的"子曰诗云"②一般，背不上半句了。独有这一件小事，却总是浮在我眼前，有时反更分明，教我惭愧，催我自新，并且增长我的勇气和希望。

一九二○年七月③。

【注释】①文治武力：以文治国的盛绩与以武禁暴的伟力。成语出自西汉戴圣《礼记·祭法》："文王以文治，武王以武功，去民之灾。"鲁迅先生在此处运用的是反语。②"子曰诗云"："子曰"即"夫子说"；"诗云"即"《诗经》上说"。泛指四书五经之类的儒家古籍，这里借代旧时的初级读物。③据报刊发表的年月及《鲁迅日记》，本篇写作时间当在一九一九年十一月。

【解读】

"风全住了，路上还很静。"这里用安静的环境来烘托"我"此时复杂的心理活动。车夫的高大形象使"我"感到惭愧，内心充满自责，使"我"怕敢想到自己，深感自己没有资格、没有权力对车夫的举动加以点评，做出"裁判"，其实是进一步表现"我"敢于正视自己的弱点，严于解剖自己的精神。

那么这件小事的意义何在？为什么说增长了"我"的勇气和希望呢？我们由"从马路边上突然向车前横截过来"、"慢慢倒地"等细节描写来推断，老女人或许真的没有受伤，或者说不至于到"摔坏"的程度，但当车夫扶她的时候，她却说"我摔坏了"。"我"当然是痛恨这种事情的，但"我"没有想到车夫居然愿意去相信这种人，并且愿意主动承担本不该自己承担的责任。这件小事不但让"我"受到了教育,而且更让"我"看到,在当时的中国,居然还有这样的人,有着这样的"人性",从车夫身上"我"觉得看到了中国的希望。结合小说的写作背景来分析,正是五四运动的爆发使得知识分子在劳动人民身上找到了革新中华民族的希望所在,因而当时提出了"劳工神圣"的口号,所以文章结尾写到"增长了我的勇气和希望"。"勇气"应指改造旧中国,建设新中国的勇气。"希望",也应该指国家和社会光明的前途。

(杨文慧)

参考文献

①鲁迅:《鲁迅全集》第一卷[M],人民文学出版社,1981年。

②师恭叔:《小事中的大发现——也谈鲁迅〈一件小事〉》[J],《成都大学学报》(社会科学版),2005年第4期。

③严虹:《鲁迅小说的一个另类文本——〈一件小事〉细读》[J],《湖北广播电视大学学报》,2008年第2期。

《头发的故事》解读

【学生之问】

1. 民众为何对"双十节"如此冷漠?

2. 为什么人们对剪了辫子的前后态度相差那么大?

3. 为什么 N 先生自己剪辫子却不让学生剪辫子?

4. 文章为什么用大篇幅描写 N 先生没有辫子而遭受的苦难?

5. 为什么小说中的"我"对 N 先生那样冷淡?

【阅读指要】

一九二〇年,鲁迅在北京创作了《头发的故事》,同年十月十日小说发表于上海《时事新报·学灯》。在鲁迅的小说中,这是颇受评论家轻视的作品,一九二四年成仿吾在《〈呐喊〉评论》中认为它应属散文,不可归为小说,并对此表示"特别不满意"。在《头发的故事》中,我们确实没有看到鲜明的典型人物形象,也没有看到为塑造人物性格而精心组织的叙事结构;相反,我们看到了许多叙事中的抒情和直白的所思所感。这种写法是鲁迅对小说新形式的探索,还是白话小说初期的不成熟,我们不得而知,但多次再版的小说集《呐喊》,从未缺少过《头发的故事》。

小说情节简单,主要人物也只有 N 先生和"我"。主体部分是"双十节"时,N 先生以独白的方式给"我"讲述头发的故事,其中有中国人因头发而吃苦、受难甚至死亡的历史,也有主人公个人关于辫子的故事。通过头发问题所引发的各种风波,鲁迅表达了对封建势力、保守思想的极度痛恨和憎恶,对软弱的旧民主主义革命不彻底性的反思和愤激之情。

学生在阅读时,宜先了解小说背景,辫子作为象征物与国人的关系,进而分析本应热烈隆重的双十国庆与民众的冷漠形成强烈反差的原因。在此基础上,探讨小说主题,自然水到渠成。

【原文】

星期日的早晨,我揭去一张隔夜的日历,向着新的那一张上看了又看的说:

"啊,十月十日,——今天原来正是双十节①。这里却一点没有记载!"

我的一位前辈先生N,正走到我的寓里来谈闲天,一听这话,便很不高兴的对我说:

"他们对!他们不记得,你怎样他;你记得,又怎样呢?"

这位N先生本来脾气有点乖张,时常生些无谓的气,说些不通世故的话。当这时候,我大抵任他自言自语,不赞一辞;他独自发完议论,也就算了。

他说:

"我最佩服北京双十节的情形。早晨,警察到门,吩咐道'挂旗!''是,挂旗!'各家大半懒洋洋的踱出一个国民来,撅起一块斑驳陆离的洋布②。这样一直到夜,——收了旗关门;几家偶然忘却的,便挂到第二天的上午。

"他们忘却了纪念,纪念也忘却了他们!

"我也是忘却了纪念的一个人。倘使纪念起来,那第一个双十节前后的事,便都上我的心头,使我坐立不稳了。

"多少故人的脸,都浮在我眼前。几个少年辛苦奔走了十多年,暗地里一颗弹丸要了他的性命；几个少年一击不中，在监牢里身受一个多月的苦刑；几个少年怀着远志，忽然踪影全无，连尸首也不知那里去了。——

"他们都在社会的冷笑恶骂迫害倾陷里过了一生；现在他们的坟墓也早在忘却里渐渐平塌下去了。

"我不堪纪念这些事。

"我们还是记起一点得意的事来谈谈罢。"

N忽然现出笑容，伸手在自己头上一摸，高声说：

"我最得意的是自从第一个双十节以后，我在路上走，不再被人笑骂了。

"老兄，你可知道头发是我们中国人的宝贝和冤家，古今来多少人在这上头吃些毫无价值的苦呵！

"我们的很古的古人，对于头发似乎也还看轻。据刑法看来，最要紧的自然是脑袋，所以大辟是上刑；次要便是生殖器了，所以宫刑和幽闭也是一件吓人的罚；至于髡③，那是微乎其微了，然而推想起来，正不知道曾有多少人们因为光着头皮便被社会践踏了一生世。

"我们讲革命的时候，大谈什么扬州十日，嘉定屠城④，其实也不过一种手段；老实说：那时中国人的反抗，何尝因为亡国，只是因为拖辫子⑤。

"顽民杀尽了，遗老都寿终了，辫子早留定了，洪杨⑥又闹起来了。我的祖母曾对我说，那时做百姓才难哩，全留着头发的被官兵杀，还是辫子的便被长毛杀！

"我不知道有多少中国人只因为这不痛不痒的头发而吃苦，受难，灭亡。"

N两眼望着屋梁，似乎想些事，仍然说：

"谁知道头发的苦轮到我了。

"我出去留学，便剪掉了辫子，这并没有别的奥妙，只为他太不便当罢了。不料有几位辫子盘在头顶上的同学们便很厌恶我；监督也大怒，说要停了我的官费，送回中国去。

"不几天，这位监督却自己被人剪去辫子逃走了。去剪的人们里面，一个便是做《革命军》的邹容⑦，这人也因此不能再留学，回到上海来，后来死在西牢里。你也早已忘却了罢？

"过了几年，我的家景大不如前了，非谋点事做便要受饿，只得也回到中国来。我一到上海，便买定一条假辫子，那时是二元的市价，带着回家。我的母亲倒也不说什么，然而旁人一见面，便都首先研究这辫子，待到知道是假，就一声冷笑，将我拟为杀头的罪名；有一位本家，还预备去告官，但后来因为恐怕革命党的造反或者要成功，这才中止了。

"我想，假的不如真的直截爽快，我便索性废了假辫子，穿着西装在街上走。

"一路走去，一路便是笑骂的声音，有的还跟在后面骂：'这冒失鬼！''假洋鬼子！'

"我于是不穿洋服了，改了大衫，他们骂得更利害。

"在这日暮途穷的时候，我的手里才添出一支手杖来，拼命的打了几回，他们渐渐的不骂了。只是走到没有打过的生地方还是骂。

"这件事很使我悲哀，至今还时时记得哩。我在留学的时候，曾经看见日报上登载一个游历南洋和中国的本多博士⑧的事；这位博士是不懂中国和马来语的，人问他，你不懂话，怎么走路呢？他拿起手杖来说，这便是他们的话，他们都懂！我因此气愤了好几天，谁知道我竟不知不觉的自己也做了，而且那些人都懂了。……

"宣统初年，我在本地的中学校做监学⑨，同事是避之惟恐不远，官僚是防之惟恐不严，我终日如坐在冰窖子里，如站在刑场旁边，其实并非别的，只因为缺少了一条辫子！

"有一日，几个学生忽然走到我的房里来，说，'先生，我们要剪辫子了。'我说,'不行!''有辫子好呢,没有辫子好呢?''没有辫子好……''你怎么说不行呢?''犯不上,你们还是不剪上算,——等一等罢。'他们不说什么,撅着嘴唇走出房去;然而终于剪掉了。

"呵! 不得了了,人言啧啧;我却只装作不知道,一任他们光着头皮,和许多辫子一齐上讲堂。

"然而这剪辫病传染了;第三天,师范学堂的学生忽然也剪下了六条辫子,晚上便开除了六个学生。这六个人,留校不能,回家不得,一直挨到第一个双十节之后又一个多月,才消去了犯罪的火烙印。

"我呢? 也一样,只是元年冬天到北京,还被人骂过几次,后来骂我的人也被警察剪去了辫子,我就不再被人辱骂了;但我没有到乡间去。"

N 显出非常得意模样,忽而又沉下脸来:

"现在你们这些理想家,又在那里嚷什么女子剪发了,又要造出许多毫无所得而痛苦的人!

"现在不是已经有剪掉头发的女人,因此考不进学校去,或者被学校除了名么?

"改革么,武器在那里? 工读么,工厂在那里?

"仍然留起,嫁给人家做媳妇去:忘却了一切还是幸福,倘使伊记着些平等自由的话,便要苦痛一生世!

"我要借了阿尔志跋绥夫⑩的话问你们:你们将黄金时代的出现豫约给这些人们的子孙了,但有什么给这些人们自己呢?

"阿,造物的皮鞭没有到中国的脊梁上时,中国便永远是这一样的中国,决不肯自己改变一支毫毛!

"你们的嘴里既然并无毒牙,何以偏要在额上帖起'蝮蛇'两个大字,引乞丐来打杀? ……"

N 愈说愈离奇了,但一见到我不很愿听的神情,便立刻闭了口,站起来取帽子。

我说，"回去么？"

他答道，"是的，天要下雨了。"

我默默的送他到门口。

他戴上帽子说：

"再见！请你恕我打搅，好在明天便不是双十节，我们统可以忘却了。"

一九二〇年十月

【注释】①双十节：一九一一年十月十日，孙中山领导的革命党举行了武昌起义（即辛亥革命），次年一月一日建立中华民国，九月二十八日临时参议院议决十月十日为中华民国国庆纪念日，又称"双十节"。②斑驳陆离的洋布：辛亥革命后至一九二七年这一时期旧中国的国旗，又称五色旗，为红、黄、蓝、白、黑五色横列。③髡（kūn）：中国古代刑法分为五等，"去发"的髡刑不在五刑之列，但亦为刑罚之一，隋唐以后废止。④扬州十日，嘉定屠城：前者指清顺治二年（1645）清军攻破扬州后进行的十天大屠杀；后者指同年清军占领嘉定（今属上海市）后进行的多次屠杀。清代王秀楚著《扬州十日记》、朱子素著《嘉定屠城记略》，分别记载了当时清兵在这两地屠杀的情况。辛亥革命前，革命者曾大量翻印这些书籍，为推翻清王朝作舆论准备。⑤拖辫子：我国满族旧俗，男子剃发垂辫（剃去头顶前部头发，后部结辫垂于脑后）。一六四四年清世祖进入北京以后，几次下令强迫人民遵从满族发式，这一措施曾引起汉族人民的强烈反抗。⑥洪杨：洪，指洪秀全（1814—1864），广东花县人；杨，指杨秀清（1820—1856），广西桂平人。二人都是太平天国的领袖。他们领导的起义军都留发而不结辫，被称为"长毛"。⑦邹容（1885—1905）：字蔚丹，四川巴县人，清末革命家。一九〇二年留学日本，积极宣传反清革命思想；一九〇三年回国后，著《革命军》一书宣传革命。同年七月被清政府勾结上海英租界当局拘捕，判处监禁二年，一九〇五年四月死于狱中。关于邹容等剪留学生监督辫子一事，据章太炎所著《邹容传》记载：邹容在日本留学时，"陆军学生监督姚甲有奸私事，容偕五人排闼入其邸中，榜频数十，持剪刀断其辫发。事觉，潜归上海"。⑧本多博士：即本多静六（1866—1952），日本林学博士，著有《造林学》等书。⑨监学：清末学校中负责管理学生的职员,一般也兼任教学工作。⑩阿尔志跋绥夫(1878—1927),俄国小说家。十月革命后逃亡国外,死于波兰华沙。此处所引的话见他的中篇小说《工人绥惠略夫》第九章。

【解读】

全文依内容和结构,可分为三部分。

第一部分(星期日的早晨……他独自发完议论,也就算了):写双十节时,N先生愤然来访。

作者在此设置了两个悬念:

故事从星期日的早晨开端,"啊,十月十日,——今天原来正是双十节。这里却一点没有记载!"本应庄严隆重的国庆,竟然没有记载,"啊"和"原来",两个词使作者的惊讶之情得到充分呈现,也引发了读者思考:从一九一一年到一九二〇年,短短十年,国庆日在民众心中的地位又如何呢?

这时N先生到访,劈头一句:"他们对!他们不记得,你怎样他;你记得,又怎样呢?"这位"脾气有点乖张"、"时常生些无谓的气"的前辈N先生是怎样一个人?还会说出哪些"不通世故的话"?读者于此处也会产生疑问。

第一部分用语简洁,人物个性十足,两个悬念的设置既为故事张本,也激发了读者的阅读兴趣。

第二部分(他说……引乞丐来打杀):写N先生大谈与头发有关的"血史",以及自己因辫子而遭遇的系列苦难。这是小说的主体,分五个层次解读。

1. 双十节的尴尬

鲁迅极擅长捕捉事物或人物的特征,并用简省的语言勾勒。状若细脚圆规、为人刻薄的杨二嫂;项带银圈,手捏钢叉刺向猹的少年闰土,都给读者留下了深刻的印象。

鲁迅对场景的精确把握同样工巧。我们看他通过N先生的口描述北京双十节挂旗的情形：早晨，警察到门，吩咐道"挂旗！""是，挂旗！"各家大半懒洋洋地踱出一个国民来，撅起一块斑驳陆离的洋布。此处描述、对话，准确、凝练、生动，极为传神。为庆祝中华民国建立而悬挂国旗成了例行公事，且需要警察"吩咐"；"懒洋洋"、"踱"，有神态，有动作，再加上五个字的对话，活画出这些"国民"的敷衍塞责。把国旗说成一块斑驳陆离的洋布，并且用动词"撅"来加以描述，更强化了感情色彩，也回答了读者关于国庆日在民众心中地位的疑问。一场轰轰烈烈的辛亥革命只换得了"一块斑驳陆离的洋布"，只换来了民众的漫不经心，这大概不是革命先烈们想看到的吧。由此，我们也可以确定 N 先生对北京"双十节"的"佩服"是应该加引号的，N 先生生的气也并非是"无谓的气"。

2. N 先生的气

N 先生生的气来自哪里呢？"他们忘却了纪念，纪念也忘却了他们！"

在 N 先生看来，往事虽不堪回首，却不应忘记。而事实却是，那些心怀远志、为革命奔走、为民众殒命的少年，不仅没有被纪念，反而"都在社会的冷笑恶骂迫害倾陷里过了一生；现在他们的坟墓也早在忘却里渐渐平塌下去了"。此情此景，N 先生自然怒气勃发。同样的怒气，鲁迅在《华盖集·忽然想到二》中发泄道，"我敢于说，中国人中，仇视那真诚的青年的眼光，有的比英国或日本人还凶险"，"我觉得许多烈士的血都被人们踏灭了"。

3. 头发的命运

革命胜利了，烈士却被遗忘了，这是可悲的，但革命也并非毫无成果，N 先生说，自从第一个双十节以后，没了辫子的自己，"在路上走，不再被人笑骂了"。而此前，"正不知道曾有多少人们因为光着头皮便被社会践踏了一生世"。

至此，"头发"正式进入读者的视野。N 先生说："头发是我们中国人的宝贝和冤家。"《孝经》有言:"身体发肤,受之父母,不敢毁伤,孝之始也。"所以,清代之前,成年之后的汉人就不再剃发,"头发"就成了N先生所说的"中国人的宝贝"。

公元一六四四年和公元一六四五年,清廷两次颁布剃发令;"凡投诚官吏军民皆著剃发",强制汉人剃发易服,改变民族习俗。而秉承"不敢毁伤"原则的汉人则奋起反抗,这自然导致清朝统治者的强力镇压,N先生所言的"嘉定屠城"即是最著名的一例。鲁迅对历史现象有着惊人的洞察力,剃发令其实质是清廷要在精神上征服汉人,而汉人之反抗却并非基于维护国家和民族尊严,所以,鲁迅借N先生之口说出激愤之语,"何尝因为亡国,只是因为拖辫子","全留着头发的被官兵杀,还是辫子的便被长毛杀!"头发成为中国人沉重的负担,真是中国人的"冤家"。

4. N先生的辫子

中国人"因为这不痛不痒的头发而吃苦,受难,灭亡",除了历史上的"扬州三日"和"嘉定屠城",N先生也是有深切感受的。留学时,N先生因为"不太便当",便剪掉了作为大清国臣民象征的辫子,从而引来了有辫子同学的"厌恶"和监督的"大怒"。回国后,为谋点事做,只好花二元市价"买定一条假辫子",却被骂为"假洋鬼子"。N先生用手杖打了几回,才不被骂了。当初为反抗辫子而不惜掉头的国民如今却为了维护辫子而视剪了辫子的N先生为异端,这大概就是鲁迅所说的"暂时做稳了奴隶"的心态。在此,鲁迅把批判的矛头直指辛亥革命,辛亥革命革掉了国民头上的辫子,却没有革掉身上的奴性。鲁迅用辛辣的笔法抨击了封建习惯势力的顽固守旧,批判了旧民主主义革命的软弱性和不彻底性。

5. 学生的辫子

N先生随后回忆起在中学校做监学之时奉劝学生保留辫子之事,学生是国家的未来,是变革的希望,N先生为什么劝学生"还是不剪上算"呢？我们可以从鲁迅的《且介亭杂文·病后杂谈之余》中找到端倪，"学生们里面，忽然起了剪辫风潮了，很有许多人要剪掉。我连忙禁止。他们就举出代表来诘问道：究竟有辫子好呢，还是没有辫子好呢？我的不假思索的答复是：没有辫子好，然而我劝你们不要剪。学生是向来没有一个说我'里通外国'的，但从这时起，却给了我一个'言行不一致'的结语。看不起了"。鲁迅当然知道没有辫子好，而且他自己就是一个没有辫子的"新党"，但鲁迅也知道封建保守势力之强大和保守思想之顽固，自己剪去辫子后所承受的巨大压力即是明证，那些"剪掉头发的女人，因此考不进学校去，或者被学校除了名"也是明证。他不愿意看到为了理想而使学生像自己一样"痛苦"，这自然也是对学生的保护。他在《坟·娜拉走后怎样》中写道："人生最苦痛的是梦醒了无路可以走。做梦的人是幸福的；倘没有看出可走的路，最要紧的是不要去惊醒他。"因而不希望"为了这希望，要使人练敏了感觉来更深切地感到自己的苦痛，叫起灵魂来目睹他自己的腐烂的尸骸"。

我们从鲁迅先生深刻的内心矛盾不难看出他对辛亥革命没能改变人们的封建思想、没能彻底剪除封建势力的失望和愤慨。他提醒当时的那些理想家们，改革如脱离社会的现状和民众的思想实际，仅仅停留在形式的改变上，只能致许多无谓的痛苦和牺牲——"造出许多毫无所得而痛苦的人"，"引乞丐来打杀"；同时鲁迅又借阿尔志跋绥夫的话，希望理想家们把改造社会的希望留给现在，留给自己，不要预约给子孙。"忘却了一切还是幸福"，这是鲁迅对社会极度失望的激愤之语；"造物的皮鞭没有到中国的脊梁上时，中国便永远是这一样的中国，决不肯自己改变一支毫毛！"这是鲁迅对社会的清醒认识，是借 N 先生之口发出改革社会的呐喊。

第三部分（N 愈说愈离奇了……结尾）：N 先生黯然离开我的寓所。

　　N 先生"一见到我不很愿听的神情,便立刻闭了口",离开前说,"好在明天便不是双十节,我们统可以忘却了"。理想和现实的激烈冲突,引发了旧时代知识分子强烈的反抗;而理想在现实面前的无能为力,又使他们不得不做出无可奈何的妥协,所以 N 先生的愤世嫉俗和"我"的冷漠都源于对现实的清醒认识,这种二重性特征通过聚焦"双十节",呈现在当时知识分子身上,这是鲁迅通过对社会深刻的观察,对知识分子、对自己的透彻剖析。从这个意义上说,"我"并非对 N 先生"冷漠",而是对社会失望。

　　小结:从一六四四年到一九二〇年,几个世纪的历史风云被一条辫子搅动,辫子既是民族压迫与反抗暴政的标志,也是思想保守和维护旧统的象征。《头发的故事》是鲁迅对现实的深切关注和深度思考,它以独特的视角,犀利的视察,揭示了社会改革的症结,借辫子无情地鞭挞了封建思想和守旧势力的罪恶,有力地讽刺了旧民主主义革命的不彻底性,揭示了改造国民性的任重道远。

(王双远)

参考文献

鲁迅:《鲁迅全集》第一卷、第三卷、第六卷[M],人民文学出版社,2005。

《风波》解读

【学生之问】

1. 本文题为"风波"，只是写了"七斤剪了辫子后引起的风波"吗？

2. 为什么开头要写"文豪"赞叹"田家乐"的场面？

3. 为什么用斤数给人命名？

4. 为什么要写八一嫂这一人物？

5. 为什么"皇帝坐龙庭""就得头上有辫子"？

【阅读指要】

《风波》这篇小说运用了转折法，使小说情节一波三折。七斤本来是有辫子的，过着"摇船进城——收集新闻——摇船回村——受人尊敬——讲说新闻"的平静生活。可惜在造反时候摇船进城，被人剪去了辫子，本来没有辫子也不影响什么，可以照旧过日子。可是世道却突然起了变化，"皇帝坐了龙庭了"，皇帝要求老百姓都留有辫子，没有了辫子的七斤就开始遭殃了：媳妇骂他是"你这活死尸的囚徒"，赵七爷吓唬他抵挡不了"保驾的张大帅"将要没有了性命，村人害怕被他连累故意躲着他……他自己也是惶恐不安，连抽烟都忘了。可后来又听说"皇帝没有坐龙庭"，没有辫子也不用害怕会没有了性命，又过起了"摇船进城——收集新闻——摇船回村——受人尊敬——

讲说新闻"的平静生活。这样波澜起伏的故事情节,会引人入胜,百看不厌,更能深刻地揭示小说的主题。

《风波》这篇小说以小见大,使小说主题发人深省。叙述了一九一七年张勋复辟事件在江南水乡所引起的一场关于辫子的小小风波,辫子虽小只是普通的辫子,风波虽小只是村人的不同反应,地方虽小只是江南一个小小水村的情形,但是却以小见大,反映了辛亥革命不彻底的问题:辛亥革命没有彻底改变中国农村的封闭、愚昧、保守的落后现状,封建统治的余孽依然还在压迫着老百姓;虽然老百姓在外在装扮上有了改变——剪去了辫子或盘起了辫子,但在内在思想上却没有改变——依旧愚昧落后、冷漠保守。作者是用小小的辫子给辛亥革命不彻底的问题开了一服良药:辛亥革命要想成功,必须联系民众,并想法唤醒民众,也就是说一定首先要疗治国民思想精神上的弱点。

【原文】

临河的土场上,太阳渐渐的收了他通黄的光线了。场边靠河的乌桕树叶,干巴巴的才喘过气来,几个花脚蚊子在下面哼着飞舞。面河的农家的烟突里,逐渐减少了炊烟,女人孩子们都在自己门口的土场上泼些水,放下小桌子和矮凳;人知道,这已经是晚饭时候了。

老人男人坐在矮凳上,摇着大芭蕉扇闲谈,孩子飞也似的跑,或者蹲在乌桕树下赌玩石子。女人端出乌黑的蒸干菜和松花黄的米饭,热蓬蓬冒烟。河里驶过文人的酒船,文豪见了,大发诗兴,说,"无思无虑,这真是田家乐呵!"

但文豪的话有些不合事实,就因为他们没有听到九斤老太的话。这时候,九斤老太正在大怒,拿破芭蕉扇敲着凳脚说:

"我活到七十九岁了,活够了,不愿意眼见这些败家相,——还是死的好。立刻就要吃饭了,还吃炒豆子,吃穷了一家子!"

伊的曾孙女儿六斤捏着一把豆,正从对面跑来,见这情形,便直奔河边,藏在乌桕树后,伸出双丫角①的小头,大声说,"这老不死的!"

九斤老太虽然高寿,耳朵却还不很聋,但也没有听到孩子的话,仍旧自己说,"这真是一代不如一代!"

这村庄的习惯有点特别,女人生下孩子,多喜欢用秤称了轻重,便用斤数当作小名。九斤老太自从庆祝了五十大寿以后,便渐渐的变了不平家,常说伊年青的时候,天气没有现在这般热,豆子也没有现在这般硬:总之现在的时世是不对了。何况六斤比伊的曾祖,少了三斤,比伊父亲七斤,又少了一斤,这真是一条颠扑不破的实例。所以伊又用劲说,"这真是一代不如一代!"

伊的儿媳七斤嫂子正捧着饭篮走到桌边,便将饭篮在桌上一摔,愤愤的说,"你老人家又这么说了。六斤生下来的时候,不是六斤五两么? 你家的秤又是私秤,加重称,十八两秤;用了准十六,我们的六斤该有七斤多哩。我想便是太公和公公,也不见得正是九斤八斤十足,用的秤也许是十四两……"

"一代不如一代!"

七斤嫂还没有答话,忽然看见七斤从小巷口转出,便移了方向,对他嚷道,"你这死尸怎么这时候才回来,死到那里去了! 不管人家等着你开饭!"

七斤虽然住在农村,却早有些飞黄腾达的意思。从他的祖父到他,三代不捏锄头柄了;他也照例的帮人撑着航船,每日一回,早晨从鲁镇进城,傍晚又回到鲁镇,因此很知道些时事:例如什么地方,雷公劈死了蜈蚣精;什么地方,闺女生了一个夜叉之类。他在村人里面,的确已经是一名出场人物了。但夏天吃饭不点灯,却还守着农家习惯,所以回家太迟,是该骂的。

七斤一手捏着象牙嘴白铜斗六尺多长的湘妃竹烟管,低着头,慢慢地走来,坐在矮凳上。六斤也趁势溜出,坐在他身边,叫他爹爹。七斤没有应。

"一代不如一代!"九斤老太说。

七斤慢慢地抬起头来,叹一口气说,"皇帝坐了龙庭了。"

七斤嫂呆了一刻,忽而恍然大悟的道,"这可好了,这不是又要皇恩大赦了么!"

七斤又叹一口气,说,"我没有辫子②。"

"皇帝要辫子么?"

"皇帝要辫子。"

"你怎么知道呢?"七斤嫂有些着急,赶忙的问。

"咸亨酒店③里的人,都说要的。"

七斤嫂这时从直觉上觉得事情似乎有些不妙了,因为咸亨酒店是消息灵通的所在。伊一转眼瞥见七斤的光头,便忍不住动怒,怪他恨他怨他;忽然又绝望起来,装好一碗饭,搡在七斤的面前道,"还是赶快吃你的饭罢! 哭丧着脸,就会长出辫子来么?"

【注释】

①双丫角:即"总角"、"双角",古时儿童两边梳辫,指孩子的童年。如《诗经》中的《氓》有这样的句子"总角之宴,言笑晏晏。"②辫子:辫子是将成束的头发编织而成的发型。常见的方法是将三束头发编起来。在编织时,先将三束头发并排放平,然后将左边一束和中间一束交叉,之后将右边一束和中间的一束交叉,如此反复。清朝时男性的头发就是这样编成的。没有辫子的人物形象在鲁迅的小说中多次出现,如《风波》中的七斤、《头发的故事》中的 N 先生、《阿 Q 正传》中的钱太爷的大儿子等。③咸亨酒店:咸亨酒店坐落在鲁迅故乡所在的绍兴城内东昌坊口的东头,是酒乡绍兴最负盛名的百年老店。清光绪甲午年(1894),鲁迅堂叔周仲翔等在绍兴城内的都昌坊口开设一家小酒店,但在几年后结业。店主从《易经·坤卦》之《象传》"坤厚载物,德合无疆,含弘广大,品物咸亨"句中,取"咸亨"两字为店名,寓意酒店生意兴隆、万事亨通。"咸"是都的意思,"亨"意为顺利,"咸亨"即为"大家都顺利"的祝福语,可见店主对生意之兴旺的殷切期盼之情——无论物质还是精神方面都将顺利发展。鲁迅先生在《孔乙己》《风波》《明天》等著名小说中,把咸亨酒店作为小说故事发生的重要

背景,使咸亨酒店名扬海内外。一九八一年,鲁迅先生诞辰一百周年之际,老店新开。现在的咸亨酒店既是酒店更是景点,它与鲁迅故居、百草园、三味书屋、土谷祠等文化遗存,共同构成了解读鲁迅的钥匙。

【解读】

第一部分内容:分三层。

第一层:写晚饭时恬静的田园风光。

小说的开头是一般的景物环境描写,按照由远及近、由大到小的空间顺序,描绘了江南小镇乡村的农民乘凉吃晚饭的场景。无论是乌桕树、小桌子、矮凳、大芭蕉扇,还是乌黑的蒸干菜、松花黄的米饭,还是玩石子的孩子、端饭的女人、坐等吃饭的老人男子,都洋溢着江南农村的浓厚的生活气息,也反映出了这里依然是一种因循守旧的、没有任何改变的传统的生活方式,为"关于辫子的风波"的出现提供了适宜的环境土壤。由此可见,辛亥革命的失败之处,在于没有深入联系并发动老百姓,在于没有根除封建统治在农村老百姓思想上所产生的毒害。

开头又接着描写了文人酒船中的一个文豪大发诗兴的场景:他竟然坐在酒船上悠闲地赋诗,赞美眼前的一切是"田家乐"!作者借此讽刺了被封建文化毒害下的文人:他们虽处在社会动荡的时期,既不关心老百姓的生活安否,也不关心国家民族的存亡,却只顾个人的享乐,苟且偷生于人世间。

第二层:简略地写了九斤老太与曾孙女六斤之间的关于豆子的风波、九斤老太与孙儿媳七斤嫂之间的关于孩子六斤斤数的风波。

本文主要是写七斤进城后被剪了辫子后在村里所引起的风波,但是在开篇还简略地写了九斤老太与曾孙女六斤之间的关于豆子的风波:九斤老太不想吃炒豆子,骂六斤是一副"败家相",而六斤则骂九斤老太"这老不死的"。其实,在当时的社会氛围里,六斤最后也只能沦为九斤老太的翻版,走她的前辈九斤老太所走的路。还简略地写了九斤老太与孙儿媳七斤嫂之间的关于孩子六斤斤数的风波：九斤老太认准六斤就是六斤，唠叨"一代不如一代"，而七斤嫂却说秤不一样，六斤就不只是六斤。虽然这两个风波只是略写，却对主要的关于辫子的风波的出现起到了铺垫作用，并刻画了九斤老太的特点。九斤老太的口头禅是"一代不如一代"，表面上是写她对"晚饭又吃豆子"、"六斤太轻"的不满，实际上是要揭露那牢牢地刻在她内心的陈旧、落后、保守、一心想复古的思想观念，借她折射出作者对这样的"复古家"的一种辛辣的讽刺。也就是说，开篇所简写的这两个关于"豆子"、"斤数"的风波，是为后面的主要的关于"辫子"的风波铺垫并蓄势。

　　本文的许多人物以斤数命名，有特殊的含义。在旧社会，处于生活底层的老百姓，生活非常艰难，极其贫苦，穿没有穿的，吃没有吃的，不用说身体都很瘦弱，如果生下的孩子能够斤数多，那将代表这个孩子会是幸运的、有福的，可以扛得住没吃没喝的穷苦生活，从而健康地活下去，于是就用斤数来给孩子命名，由此可以看出老百姓生活的悲惨。再者，起名往往是父辈或长辈所拥有的特权，如果想给孩子起一个代表全家希望的文绉绉的名字，首先需要认识不少字，但旧社会的老百姓大都不识字，可若用斤数来给孩子命名是非常方便的事，因为这不需要识字并且好记，由此可以看出老百姓在读书识字上所遭受的不公平的待遇。其实作者用斤数来给文中人物命名，也是对封建社会残酷的等级制度的有力控诉。如《风波》中的"九斤"、"七斤"、"八一嫂"等。不过，在江浙一带本来就有一个旧俗：婴儿生下来常用秤来称重量，而这婴儿落地的重量便成了该人终生的称呼名字。如《社戏》中的"八公公"、"六一公公"等。

　　第三层：写七斤和七斤嫂听说皇帝又要坐龙庭，因为没有辫子而非常惶恐与不安。

　　七斤是一个住在江南农村的船工，过着"摇船进城——收集新闻——摇船回村——受人尊敬——讲说新闻"的平静生活。因为经常进城,所以他"很知道些时事","是一名出场人物",经常给村人讲一些"时事",于是很受村人的尊敬。但他所知道的"时事",只是限于"雷公劈死了蜈蚣精","闺女生了一个夜叉之类"的;他虽然没有了辫子,但是却不是因为参加了"辛亥革命",自然更谈不上具有革命的觉悟,而是因为是造反时候"进城便被人剪去了辫子"。可是"皇帝坐了龙庭了",所以他马上因为"皇帝要辫子"而发愁,由此可见他愚昧、麻木、落后、缺乏觉悟、胆小怕事的特点。

七斤嫂因为害怕七斤没有辫子会给全家带来灾祸,所以她"一转眼瞥见七斤的光头,便忍不住动怒,怪他恨他怨他;忽然又绝望起来,装好一碗饭,搡在七斤的面前"。可见她也是愚昧、麻木、落后之人。

【原文】

太阳收尽了他最末的光线了,水面暗暗地回复过凉气来;土场上一片碗筷声响,人人的脊梁上又都吐出汗粒。七斤嫂吃完三碗饭,偶然抬起头,心坎里便禁不住突突地发跳。伊透过乌桕叶,看见又矮又胖的赵七爷正从独木桥上走来,而且穿着宝蓝色竹布的长衫①。

赵七爷是邻村茂源酒店的主人,又是这三十里方圆以内的唯一的出色人物兼学问家;因为有学问,所以又有些遗老的臭味。他有十多本金圣叹批评的《三国志》,时常坐着一个字一个字的读;他不但能说出五虎将姓名,甚而至于还知道黄忠表字汉升和马超表字孟起。革命以后,他便将辫子盘在顶上,像道士一般;常常叹息说,倘若赵子龙在世,天下便不会乱到这地步了。七斤嫂眼睛好,早望见今天的赵七爷已经不是道士,却变成光滑头皮,乌黑发顶;伊便知道这一定是皇帝坐了龙庭,而且一定须有辫子,而且七斤一定是非常危险。因为赵七爷的这件竹布长衫,轻易是不常穿的,三年以来,只穿过两次:一次是和他呕气的麻子阿四病了的时候,一次是曾经砸烂他酒店的鲁大爷死了的时候;现在是第三次了,这一定又是于他有庆,于他的仇家有殃了。

七斤嫂记得，两年前七斤喝醉了酒，曾经骂过赵七爷是"贱胎"，所以这时便立刻直觉到七斤的危险，心坎里突突地发起跳来。

赵七爷一路走来，坐着吃饭的人都站起身，拿筷子点着自己的饭碗说，"七爷，请在我们这里用饭！"七爷也一路点头，说道"请请"，却一径走到七斤家的桌旁。七斤们连忙招呼，七爷也微笑着说"请请"，一面细细的研究他们的饭菜。

"好香的干菜，——听到了风声了么？"赵七爷站在七斤的后面七斤嫂的对面说。

"皇帝坐了龙庭了。"七斤说。

七斤嫂看着七爷的脸，竭力陪笑道，"皇帝已经坐了龙庭，几时皇恩大赦呢？"

"皇恩大赦？——大赦是慢慢的总要大赦罢。"七爷说到这里，声色忽然严厉起来，"但是你家七斤的辫子呢，辫子？这倒是要紧的事。你们知道：长毛②时候，留发不留头，留头不留发，……"

七斤和他的女人没有读过书，不很懂得这古典的奥妙，但觉得有学问的七爷这么说，事情自然非常重大，无可挽回，便仿佛受了死刑宣告似的，耳朵里嗡的一声，再也说不出一句话。

"一代不如一代，——"九斤老太正在不平，趁这机会，便对赵七爷说，"现在的长毛，只是剪人家的辫子，僧不僧，道不道的。从前的长毛，这样的么？我活到七十九岁了，活够了。从前的长毛是——整匹的红缎子裹头，拖下去，拖下去，一直拖到脚跟；王爷是黄缎子，拖下去，黄缎子；红缎子，黄缎子，——我活够了，七十九岁了。"

七斤嫂站起身，自言自语的说，"这怎么好呢？这样的一班老小，都靠他养活的人，……"

赵七爷摇头道，"那也没法。没有辫子，该当何罪，书上都一条一条明明白白写着的。不管他家里有些什么人。"

七斤嫂听到书上写着,可真是完全绝望了;自己急得没法,便忽然又恨到七斤。伊用筷子指着他的鼻尖说,"这死尸自作自受!造反的时候,我本来说,不要撑船了,不要上城了。他偏要死进城去,滚进城去,进城便被人剪去了辫子。从前是绢光乌黑的辫子,现在弄得僧不僧道不道的。这囚徒自作自受,带累了我们又怎么说呢? 这活死尸的囚徒……"

村人看见赵七爷到村,都赶紧吃完饭,聚在七斤家饭桌的周围。七斤自己知道是出场人物,被女人当大众这样辱骂,很不雅观,便只得抬起头,慢慢地说道:

"你今天说现成话,那时你……"

"你这活死尸的囚徒……"

看客中间,八一嫂是心肠最好的人,抱着伊的两周岁的遗腹子,正在七斤嫂身边看热闹;这时过意不去,连忙解劝说,"七斤嫂,算了罢。人不是神仙,谁知道未来事呢? 便是七斤嫂,那时不也说,没有辫子倒也没有什么丑么? 况且衙门里的大老爷也还没有告示,……"

七斤嫂没有听完,两个耳朵早通红了;便将筷子转过向来,指着八一嫂的鼻子,说,"阿呀,这是什么话呵! 八一嫂,我自己看来倒还是一个人,会说出这样昏诞胡涂话么? 那时我是,整整哭了三天,谁都看见;连六斤这小鬼也都哭,……"六斤刚吃完一大碗饭,拿了空碗,伸手去嚷着要添。七斤嫂正没好气,便用筷子在伊的双丫角中间,直扎下去,大喝道,"谁要你来多嘴! 你这偷汉的小寡妇!"

扑的一声,六斤手里的空碗落在地上了,恰巧又碰着一块砖角,立刻破成一个很大的缺口。七斤直跳起来,捡起破碗,合上了检查一回,也喝道,"入娘的!"一巴掌打倒了六斤。六斤躺着哭,九斤老太拉了伊的手,连说着"一代不如一代",一同走了。

八一嫂也发怒,大声说,"七斤嫂,你'恨棒打人'③……"

赵七爷本来是笑着旁观的;但自从八一嫂说了"衙门里的大老爷

没有告示"这话以后，却有些生气了。这时他已经绕出桌旁，接着说，"'恨棒打人'，算什么呢。大兵是就要到的。你可知道，这回保驾的是张大帅，张大帅就是燕人张翼德的后代，他一支丈八蛇矛，就有万夫不当之勇，谁能抵挡他，"他两手同时捏起空拳，仿佛握着无形的蛇矛模样，向八一嫂抢进几步道，"你能抵挡他么！"

八一嫂正气得抱着孩子发抖，忽然见赵七爷满脸油汗，瞪着眼，准对伊冲过来，便十分害怕，不敢说完话，回身走了。赵七爷也跟着走去，众人一面怪八一嫂多事，一面让开路，几个剪过辫子重新留起的便赶快躲在人丛后面，怕他看见。赵七爷也不细心察访，通过人丛，忽然转入乌桕树后，说道"你能抵挡他么！"跨上独木桥，扬长去了。

村人们呆呆站着，心里计算，都觉得自己确乎抵不住张翼德，因此也决定七斤便要没有性命。七斤既然犯了皇法，想起他往常对人谈论城中的新闻的时候，就不该含着长烟管显出那般骄傲模样，所以对于七斤的犯法，也觉得有些畅快。他们也仿佛想发些议论，却又觉得没有什么议论可发。嗡嗡的一阵乱嚷，蚊子都撞过赤膊身子，闯到乌桕树下去做市；他们也就慢慢地走散回家，关上门去睡觉。七斤嫂咕哝着，也收了家伙和桌子矮凳回家，关上门睡觉了。

七斤将破碗拿回家里，坐在门槛上吸烟；但非常忧愁，忘却了吸烟，象牙嘴六尺多长湘妃竹烟管的白铜斗里的火光，渐渐发黑了。他心里但觉得事情似乎十分危急，也想想些方法，想些计画，但总是非常模糊，贯穿不得："辫子呢辫子？ 丈八蛇矛。一代不如一代！ 皇帝坐龙庭。破的碗须得上城去钉好。谁能抵挡他？ 书上一条一条写着。入娘的！ ……"

【注释】

　　①宝蓝色竹布的长衫：如果"放下辫子"是赵七爷封建统治的标志性发型，那么"宝蓝色竹布的长衫"便是赵七爷维护封建统治的标志性衣服。"因为赵七

爷的这件竹布长衫,轻易是不常穿的,三年以来,只穿过两次:一次是和他呕气的麻子阿四病了的时候,一次是曾经砸烂他酒店的鲁大爷死了的时候;现在是第三次了,这一定又是于他有庆,于他的仇家有殃了。"②长毛:本意指太平军,因太平天国的成员皆披头散发,故由此得名。长毛也泛指盗匪。但本文的"长毛"是指老百姓口中的造反者——辛亥革命的革命者。如赵七爷所说的:"长毛时候,留发不留头,留头不留发。"如九斤老太所说的:"现在的长毛,只是剪人家的辫子,僧不僧,道不道的。"③恨棒打人:是"迁怒于人"之意,是"指桑骂槐"之意。因为七斤嫂表面上是骂拿了空碗伸手去嚷着要添饭的六斤:"谁要你来多嘴!你这偷汉的小寡妇!"其实际上骂的是在旁边既看热闹又过意不去来假意解劝的八一嫂。首先的依据是:"八一嫂是心肠最好的人,抱着伊的两周岁的遗腹子",她正是"小寡妇"。更重要的原因是:八一嫂竟然说出"那时不也说,没有辫子倒也没有什么丑么?况且衙门里的大老爷也还没有告示"那一串子的话,结果让大家觉得七斤是因为造反而没有辫子。所以七斤嫂非常生气,因为这可是让七斤会因此掉脑袋的混账话,于是"指着八一嫂的鼻子"反驳说:七斤是被人剪了辫子,当时全家人都为这种不幸而痛苦,七斤绝没有参加造反。七斤嫂非常动怒,只想直接骂一顿八一嫂,但是因为邻里邻居的又不好意思直接骂,只好借骂六斤拐个弯儿来骂八一嫂。结果八一嫂一下子就看出来了,直接说出七斤嫂是故意"恨棒打人"。

【解读】

第二部分内容:写封建遗老赵七爷、八一嫂、众乡民围绕七斤的辫子问题而所说的闲话。借此揭示了赵七爷、七斤嫂、八一嫂、七斤的特点。

赵七爷:是不愁吃喝的邻村茂源酒店的老板,同时又是一个不学无术、时刻梦想复辟但又会见风使舵的封建遗老。他"有学问",于是成为"这三十里方圆以内的唯一的出色人物兼学问家"。但他的"学问"却很有限:只是能"一个字一个字的读"《三国志》,只"能说出五虎将姓名,甚而至于还知道黄忠表字汉升和马超表字孟起",只能来吓唬不识字的老百姓。他见风使舵,"革命以后,他便将辫子盘在顶上",可"皇帝坐了龙庭"的消息传来,他不但立即放下辫子,而且立即穿上那件"于他有庆,于他的仇家有殃"的宝蓝色竹布长衫,得意扬扬地跑到七斤家质问七斤。他"擅长"给老百姓戴上精神上的枷锁,他瞎编出"保驾的是张大帅,张大帅就是燕人张翼德的后代"之类的假话来吓唬七斤和村人,让七斤和村人觉得没有辫子的人是抵挡不了张大帅的,是一定会没有了性命的。

七斤嫂:她泼辣粗俗,很会"恨棒打人",一会儿骂六斤和八一嫂是"偷汉的小寡妇",一会儿骂七斤是"活死尸的囚徒"。她就是自私、落后、愚昧、麻木且待人不厚道的江南农村妇女的代表。

八一嫂:她落后、愚昧、麻木,是爱看热闹的看别人笑话的看客,是会说出给别人按上不好罪名的让别人不高兴的话的长舌妇。

七斤:他愚昧、没有觉悟且胆小怕事,赵七爷的吓唬使他觉得"事情自然非常重大,无可挽回",害怕得"仿佛受了死刑宣告似的,耳朵里嗡的一声,再也说不出一句话"。到后来他也"非常忧愁","觉得事情似乎十分危急,也想想些方法,想些计画,但总是非常模糊,贯穿不得",竟然"忘却了吸烟,象牙嘴六尺多长湘妃竹烟管的白铜斗里的火光,渐渐发黑了"。

【原文】

第二日清晨,七斤依旧从鲁镇撑航船进城,傍晚回到鲁镇,又拿着六尺多长的湘妃竹烟管和一个饭碗回村。他在晚饭席上,对九斤老太说,这碗是在城内钉合的,因为缺口大,所以要十六个铜钉,三文一个,一总用了四十八文小钱①。

九斤老太很不高兴的说,"一代不如一代,我是活够了。三文钱一个钉;从前的钉,这样的么? 从前的钉是……我活了七十九岁了,——"

此后七斤虽然是照例日日进城,但家景总有些黯淡,村人大抵回避着,不再来听他从城内得来的新闻。七斤嫂也没有好声气,还时常叫他"囚徒"。

【注释】

①"这碗是在城内钉合的,因为缺口大,所以要十六个铜钉,三文一个,一总用了四十八文小钱":这个句子首先照应了前文的内容:"扑的一声,六斤手里的空碗落在地上了,恰巧又碰着一块砖角,立刻破成一个很大的缺口。"其次反映了大人们的愚昧做法所产生的严重后果,把因为没有辫子会坐牢会被杀头的恐惧转嫁到无辜的孩子身上,于是打骂孩子六斤,结果摔坏了碗,并让自己更贫穷,因为补这个破碗又花去了四十八文小钱。

【解读】

第三部分内容:写村人对七斤的有意疏远和七斤家境的黯淡情形。

村人怕受七斤的牵连,于是"村人大抵回避着,不再来听他从城内得来的新闻",也就不再对七斤尊敬了。由此可见,村人也是麻木、愚昧无知、自私、没有觉悟的。七斤嫂依旧因为害怕而骂七斤,对七斤也没有好声气,还时常骂他"囚徒"。

【原文】

过了十多日,七斤从城内回家,看见他的女人非常高兴,问他说,"你在城里可听到些什么?"

"没有听到些什么。"

"皇帝坐了龙庭没有呢?"

"他们没有说。"

"咸亨酒店里也没有人说么?"

"也没人说。"

"我想皇帝一定是不坐龙庭了。我今天走过赵七爷的店前,看见他又坐着念书了,辫子又盘在顶上了,也没有穿长衫。"

"…………"

"你想,不坐龙庭了罢?"

"我想,不坐了罢。"

现在的七斤,是七斤嫂和村人又都早给他相当的尊敬,相当的待遇了。到夏天,他们仍旧在自家门口的土场上吃饭;大家见了,都笑嘻嘻的招呼。九斤老太早已做过八十大寿,仍然不平而且康健。六斤的双丫角,已经变成一支大辫子了;伊虽然新近裹脚①,却还能帮同七斤嫂做事,捧着十八个铜钉的饭碗,在土场上一瘸一拐的往来。

【注释】

①裹脚:裹脚也叫缠足,即把女子的双脚用布帛缠裹起来,使其变成为又小又尖的"三寸金莲"。"三寸金莲",从此成为中国古代女子审美的一个重要条件。但从现代社会的生活状况来看,裹脚却是毒害封建社会妇女身心健康的一种陋习。

【解读】

第四部分内容:写皇帝不坐龙庭了,结果村里又一切如旧的情形。赵七爷的辫子又盘到了头顶上,七斤又受到了众人的尊敬,六斤裹脚了,江南农村的生活并没有发生什么变化。

小说的结尾记叙了风波平息后的结果与影响:

其一,七斤仍然又受到了村人们的尊敬,这与他在风波高潮时候被回避被冷落的遭遇形成了鲜明的对比:七斤那时曾被认为因为没有辫子而犯了法可能会被关进牢房被杀头,村人们怕被牵连而有意回避,甚至觉得七斤可能会受惩罚而内心暗自有些畅快。村人们对待七斤的这两种不同的态度,正说明了老百姓对于究竟该不该剪发一点儿也不明白,那么对于辛亥革命也更不明白是怎么一回事,可见老百姓的思想觉悟在辛亥革命后依然没有提高。

其二,村人们仍然按照因循守旧的生活方式生活着:九斤老太依然按照守旧复古的封建观念来评判着周围的一切;六斤也梳起了"一支大辫子",已裹起了小脚,"在土场上一瘸一拐的往来"着,继续走着九斤老太与七斤嫂曾经走过的老路。可见,村人们的愚昧、落后的思想依然没有根除。

其三,暗示了辛亥革命给这乡村带来的影响是微乎其微的,只是像辫子掀起的风波一样,在老百姓的头上和心上掀起了一小阵的恐惧与害怕,之后便消失得无影无踪。这启发革命者:要想革命成功一定要变革落后的农村、唤醒愚昧的百姓。这样的结尾,进而深化了小说的主题。

小说的结尾,描写了小小村落有过一场风波之后一切恢复原样的情景,照应了开头的环境描写,首尾呼应,起到了渲染环境气氛、深化小说主题的作用。

"皇帝坐龙庭"与"就得头上有辫子",有必然的联系。

一是反映社会背景的需要。一九一七年七月一日,封建军阀张勋拥立溥仪复辟,复辟时要求百姓留辫子。鲁迅在他的一篇杂文《病后杂谈之余》中说:"然而辫子还有一场小风波,那就是张勋的复辟,一不小心,辫子是又可以种起来的,我曾见他的辫子兵在北京城外布防,对于没辫子的人们真是气焰万丈。幸而不几天就失败了……""……我曾在《风波》里提到它……"这篇小说反映了当时的社会背景——张勋复辟的历史事件。

二是设置小说线索的需要。本篇小说以辫子为中心线索,贯穿了事件的起因、发展、高潮和结局的整个过程。南方小村的风波是由"皇帝坐了龙庭了"这一消息引起的,因为"皇帝要辫子",也就是说皇帝要求老百姓都留有辫子,可是七斤却没有了辫子,他是在摇船进城时被人剪去了辫子。赵七爷那放下曾经盘着的辫子的出场,使故事进一步发展并走向了高潮:赵七爷幸灾乐祸地质问七斤的辫子哪里去了,使七斤和七斤嫂非常惶恐、害怕,使村人开始有意地回避着七斤,不再去听七斤进城去而得到的新闻。最后的结局是:赵七爷的辫子又盘在顶上,因为"皇帝没有坐龙庭",没有辫子也是不用害怕的,从此没有辫子的七斤又重新获得了村人的尊敬。

三是揭示象征意义的需要。其实,作者用辫子是想揭示其深刻的象征意义:辫子是清王朝对老百姓进行封建统治的标志之一,辫子又是封建社会加在老百姓身上的精神枷锁之一,辫子又是辛亥革命不彻底从而脱离老百姓的一种征兆。

（李香阁）

参考文献

鲁迅:《呐喊》[M],中国画报出版社,2014。

《故乡》解读

【学生之问】

1.《故乡》是沿着什么样的思路进行叙述的？作者写这篇小说的目的是什么？

2.《故乡》开头写到渐进故乡时，描写到的故乡使作者心"悲凉"起来了，离开故乡时，作者是"非常的悲哀"，但在结尾却写到"希望是本无所谓有，无所谓无的。这正如地上的路；其实地上并没有路，走的人多了，也便成了路。"作者为什么这样写？

3.《故乡》的主人公是"我"，还是闰土？为什么？

4.《故乡》为什么要写杨二嫂？从哪些方面描写了杨二嫂？

5.《故乡》描写了哪些景物，这些景物与主旨有什么关系？

6.《故乡》主要运用了什么表现手法，在文中是如何表现的？

【阅读指要】

《故乡》是围绕着"回到故乡，身在故乡，离别故乡"进行叙述的，为了更好地理解这篇小说，须从以下几方面入手。第一，明确小说的写作背景。"回到相隔二千余里，别了二十余年的故乡去"，这二十余年指的是一八九八年到一九一九年，这段时间正处于辛亥革命后，军阀官僚取代了封建主义的地主阶级进行统治，帝国主义操纵着中国的经济、政治和军事力量。在双重的压迫下，中国的广大人民，尤其是农民,过着饥寒交迫和毫无政治权利的生活。第二,明确主人公是闰土。整篇小说描写了闰土的少年时代和中年时代,小英雄变成了木偶人,通过对比描写,揭示出旧社会物质和精神方面的时代烙印。第三,"我"和杨二嫂所代表的人物形象。"我"作为叙述者,带着浓厚的感情色彩,将自己的喜怒哀乐展现出来,"我"代表了心怀希望的知识分子,杨二嫂则代表了庸俗的小市民。第四,读懂一些句子的含义。例如:"你放了道台了,还说不阔?你现在有三房姨太太;出门便是八抬的大轿,还说不阔"是讽刺语;"我就知道,我们之间已经隔了一层可悲的厚障壁了"是借喻语;"希望是本无所谓有,无所谓无的。这正如地上的路;其实地上本没有路,走的人多了,也便成了路"是哲理语……

【原文】

我冒了严寒,回到相隔二千余里,别了二十余年的故乡去。

时候既然①是深冬;渐近故乡时,天气又阴晦②了,冷风吹进船舱中,呜呜的响,从篷隙向外一望,苍黄的天底下,远近横着几个萧索③的荒村,没有一些活气。我的心禁不住悲凉起来了。

阿!这不是我二十年来时时记得的故乡?

我所记得的故乡全不如此。我的故乡好得多了。但要我记起他的美丽,说出他的佳处来,却又没有影像④,没有言辞了。仿佛也就如此。于是我自己解释说:故乡本也如此,——虽然没有进步,也未必有如我所感的悲凉,这只是我自己心情的改变罢了,因为我这次回乡,本没有什么好心绪⑤。

我这次是专为了别他而来的。我们多年聚族而居⑥的老屋,已经公同卖给别姓了,交屋的期限,只在本年,所以必须赶在正月初一以前,永别了熟识的老屋,而且远离了熟识的故乡,搬家到我在谋食⑦的异地去。

【注释】①既然:这里是已然的意思。②阴晦:阴沉昏暗。③萧索:荒凉、冷落的意思。④影像:这里是印象的意思。⑤心绪:心情。⑥聚族而居:同族各家聚在一处居住。⑦谋食:谋生。

【解读】

这是文章的第一部分,对故乡的萧条景象进行描写,映衬出作者见到故乡的复杂心情,并交代了"我"回故乡的目的。小说从"回到相隔二千余里,别了二十余年的故乡去"写起,描写了隐晦的天气,呜呜的冷风,苍黄的天空,萧索的荒村,没有一点生气,"我"感到心中的悲凉,以至于怀疑"这不是我二十年来时时记得的故乡?"接着写到"我的故乡好得多了。"进而又写到"故乡本也如此……"把悲凉的风景归结到自己心情,"因为我这次回乡,本没有什么好心绪",写出了回故乡的原因,即搬家。在这种看似纠结矛盾的语言背后,我们不难看出作者的一种复杂心情,这种复杂的心情被悲凉所替代,我们不难看出作者这二十余年背井离乡的酸甜苦辣,也不难看出作者此次与故乡永诀的恋恋不舍,更不难看出作者此次回故乡寻梦的心理慰藉,这种苦闷与彷徨,辛苦与忧伤,隐含着一种人生况味,显示出对故乡的依恋之情,更表达出对故乡的向往与期待。

【原文】

第二日清早晨我到了我家的门口了。瓦楞上许多枯草的断茎当风抖着,正在说明这老屋难免易主的原因。几房的本家大约已经搬走了,所以很寂静。我到了自家的房外,我的母亲早已迎着出来了,接着便飞出了八岁的侄儿宏儿。

我的母亲很高兴,但也藏着许多凄凉的神情,教我坐下,歇息,喝茶,且不谈搬家的事。宏儿没有见过我,远远的对面站着只是看。

但我们终于谈到搬家的事。我说外间的寓所①已经租定了,又买了几件家具,此外须将家里所有的木器卖去,再去增添。母亲也说好,而且行李也略已齐集,木器不便搬运的,也小半卖去了,只是收不起钱来。

【注释】①寓所：寄居的房子。

【解读】

第二部分第一层写老屋的孤寂，更让"我"沉浸到了深沉的悲凉之中，还写了与母亲商定搬家的事情。到家之后的环境描写，"瓦楞上许多枯草的断茎当风抖着，正在说明这老屋难免易主的原因"。老屋易主的原因就是搬家，老屋周边的寂静，更显出搬家前的悲凉。进而写到母亲高兴的表情下"藏着的凄凉"，可以见出母亲故土难离的心情，宏儿"远远的"看"我"，说明"我"很长时间没有回故乡了。最终引出这次回归故里的目的——搬家。

【原文】

"你休息一两天，去拜望亲戚本家一回，我们便可以走了。"母亲说。

"是的。"

"还有闰土，他每到我家来时，总问起你，很想见你一回面。我已经将你到家的大约日期通知他，他也许就要来了。"

这时候，我的脑里忽然闪出一幅神异的图画来：深蓝的天空中挂着一轮金黄的圆月，下面是海边的沙地，都种着一望无际的碧绿的西瓜，其间有一个十一二岁的少年，项带银圈，手捏一柄钢叉，向一匹猹①尽力的刺去，那猹却将身一扭，反从他的胯下逃走了。

这少年便是闰土。我认识他时，也不过十多岁，离现在将有三十年了；那时我的父亲还在世，家景也好，我正是一个少爷。那一年，我家是一件大祭祀的值年②。这祭祀，说是三十多年才能轮到一回，所以很郑重；正月里供祖像，供品很多，祭器很讲究，拜的人也很多，祭器也很要防偷去。我家只有一个忙月（我们这里给人做工的分三种：整年给一定人家做工的叫长年；按日给人做工的叫短工；自己也种地，只在过年过节以及收租时候来给一定的人家做工的称忙月），忙不过来，他便对父亲说，可以叫他的儿子闰土来管祭器的。

我的父亲允许了;我也很高兴,因为我早听到闰土这名字,而且知道他和我仿佛年纪,闰月生的,五行缺土③,所以他的父亲叫他闰土。他是能装弶④捉小鸟雀的。

我于是日日盼望新年,新年到,闰土也就到了。好容易到了年末,有一日,母亲告诉我,闰土来了,我便飞跑的去看。他正在厨房里,紫色的圆脸,头戴一顶小毡帽,颈上套一个明晃晃的银项圈,这可见他的父亲十分爱他,怕他死去,所以在神佛面前许下愿心,用圈子将他套住了。他见人很怕羞,只是不怕我,没有旁人的时候,便和我说话,于是不到半日,我们便熟识了。

我们那时候不知道谈些什么,只记得闰土很高兴,说是上城之后,见了许多没有见过的东西。

第二日,我便要他捕鸟。他说:

"这不能。须大雪下了才好。我们沙地上,下了雪,我扫出一块空地来,用短棒支起一个大竹匾,撒下秕谷,看鸟雀来吃时,我远远地将缚在棒上的绳子只一拉,那鸟雀就罩在竹匾下了。什么都有:稻鸡,角鸡,鹁鸪,蓝背……"

我于是又很盼望下雪。

闰土又对我说:

"现在太冷,你夏天到我们这里来。我们日里到海边检⑤贝壳去,红的绿的都有,鬼见怕⑥也有,观音手也有。晚上我和爹管西瓜去,你也去。"

"管贼么?"

"不是。走路的人口渴了摘一个瓜吃,我们这里是不算偷的。要管的是獾猪⑦,刺猬,猹。月亮底下,你听,啦啦的响了,猹在咬瓜了。你便捏了胡叉,轻轻地走去……"

我那时并不知道这所谓猹的是怎么一件东西——便是现在也没有知道——只是无端的觉得状如小狗而很凶猛。

"他不咬人么？"

"有胡叉呢。走到了，看见猹了，你便刺。这畜生很伶俐，倒向你奔来，反从胯下窜了。他的皮毛是油一般的滑……"

我素不知道天下有这许多新鲜事：海边有如许⑧五色的贝壳；西瓜有这样危险的经历，我先前单知道他在水果店里出卖罢了。

"我们沙地里，潮汛⑨要来的时候，就有许多跳鱼儿只是跳，都有青蛙似的两个脚……"

阿！闰土的心里有无穷无尽的希奇的事，都是我往常的朋友所不知道的。他们不知道一些事，闰土在海边时，他们都和我一样只看见院子里高墙上的四角的天空。

可惜正月过去了，闰土须回家里去，我急得大哭，他也躲到厨房里，哭着不肯出门，但终于被他父亲带走了。他后来还托他的父亲带给我一包贝壳和几支很好看的鸟毛，我也曾送他一两次东西，但从此没有再见面。

现在我的母亲提起了他，我这儿时的记忆，忽而全都闪电似的苏生⑩过来，似乎看到了我的美丽的故乡了。我应声说：

"这好极！他，——怎样？……"

"他？……他景况也很不如意……"母亲说着，便向房外看，"这些人又来了。说是买木器，顺手也就随便拿走的，我得去看看。"

【注释】①猹(chá)：作者1929年5月4日给舒新城的信中说："'猹'字是我据乡下人所说的声音，生造出来的……现在想起来，也许是獾罢。"②大祭祀的值年：大祭祀，指旧社会大家族全族对祖先的祭典。值年，大家族分若干房，每年由各房轮流主持祭祀活动，轮到的叫"值年"。③五行缺土：旧社会所谓算"八字"的迷信说法。即用天干(甲乙丙丁戊己庚辛壬癸)和地支(子丑寅卯辰巳午未申酉戌亥)相配，来记一个人出生的年、月、日、时，各得两字，合为"八字"；又认为它们在五行(金、木、水、火、土)中各有所属，如甲乙寅卯属木，丙丁巳午属火等等，如八个字能包括五者，就是五行俱全。④獐(jiàng)：一种捉鸟或鼠的工具。⑤检：同"捡"，拾取。⑥鬼见怕：和下文的"观音手"都是小贝壳的名称。旧时浙江沿海的人把这种小贝壳用线串在一起，戴在孩子的手腕或脚踝上，说是可以"避邪"。这类名称就是根据"避邪"的意思取的。⑦獾（huān）猪：即猪獾，头长嘴尖，样子像猪，喜在夜间活动，损坏庄稼。⑧如许：这么些。⑨潮汛：定期上涨的潮水。⑩苏生：苏醒，重现。

【解读】

第二部分第二层，写"我"回忆与少年闰土的友情。在这一层中，作者首先介绍了当时"我"家与闰土家的情况："我"家的家境不错，"我"是一个少爷；闰土家境虽然不算好，但也还算过得去，"颈上套一个明晃晃的银项圈"，说明闰土的家境还可以，也可以看出当时帝国主义的势力还没有来得及渗透到中国的农村。接着作者写到自己与闰土相交的几件事，并且和闰土建立了深厚的友情。

"我"听母亲提起闰土后，眼前马上闪出"一幅神异的图画来：深蓝的天空中挂着一轮金黄的圆月，……反从他的胯下逃走了。"这幅图画的色彩是明亮的，回忆是美好的，闰土的描述中，"我"的童年被装点成了一个捕捉小鸟雀，海边拾贝壳，瓜田刺猹的丰富而美好的世界。但这些并没有在"我"的生活中亲身经历，只是一种朦胧的幻想。闰土给我的童年带来了无限的快乐，对于"只看见院子里高墙上的四角的天空"的"我"及"我们"来说，是欢乐的，加上淳朴的乡情，一次次把童年的美好进行发酵。因此，"我"的美丽的故乡只不过是一种幻影。

【原文】

母亲站起身，出去了。门外有几个女人的声音。我便招宏儿走近面前，和他闲话：问他可会写字，可愿意出门。

"我们坐火车去么？"

"我们坐火车去。"

"船呢？"

"先坐船，……"

"哈！这模样了！胡子这么长了！"一种尖利的怪声突然大叫起来。

我吃了一吓，赶忙抬起头，却见一个凸颧骨，薄嘴唇，五十岁上下的女人站在我面前，两手搭在髀①间，没有系裙，张着两脚，正像一个画图仪器里细脚伶仃的圆规。

我愕然②了。

"不认识了么？我还抱过你咧！"

我愈加愕然了。幸而我的母亲也就进来，从旁说：

"他多年出门，统忘却了。你该记得罢，"便向着我说，"这是斜对门的杨二嫂，……开豆腐店的。"

哦，我记得了。我孩子时候，在斜对门的豆腐店里确乎终日坐着一个杨二嫂，人都叫伊"豆腐西施③"。但是擦着白粉，颧骨没有这么高，嘴唇也没有这么薄，而且终日坐着，我也从没有见过这圆规式的姿势。那时人说：因为伊，这豆腐店的买卖非常好。但这大约因为年龄的关系，我却并未蒙着一毫感化，所以竟完全忘却了。然而圆规很不平，显出鄙夷④的神色，仿佛嗤笑⑤法国人不知道拿破仑，美国人不知道华盛顿似的，冷笑说：

"忘了？这真是贵人眼高……"

"那有这事……我……"我惶恐着，站起来说。

"那么，我对你说。迅哥儿，你阔了，搬动又笨重，你还要什么这些破烂木器，让我拿去罢。我们小户人家，用得着。"

"我并没有阔哩。我须卖了这些，再去……"

"阿呀呀，你放了道台⑥了，还说不阔？你现在有三房姨太太；出门便是八抬的大轿，还说不阔？吓⑦，什么都瞒不过我。"

我知道无话可说了，便闭了口，默默的站着。

"阿呀阿呀，真是愈有钱，便愈是一毫不肯放松，愈是一毫不肯放松,便愈有钱……"圆规一面愤愤的回转身,一面絮絮的说,慢慢向外走,顺便将我母亲的一副手套塞在裤腰里,出去了。

【注释】①髀(bì):大腿。②愕(è)然:吃惊的样子。③西施:春秋时越国一个美女的名字,后来用作美女的代称。④鄙夷:看不起。⑤嗤(chī)笑:讥笑。⑥道台:清朝官职道员的俗称,分总管一个区域行政职务的道员和专掌某一特定职务的道员。前者是省以下、府州以上的行政长官;后者掌管一省特定事务,如督粮道、兵备道等。辛亥革命后,北洋军阀政府也曾沿用此制,改称道尹。文中"放了道台",即做了大官的意思。⑦吓(hè):感叹词。

【解读】

第二部分第三层,写作者见到了"圆规"杨二嫂。杨二嫂本来被称作"豆腐西施",而如今在作者的眼中,她已经成了一个自私、刻薄、尖酸、爱占小便宜的小市民的代表。"我"从她的外貌、语言、动作等方面刻画了这样一个人物。如:"你放了道台了,还说不阔?你现在有三房姨太太;出门便是八抬的大轿,还说不阔?"用尖酸刻薄的语言讽刺"我"出去当了大官反而显得抠门和小气。

"我"正跟母亲说离开故乡时乘坐的交通工具,先坐船,再坐火车。杨二嫂正式出场,作者连用了两个"愕然",第一次"愕然",是不见外的评论"我"长胡子了,同时对其"细脚伶仃的圆规"形象进行了描述。第二次"愕然",还没等"我"反应过来,说还抱过"我",让"我"更感到一头雾水。幸亏母亲从旁介绍,才让我慢慢回忆起年轻时,靠着美貌使豆腐店兴旺的杨二嫂,是当地的一位"名人"。通过回忆,对比描写,以及后来拿走"我"家的财产,活脱脱地将一个自私自利的市民形象勾勒出来。

【原文】

此后又有近处的本家和亲戚来访问我。我一面应酬,偷空便收拾些行李,这样的过了三四天。

一日是天气很冷的午后,我吃过午饭,坐着喝茶,觉得外面有人进来了,便回头去看。我看时,不由的非常出惊,慌忙站起身,迎着走去。

这来的便是闰土。虽然我一见便知道是闰土,但又不是我这记忆上的闰土了。他身材增加了一倍;先前的紫色的圆脸,已经变作灰黄,而且加上了很深的皱纹;眼睛也像他父亲一样,周围都肿得通红,这我知道,在海边种地的人,终日吹着海风,大抵是这样的。他头上是一顶破毡帽,身上只一件极薄的棉衣,浑身瑟索①着;手里提着一个纸包和一支长烟管,那手也不是我所记得的红活圆实的手,却又粗又笨而且开裂,像是松树皮了。

我这时很兴奋,但不知道怎么说才好,只是说:

"阿!闰土哥,——你来了?……"

我接着便有许多话,想要连珠一般涌出:角鸡,跳鱼儿,贝壳,猹,……但又总觉得被什么挡着似的,单在脑里面回旋,吐不出口外去。

他站住了,脸上现出欢喜和凄凉的神情;动着嘴唇,却没有作声。他的态度终于恭敬起来了,分明的叫道:

"老爷!……"

我似乎打了一个寒噤;我就知道,我们之间已经隔了一层可悲的厚障壁了。我也说不出话。

他回过头去说,"水生,给老爷磕头。"便拖出躲在背后的孩子来,这正是一个廿年前的闰土,只是黄瘦些,颈子上没有银圈罢了。"这是第五个孩子,没有见过世面,躲躲闪闪……"

母亲和宏儿下楼来了,他们大约也听到了声音。

"老太太。信是早收到了。我实在喜欢的了不得,知道老爷回来……"闰土说。

"阿,你怎的这样客气起来。你们先前不是哥弟称呼么?还是照旧:迅哥儿。"母亲高兴的说。

"阿呀,老太太真是……这成什么规矩。那时是孩子,不懂事……"闰土说着,又叫水生上来打拱②,那孩子却害羞,紧紧的只贴在他背后。

"他就是水生?第五个?都是生人,怕生也难怪的;还是宏儿和他去走走。"母亲说。

宏儿听得这话,便来招水生,水生却松松爽爽同他一路出去了。母亲叫闰土坐,他迟疑了一回,终于就了坐,将长烟管靠在桌旁,递过纸包来,说:

"冬天没有什么东西了。这一点干青豆倒是自家晒在那里的,请老爷……"

我问问他的景况。他只是摇头。

"非常难。第六个孩子也会帮忙了,却总是吃不够……又不太平……什么地方都要钱,没有定规……收成又坏。种出东西来,挑去卖,总要捐几回钱,折了本;不去卖,又只能烂掉……"

他只是摇头;脸上虽然刻着许多皱纹,却全然不动,仿佛石像一般。他大约只是觉得苦,却又形容不出,沉默了片时,便拿起烟管来默默的吸烟了。

母亲问他,知道他的家里事务忙,明天便得回去;又没有吃过午饭,便叫他自己到厨下炒饭吃去。

他出去了;母亲和我都叹息他的景况:多子,饥荒,苛税,兵,匪,官,绅,都苦得他像一个木偶人了。母亲对我说,凡是不必搬走的东西,尽可以送他,可以听他自己去拣择。

下午,他拣好了几件东西:两条长桌,四个椅子,一副香炉和烛台,一杆抬秤。他又要所有的草灰(我们这里煮饭是烧稻草的,那灰,可以做沙地的肥料),待我们启程的时候,他用船来载去。

夜间,我们又谈些闲天,都是无关紧要的话;第二天早晨,他就领了水生回去了。

又过了九日，是我们启程的日期。闰土早晨便到了，水生没有同来，却只带着一个五岁的女儿管船只。我们终日很忙碌，再没有谈天的工夫。来客也不少，有送行的，有拿东西的，有送行兼拿东西的。待到傍晚我们上船的时候，这老屋里的所有破旧大小粗细东西，已经一扫而空了。

【注释】①瑟索：即瑟缩，身体因寒冷、受惊等而蜷缩或抖动。②打拱（gǒng）：作揖。

【解读】

第二部分第四层，写"我"见到了中年闰土。二十多年后，当"我"再次看到闰土时，一个天气很冷的午后，我看见闰土，兴奋、激动，不知说什么好时，闰土却分明地叫道："老爷！……""我似乎打了一个寒噤；我就知道，我们之间已经隔了一层可悲的厚障壁了。"这个厚障壁便是后文中的隔膜，这一叫，打碎了"我"童年的万花筒，这一叫，也把故乡之变具体到了人之变。纯真、充满生机与活力的孩童变成了世故、愚钝与麻木的成年人。

闰土之变从四个方面来看，从外貌上来看，"紫色圆脸，头戴小毡帽，颈套小银圈，红活圆实的手"的少年变成了"脸色灰黄，很深的皱纹，眼睛肿得通红，头戴破毡帽，身穿极薄的棉衣，浑身瑟索，手又粗又笨，像松树皮"的中年人；从语言上来看，滔滔不绝地说新鲜事的少年变成了说话吞吞吐吐，断断续续的中年人；从对"我"的态度来看，"只不怕我，送贝壳和鸟毛，告诉许多新奇的事"的无忧无虑的少年变成了"恭恭敬敬，称呼'我'为'老爷'"的畏畏缩缩的中年人；从对待生活的态度来看，"心里有无穷无尽的希奇的事"的热爱生活的少年变成了拣了"一副香炉和烛台"寄希望于神灵的中年人。一个无忧无虑的少年变成了一个世故麻木的中年人，是时光的流逝，还是社会的压力？无论从物质上，还是精神上，这种隔膜已经存在着了。一个是知识分子对故乡和精神家园的回归与远离，一个是本分农民对生活和友情的回归与远离。回归,因为彼此熟悉;远离,因为那层隔膜。

【原文】

我们的船向前走,两岸的青山在黄昏中,都装成了深黛①颜色,连着退向船后梢去。

宏儿和我靠着船窗,同看外面模糊的风景,他忽然问道:

"大伯! 我们什么时候回来?"

"回来? 你怎么还没有走就想回来了。"

"可是,水生约我到他家玩去咧⋯⋯"他睁着大的黑眼睛,痴痴的想。

我和母亲也都有些惘然②,于是又提起闰土来。母亲说,那豆腐西施的杨二嫂,自从我家收拾行李以来,本是每日必到的,前天伊在灰堆里,掏出十多个碗碟来,议论之后,便定说是闰土埋着的,他可以在运灰的时候,一齐搬回家里去;杨二嫂发现了这件事,自己很以为功,便拿了那狗气杀(这是我们这里养鸡的器具,木盘上面有着栅栏,内盛食料,鸡可以伸进颈子去啄,狗却不能,只能看着气死),飞也似的跑了,亏伊装着这么高底③的小脚,竟跑得这样快。

老屋离我愈远了;故乡的山水也都渐渐远离了我,但我却并不感到怎样的留恋。我只觉得我四面有看不见的高墙,将我隔成孤身,使我非常气闷;那西瓜地上的银项圈的小英雄的影像,我本来十分清楚,现在却忽地模糊了,又使我非常的悲哀。

母亲和宏儿都睡着了。

我躺着,听船底潺潺的水声,知道我在走我的路。我想:我竟与闰土隔绝到这地步了,但我们的后辈还是一气,宏儿不是正在想念水生么。我希望他们不再像我,又大家隔膜④起来⋯⋯然而我又不愿意他们因为要一气,都如我的辛苦展转⑤而生活,也不愿意他们都如闰土的辛苦麻木而生活,也不愿意都如别人的辛苦恣睢⑥而生活。他们应该有新的生活,为我们所未经生活过的。

我想到希望,忽然害怕起来了。闰土要香炉和烛台的时候,我还暗地里笑他,以为他总是崇拜偶像,什么时候都不忘却。现在我所谓希望,不也是我自己手制的偶像么?只是他的愿望切近,我的愿望茫远罢了。

我在朦胧中,眼前展开一片海边碧绿的沙地来,上面深蓝的天空中挂着一轮金黄的圆月。我想:希望是本无所谓有,无所谓无的。这正如地上的路;其实地上本没有路,走的人多了,也便成了路。

一九二一年一月。

【注释】①黛:青黑色。②惘然:心里好像失去了什么的样子。③高底:从前裹脚女人的鞋往往装上木质的高底。④隔膜:彼此思想感情不相通。⑤展转:这里形容生活不安定,到处奔波。⑥恣睢(zì suī):放纵,放任。

【解读】

第三部分写"我"怀着深深的失望与痛苦的心情离开故乡,但"我"并不因此消沉、悲观,而是寄希望于未来和下一代。本部分又可以分两层,第一层(从"我们的船向前走"到"竟也跑得这样快")写"我"及家人乘船离开故乡,其中插叙了杨二嫂的细节。"我"在故乡并没有得到相关的慰藉,是带着失望与悲哀离开故乡的。深黛的黄昏,模糊的风景,惘然的心境。对杨二嫂的描写也是神来之笔,"飞也似地跑了,亏伊装着这么高底的小脚,竟跑得这样快。"将占便宜后,溜走的杨二嫂鲜活地展示在世人面前。

第二层("老屋离我愈远了"到结尾)写"我"坐在船上远离故乡时的感受。对于渐渐远离了自己故乡的山水,"我却并不感到怎样的留恋",感觉到的是气闷和悲哀,正如茅盾所言:"悲哀那人与人之间的不了解,隔膜。"只因隔膜之后的冷漠与疏远,也只因记忆中美好回忆的破碎,更因为面对辛苦辗转生活的迷茫与希望。记忆中的美好的精神家园被衰败而又冷漠的现实撕毁,面对丧失了生命活力,丧失了人与人之间的温暖幸福的情感关系,这样现实的故乡,"我"在精神上是孤独的,但在内心深处,还有着对故乡美好未来的希望。

本篇小说的主题投射到现实的背景上,我们每一个人都有自己的故乡,对故乡的热爱是每一个人自然情感的流露,在我们回忆的天空,都有一个明丽的故乡,故乡就是我们每一个人出发的根。一个人的精神家园需要营造和呵护,故乡就是我们精神家园的一部分。

（刘姝）

参考文献

①鲁迅:《鲁迅全集》[M],人民文学出版社,2005。

②鲁迅:《鲁迅小说全编》[M],人民文学出版社,2006。

③鲁迅:《呐喊》[M],人民文学出版社,1979。

《阿Q正传》解读

【学生之问】

1. 作者为什么在《阿Q正传》的序文里写"终于归结到传阿Q，仿佛思想里有鬼似的"？

2. 该怎么理解《阿Q正传》的第二章里"阿Q不幸而赢了一回，他倒几乎失败了"？

3.《阿Q正传》的第三章里"酒店里的人也九分得意的笑"中"九分得意"是什么意思？

4.《阿Q正传》的第四章标题"恋爱的悲剧"中"悲剧"体现在哪里？

5. 作者在《阿Q正传》的第六章"从中兴到末路"里描绘人们对待阿Q态度的变化，要表现什么呢？

6. 在《阿Q正传》的第八章中，作者写阿Q"近来很容易闹脾气了；其实他的生活，倒也并不比造反之前反艰难；人见他也客气，店铺也不说要现钱"，为什么阿Q近来"很容易闹脾气"呢？

7.《阿Q正传》第九章的标题"大团圆"该怎么理解？

8.《阿Q正传》这部小说中塑造的阿Q形象有什么典型意义？

【阅读指要】

鲁迅先生的《阿Q正传》创作于一九二一年底，此时距离推翻清朝专制制度、建立共和政体的辛亥革命已经过去十年,距离轰轰烈烈的反对帝国主义、封建主义的五四爱国运动已经两年多。时代的变革在《阿Q正传》中折射为具有讽刺意味的"革命",并因而让阿Q的命运发生了戏剧性的变化。

小说共分九章,围绕阿Q的主要生活经历展开。阿Q是这部小说塑造的成功的艺术形象。他是未庄的流浪雇农,干起活来"真能做",但并不被人尊重,甚至常常遭人欺侮。他无名无姓,不知籍贯所在,常常以自欺欺人式的精神胜利法麻醉自己,甚至连名姓都被人遗忘。他看到赵太爷这样一向作威作福的统治者竟然害怕"革命党"后,开始向往革命,希望参加革命党,却遭遇拒绝;被以小偷的罪名抓进监牢后,莫名其妙地被处以死刑,被人围观,遭人非议……从小说中,可以充分感受当时中国社会封建、保守、庸俗、腐败的特征,体察病态社会中人们病态的心理与行为。这样的病态心理与行为今天已经完全绝迹了吗? 不妨在阅读的基础上深入思考。

阿Q已经在鲁迅先生的《阿Q正传》中死去,但还有无数个像阿Q一样的灵魂活着……阅读《阿Q正传》,要深入鉴赏阿Q这一典型形象,领悟鲁迅先生借这一形象表达的警醒意义。

【原文】

第一章　序

我要给阿Q做正传,已经不止一两年了。但一面要做,一面又往回想,这足见我不是一个"立言"①的人,因为从来不朽之笔,须传不朽之人,于是人以文传,文以人传——究竟谁靠谁传,渐渐的不甚了然起来,而终于归结到传阿Q,仿佛思想里有鬼似的。

然而要做这一篇速朽的文章,才下笔,便感到万分的困难了。第一是文章的名目。孔子曰,"名不正则言不顺"②。这原是应该极注意的。传的名目很繁多:列传,自传,内传③,外传,别传,家传,小传……，而可惜都不合。"列传"么，这一篇并非和许多阔人排在"正史"④里；"自传"么，我又并非就是阿Q。说是"外传"，"内传"在那里呢？倘用"内传"，阿Q又决不是神仙。"别传"呢，阿Q实在未曾有大总统上谕宣付国史馆立"本传"⑤——虽说英国正史上并无"博徒列传"，而文豪迭更司⑥也做过《博徒别传》这一部书，但文豪则可，在我辈却不可。其次是"家传"，则我既不知与阿Q是否同宗，也未曾受他子孙的拜托；或"小传"，则阿Q又更无别的"大传"了。总而言之，这一篇也便是"本传"，但从我的文章着想，因为文体卑下，是"引车卖浆者流"⑦所用的话，所以不敢僭称，便从不入三教九流的小说家⑧所谓"闲话休题言归正传"这一句套话里，取出"正传"两个字来，作为名目，即使与古人所撰《书法正传》⑨的"正传"字面上很相混，也顾不得了。

第二，立传的通例，开首大抵该是"某，字某，某地人也"，而我并不知道阿Q姓什么。有一回，他似乎是姓赵，但第二日便模糊了。那是赵太爷的儿子进了秀才的时候，锣声锵锵的报到村里来，阿Q正喝了两碗黄酒，便手舞足蹈的说，这于他也很光采，因为他和赵太爷原来是本家，细细的排起来他还比秀才长三辈呢。其时几个旁听人倒也肃然的有些起敬了。那知道第二天，地保便叫阿Q到赵太爷家里去；太爷一见，满脸溅朱，喝道：

"阿Q，你这浑小子！你说我是你的本家么？"

阿Q不开口。

赵太爷愈看愈生气了，抢进几步说："你敢胡说！我怎么会有你这样的本家？你姓赵么？"

阿Q不开口，想往后退了；赵太爷跳过去，给了他一个嘴巴。

"你怎么会姓赵！——你那里配姓赵！"

阿Q并没有抗辩他确凿姓赵，只用手摸着左颊，和地保退出去了；外面又被地保训斥了一番，谢了地保二百文酒钱。知道的人都说阿 Q 太荒唐，自己去招打；他大约未必姓赵，即使真姓赵，有赵太爷在这里，也不该如此胡说的。此后便再没有人提起他的氏族来，所以我终于不知道阿 Q 究竟什么姓。

第三，我又不知道阿 Q 的名字是怎么写的。他活着的时候，人都叫他阿 Quei，死了以后，便没有一个人再叫阿 Quei 了，那里还会有"著之竹帛"⑩的事。若论"著之竹帛"，这篇文章要算第一次，所以先遇着了这第一个难关。我曾经仔细想：阿 Quei，阿桂还是阿贵呢？倘使他号月亭，或者在八月间做过生日，那一定是阿桂了；而他既没有号——也许有号，只是没有人知道他，——又未尝散过生日征文的帖子：写作阿桂，是武断的。又倘使他有一位老兄或令弟叫阿富，那一定是阿贵了；而他又只是一个人：写作阿贵，也没有佐证的。其余音 Quei 的偏僻字样，更加凑不上了。先前，我也曾问过赵太爷的儿子茂才⑪先生，谁料博雅如此公，竟也茫然，但据结论说，是因为陈独秀办了《新青年》提倡洋字⑫，所以国粹沦亡，无可查考了。我的最后的手段，只有托一个同乡去查阿 Q 犯事的案卷，八个月之后才有回信，说案卷里并无与阿 Quei 的声音相近的人。我虽不知道是真没有，还是没有查，然而也再没有别的方法了。生怕注音字母还未通行，只好用了"洋字"，照英国流行的拼法写他为阿 Quei，略作阿 Q。这近于盲从《新青年》，自己也很抱歉，但茂才公尚且不知，我还有什么好办法呢。

第四，是阿 Q 的籍贯了。倘他姓赵，则据现在好称郡望的老例，可以照《郡名百家姓》⑬上的注解，说是"陇西天水人也"，但可惜这姓是不甚可靠的，因此籍贯也就有些决不定。他虽然多住未庄，然而也常常宿在别处，不能说是未庄人，即使说是"未庄人也"，也仍然有乖史法的。

我所聊以自慰的，是还有一个"阿"字非常正确，绝无附会假借的缺点，颇可以就正于通人。至于其余，却都非浅学所能穿凿，只希望有"历史癖与考据癖"的胡适之⑭先生的门人们，将来或者能够寻出许多新端绪来，但是我这《阿Q正传》到那时却又怕早经消灭了。

以上可以算是序。

【注释】①"立言"：《左传》襄公二十四年载鲁国大夫叔孙豹的话："太上有立德，其次有立功，其次有立言，虽久不废，此之谓不朽。"②"名不正则言不顺"：原指在名分上用词不当，言语就不能顺理成章。后多指说话要与自己的地位相称，否则道理上就讲不通。语见《论语·子路》："名不正，则言不顺；言不顺，则事不成。"③内传：传记的一种。以传主遗闻逸事的记述为主。如《隋书·经籍志二》有《汉武内传》《关令内传》《南岳夫人内传》等。作者在一九三一年三月三日给《阿Q正传》日译者山上正义的校释中说："昔日道士写仙人的事多以'内传'题名。"④"正史"：正史是指以纪传体为编撰体例的史书。⑤宣付国史馆立"本传"：旧时效忠于统治阶级的重要人物或所谓名人，死后由政府明令褒扬，文末常有"宣付国史馆立传"的话。⑥迭更司（1812—1870）：通译狄更斯，英国小说家，著有《大卫·科波菲尔》《双城记》等。《博徒别传》原名《劳特奈·斯呑》，英国小说家柯南·道尔（1859—1930）著。鲁迅在一九二六年八月八日致韦素园信中曾说："《博徒别传》是 RodneyStone 的译名，但是 C. Doyle 做的。《阿Q正传》中说是迭更司作，乃是我误记。"⑦"引车卖浆者流"所用的话：指白话文。一九三一年三月三日作者给日本山上正义的校释中说："'引车卖浆'，即拉车卖豆腐浆之谓，系指蔡元培氏之父。那时，蔡元培氏为北京大学校长，亦系主张白话者之一，故亦受到攻击之矢。"⑧不入三教九流的小说家：三教，指儒教、佛教、道教；九流，即九家。《汉书·艺文志》中分古代诸子为十家：儒家、道家、阴阳家、法家、名家、墨家、纵横家、杂家、农家、小说家，并说："诸子十家，其可观者九家而已。""小说家者流，盖出于稗官。街谈巷语，道听途说者之所造也。……是以君子弗为也。"⑨《书法正传》：一部关于书法的书，清代冯武著，共十卷。这里的"正传"是"正确的传授"的意思。⑩"著之竹帛"：语出《吕氏春秋·仲春纪》："著乎竹帛，传乎后世。"竹，竹简；帛，绢绸。在竹简和绢上写作。指把事物或人的功绩等写入书中。⑪茂才：即秀才。东汉时，因为避光武帝刘秀的名讳，改秀才为茂才；后来有时也沿用作秀才的别称。⑫陈独秀办了《新青年》提倡洋字:指一九一八年前后钱玄同等人在《新青年》杂志上开展关于废除汉字、改用罗马字母拼音的讨论一事。一九三一年三月三日作者在给山上正义的校释中说:"主张使用罗马字母的是钱玄同,这里说是陈独秀,系茂才公之误。"⑬《郡名百家姓》:《百家姓》是以前学塾所用的识字课本之一,宋初人编纂。为便于诵读,将姓氏连缀为四言韵语。《郡名百家姓》则在每一姓上都附注郡(古代地方区域的名称)名,表示某姓望族曾居古代某地,如赵为"天水"、钱为"彭城"之类。⑭胡适之(1891—1962):即胡适,安徽绩溪人。他在一九二〇年七月所作《〈水浒传〉考证》中自称"有历史癖与考据癖"。

【解读】

序文部分看似啰里啰唆,实则别具匠心。既巧妙地交代了阿Q无名无姓、地位低下的身份,又形象地揭示了当时社会等级制度依然严苛的现实,还捎带影射了有"历史癖与考据癖"的学者。当然,还有更为丰富的深义。

序文从自己给阿Q作传的心理写起。入笔就提到自己想给阿Q作传的时间不算短,但是心理似乎并不坦然。他写自己"终于归结到传阿Q,仿佛思想里有鬼似的"。为什么作者要在序文中描述自己这种心理呢?

从上文看,作者看到古人作传的目的在于"立言",在于借立言而不朽;从下文看,他认为自己要做的是一篇"速朽"的文章。或许往回想,想到古人,他似乎觉得自己心中也有借传记扬名的意识,所以他写自己"仿佛思想里有鬼似的"。但实际上,他并不追求借传记而不朽,所以有下文"做这一篇速朽的文章"之语。

从"速朽"一词可以看出作者对传统功名思想的鄙视,然而从这篇小说的影响来看,求"速朽"的反而具有"不朽"的魅力。

再回头看序,作者从四个方面来阐述给阿Q立传的困难。

从第一方面可以读出作者突破历史局限的创新意识。不同于历史上的列传、自传、内传、外传、别传、家传、小传,要给一普通人写正传。

从第二方面则可以看出阿Q连姓赵的权利都没有的悲哀。文中对赵太爷蛮横霸道的描绘,如"满脸溅朱"的愤怒容色,"跳过去,给了他一个嘴巴"的公然欺凌的动作,"你怎么会姓赵! ——你那里配姓赵!"的无理之言,活画出一个统治者的丑陋嘴脸。而被欺侮的阿Q不仅不敢抗辩,还生生被地保讹诈二百文酒钱。作者对阿Q的悲悯情怀于此可见。

第三、四方面则揭示了阿Q没有名字且不知籍贯的可怜。

所聊以自慰的"阿"字正确,反而更显现了阿Q的普通与普遍。暗示了阿Q实际上是千千万万在历史的传记上留不下印痕的普通人。

【原文】

第二章　优胜记略

阿Q不独是姓名籍贯有些渺茫,连他先前的"行状"①也渺茫。因为未庄的人们之于阿Q,只要他帮忙,只拿他玩笑,从来没有留心他的"行状"的。而阿Q自己也不说,独有和别人口角②的时候,间或瞪着眼睛道:

"我们先前——比你阔的多啦! 你算是什么东西!"

阿Q没有家,住在未庄的土谷祠③里;也没有固定的职业,只给人家做短工,割麦便割麦,春米便春米,撑船便撑船。工作略长久时,他也或住在临时主人的家里,但一完就走了。所以,人们忙碌的时候,也还记起阿Q来,然而记起的是做工,并不是"行状";一闲空,连阿Q都早忘却,更不必说"行状"了。只是有一回,有一个老头子颂扬说:"阿Q真能做!"这时阿Q赤着膊,懒洋洋的瘦伶仃的正在他面前,别人也摸不着这话是真心还是讥笑,然而阿Q很喜欢。

阿Q又很自尊,所有未庄的居民,全不在他眼睛里,甚而至于对于两位"文童"④也有以为不值一笑的神情。夫文童者,将来恐怕要变秀才者也;赵太爷钱太爷大受居民的尊敬,除有钱之外,就因为都是文童的爹爹,而阿Q在精神上独不表格外的崇奉,他想:我的儿子会阔得多啦! 加以进了几回城,阿Q自然更自负,然而他又很鄙薄城里人,譬如用三尺三寸宽的木板做成的凳子,未庄人叫"长凳",他也叫"长凳",城里人却叫"条凳",他想:这是错的,可笑! 油煎大头鱼,未庄都加上半寸长的葱叶,城里却加上切细的葱丝,他想:这也是错的,可笑! 然而未庄人真是不见世面的可笑的乡下人呵,他们没有见过城里的煎鱼!

阿Q"先前阔",见识高,而且"真能做",本来几乎是一个"完人"了,但可惜他体质上还有一些缺点。最恼人的是在他头皮上,颇有几处不知起于何时的癞疮疤。这虽然也在他身上,而看阿Q的意思,倒也似乎以为不足贵的,因为他讳说"癞"以及一切近于"赖"的音,后来推而广之,"光"也讳,"亮"也讳,再后来,连"灯""烛"都讳了。一犯讳,不问有心与无心,阿Q便全疤通红的发起怒来,估量了对手,口讷的他便骂,气力小的他便打;然而不知怎么一回事,总还是阿Q吃亏的时候多。于是他渐渐的变换了方针,大抵改为怒目而视了。

谁知道阿Q采用怒目主义之后,未庄的闲人们便愈喜欢玩笑他。一见面,他们便假作吃惊的说:

"哙⑤,亮起来了。"

阿Q照例的发了怒,他怒目而视了。

"原来有保险灯在这里!"他们并不怕。

阿Q没有法,只得另外想出报复的话来:

"你还不配……"这时候,又仿佛在他头上的是一种高尚的光荣的癞头疮,并非平常的癞头疮了;但上文说过,阿Q是有见识的,他立刻知道和"犯忌"有点抵触,便不再往底下说。

闲人还不完,只撩他,于是终而至于打。阿Q在形式上打败了,被人揪住黄辫子,在壁上碰了四五个响头,闲人这才心满意足的得胜的走了,阿Q站了一刻,心里想,"我总算被儿子打了,现在的世界真不像样……"于是也心满意足的得胜的走了。

阿Q想在心里的,后来每每说出口来,所以凡有和阿Q玩笑的人们,几乎全知道他有这一种精神上的胜利法,此后每逢揪住他黄辫子的时候,人就先一着对他说:

"阿Q,这不是儿子打老子,是人打畜生。自己说:人打畜生!"

阿Q两只手都捏住了自己的辫根,歪着头,说道:

"打虫豸,好不好? 我是虫豸——还不放么?"

但虽然是虫豸,闲人也并不放,仍旧在就近什么地方给他碰了五六个响头,这才心满意足的得胜的走了,他以为阿Q这回可遭了瘟。然而不到十秒钟,阿Q也心满意足的得胜的走了,他觉得他是第一个能够自轻自贱的人,除了"自轻自贱"不算外,余下的就是"第一个"。状元⑥不也是"第一个"么? "你算是什么东西"呢?

阿Q以如是等等妙法克服怨敌之后,便愉快的跑到酒店里喝几碗酒,又和别人调笑⑦一通,口角一通,又得了胜,愉快的回到土谷祠,放倒头睡着了。假使有钱,他便去押牌宝⑧,一堆人蹲在地面上,阿Q即汗流满面的夹在这中间,声音他最响:

"青龙⑨四百!"

"咳～～～开～～～啦!"桩家揭开盒子盖,也是汗流满面的唱。"天门⑩啦～～～角回啦～～～! 人和穿堂⑪空在那里啦～～～! 阿Q的铜钱拿过来～～～!"

"穿堂一百——一百五十!"

阿Q的钱便在这样的歌吟之下,渐渐的输入别个汗流满面的人物的腰间。他终于只好挤出堆外,站在后面看,替别人着急,一直到散场,然后恋恋的回到土谷祠,第二天,肿着眼睛去工作。

但真所谓"塞翁失马安知非福"⑫罢，阿 Q 不幸而赢了一回，他倒几乎失败了。

这是未庄赛神⑬的晚上。这晚上照例有一台戏，戏台左近，也照例有许多的赌摊。做戏的锣鼓，在阿 Q 耳朵里仿佛在十里之外；他只听得桩家的歌唱了。他赢而又赢，铜钱变成角洋，角洋变成大洋，大洋又成了叠。他兴高采烈得非常：

"天门两块！"

他不知道谁和谁为什么打起架来了。骂声打声脚步声，昏头昏脑的一大阵，他才爬起来，赌摊不见了，人们也不见了，身上有几处很似乎有些痛，似乎也挨了几拳几脚似的，几个人诧异的对他看。他如有所失的走进土谷祠，定一定神，知道他的一堆洋钱不见了。赶赛会的赌摊多不是本村人，还到那里去寻根柢呢？

很白很亮的一堆洋钱！而且是他的——现在不见了！说是算被儿子拿去了罢，总还是忽忽不乐；说自己是虫豸罢，也还是忽忽不乐：他这回才有些感到失败的苦痛了。

但他立刻转败为胜了。他擎起右手，用力的在自己脸上连打了两个嘴巴，热剌剌的有些痛，打完之后，便心平气和起来，似乎打的是自己，被打的是别一个自己，不久也就仿佛是自己打了别个一般，——虽然还有些热剌剌，——心满意足的得胜的躺下了。

他睡着了。

【注释】①"行状"：原指封建时代记述死者世系、籍贯、生卒、事迹的文字，一般由其家属撰写。这里泛指经历。②口角(kǒu jué)：争吵。③土谷祠：即土地庙。土谷，指土地神和五谷神。④文童：也称"童生"，指科举时代习举业而尚未考取秀才的人。⑤哙(kuài)：畅快；快意。⑥状元：科举时代，经皇帝殿试取中的第一名进士叫状元。⑦调(tiáo)笑：互相开玩笑。⑧押牌宝：一种赌博。赌局中为主的人叫"桩家"；下文的"青龙""天门""穿堂"等都是押牌宝的用语，指押赌注的位置；"四百""一百五十"是押赌注的钱数。⑨青龙：一般指清龙，指和牌时，有相同花色的三副牌。⑩天门：牌九赌博，庄家对面称天门。⑪穿堂：赌博用语。指赌台正中押赌注处。⑫"塞翁失马安知非福"：比喻一时虽然受到损失，反而因此能得到好处。也指坏事在一定条件下可变为好事，反之亦然。出自《淮南子·人间训》："近塞上之人有善术者，马无故亡胡中，人皆吊之。其父曰：此何遽不能为福乎？居数月，其马将胡骏马而归，人皆贺之。其父曰：此何遽不能为祸乎？家富良马，其子好骑，堕而折髀，人皆吊之。其父曰：此何遽不能为福乎？居一年，胡人大入塞，丁壮者控弦而战，塞上之人死者十九，此独以跛之故，父子相保。故福之为祸，祸之为福，化不可极，深不可测也。"⑬赛神：即迎神赛会，旧时的一种迷信习俗。以鼓乐仪仗和杂戏等迎神出庙，周游街巷，以酬神祈福。

【解读】

这一章的标题为"优胜纪略"。从正文来看，这一章所记的事件为阿Q在生活中的优胜之处。

阿Q有哪些优秀的胜出别人之处呢？

第一，在跟别人争吵的时候，会提及先前阔的多，即有优胜的历史。

第二，有一个老头子颂扬说："阿Q真能做！"不管是真心还是讥笑，但阿Q很喜欢。

第三，"很自尊"，看不起所有未庄的居民，甚至也瞧不起两位"文童"，认为自己的儿子会阔得多；鄙薄城里人。

第四，癞疮疤被人取笑后，报复别人"还不配……"，以癞疮疤为光荣。

第五，在形式上被人打败后，以"我总算被儿子打了，现在的世界真不像样……"，转失败之痛为心满意足的得胜。

第六，在被人侮辱之后，以"第一个能够自轻自贱"的想法轻视他人，因为自己也占据了一个"第一"。

第七，在赌博赢钱之后遭遇失钱且被打痛之后，以"用力的在自己脸上连打了两个嘴巴",仿佛是自己打了另外一个自己,从而使自己转败为胜,"心满意足的得胜的躺下了"。

由此看来,此章的"优胜"即阿Q的精神胜利法之显现。总结起来,胜利的原因不外乎三:一是过去或未来比别人强大;二是骨子里看不起别人,自以为强大;三是被欺侮之后能在想象中自以为强。

不敢直面现实之贫弱,不愿相信现实之受辱,躲进了精神麻醉的网中,不亦悲乎?

不过,在这一章里阿Q的精神胜利法实践起来也有些难度。比如,"阿Q不幸而赢了一回,他倒几乎失败了"。这句话中"赢"而用"不幸","失败"而用"几乎",该怎么理解呢?

"不幸"写出了阿Q赌博赢钱之难得,赢了钱后反而遭遇莫名其妙的痛打,赢的钱一文也不曾拿到。这样独特的经历让阿Q"有些感到失败的苦痛了",但他并没有完全失败,而是通过打自己耳光的方式来想象自己打了另一个自己,从而走出失败的苦痛,达到"得胜"的目的。这样的"得胜"跟之前的相比,太不容易了,所以作者用的"几乎"一词意味深长。

此章末句的"他睡着了",耐人寻味:表面上写阿Q在经历了赌博赢钱被打且失去所有的钱后在自我麻痹中睡着,实际上暗示了阿Q生活在黑暗中而不自知的麻木。

【原文】

第三章　续优胜记略

然而阿Q虽然常优胜,却直待蒙赵太爷打他嘴巴之后,这才出了名。

他付过地保二百文酒钱,愤愤的躺下了,后来想:"现在的世界太不成话,儿子打老子……"于是忽而想到赵太爷的威风,而现在是他的儿子了,便自己也渐渐的得意起来,爬起身,唱着《小孤孀上坟》①到酒店去。这时候,他又觉得赵太爷高人一等了。

　　说也奇怪，从此之后，果然大家也仿佛格外尊敬他。这在阿Q，或者以为因为他是赵太爷的父亲，而其实也不然。未庄通例，倘如阿七打阿八，或者李四打张三，向来本不算一件事，必须与一位名人如赵太爷者相关，这才载上他们口碑。一上口碑，则打的既有名，被打的也就托庇有了名。至于错在阿Q，那自然是不必说。所以者何？就因为赵太爷是不会错的。但他既然错，为什么大家又仿佛格外尊敬他呢？这可难解，穿凿起来说，或者因为阿Q说是赵太爷的本家，虽然挨了打，大家也还怕有些真，总不如尊敬一些稳当。否则，也如孔庙里的太牢②一般，虽然与猪羊一样，同是畜生，但既经圣人下箸，先儒们便不敢妄动了。

　　阿Q此后倒得意了许多年。

　　有一年的春天，他醉醺醺的在街上走，在墙根的日光下，看见王胡在那里赤着膊捉虱子，他忽然觉得身上也痒起来了。这王胡，又癞又胡，别人都叫他王癞胡，阿Q却删去了一个癞字，然而非常藐视他。阿Q的意思，以为癞是不足为奇的，只有这一部络腮胡子，实在太新奇，令人看不上眼。他于是并排坐下去了。倘是别的闲人们，阿Q本不敢大意坐下去。但这王胡旁边，他有什么怕呢？老实说：他肯坐下去，简直还是抬举他。

　　阿Q也脱下破夹袄来，翻检了一回，不知道因为新洗呢还是因为粗心，许多工夫，只捉到三四个。他看那王胡，却是一个又一个，两个又三个，只放在嘴里毕毕剥剥的响。

　　阿Q最初是失望，后来却不平了：看不上眼的王胡尚且那么多，自己倒反这样少，这是怎样的大失体统的事呵！他很想寻一两个大的，然而竟没有，好容易才捉到一个中的，恨恨的塞在厚嘴唇里，狠命一咬，劈的一声，又不及王胡的响。

　　他癞疮疤块块通红了，将衣服摔在地上，吐一口唾沫，说：

　　"这毛虫！"

"癞皮狗,你骂谁?"王胡轻蔑的抬起眼来说。

阿Q近来虽然比较的受人尊敬,自己也更高傲些,但和那些打惯的闲人们见面还胆怯,独有这回却非常武勇了。这样满脸胡子的东西,也敢出言无状③么?

"谁认便骂谁!"他站起来,两手叉在腰间说。

"你的骨头痒了么?"王胡也站起来,披上衣服说。

阿Q以为他要逃了,抢进去就是一拳。这拳头还未达到身上,已经被他抓住了,只一拉,阿Q跄跄踉踉的跌进去,立刻又被王胡扭住了辫子,要拉到墙上照例去碰头。

"'君子动口不动手'!"阿Q歪着头说。

王胡似乎不是君子,并不理会,一连给他碰了五下,又用力的一推,至于阿Q跌出六尺多远,这才满足的去了。

在阿Q的记忆上,这大约要算是生平第一件的屈辱,因为王胡以络腮胡子的缺点,向来只被他奚落,从没有奚落他,更不必说动手了。而他现在竟动手,很意外,难道真如市上所说,皇帝已经停了考④,不要秀才和举人了,因此赵家减了威风,因此他们也便小觑了他么?

阿Q无可适从的站着。

远远的走来了一个人,他的对头又到了。这也是阿Q最厌恶的一个人,就是钱太爷的大儿子。他先前跑上城里去进洋学堂,不知怎么又跑到东洋去了,半年之后他回到家里来,腿也直了,辫子也不见了,他的母亲大哭了十几场,他的老婆跳了三回井。后来,他的母亲到处说,"这辫子是被坏人灌醉了酒剪去了。本来可以做大官,现在只好等留长再说了。"然而阿Q不肯信,偏称他"假洋鬼子",也叫作"里通外国的人",一见他,一定在肚子里暗暗的咒骂。

阿Q尤其"深恶而痛绝之"的,是他的一条假辫子。辫子而至于假,就是没了做人的资格;他的老婆不跳第四回井,也不是好女人。

这"假洋鬼子"近来了。

"秃儿。驴……"阿Q历来本只在肚子里骂,没有出过声,这回因为正气忿,因为要报仇,便不由的轻轻的说出来了。

不料这秃儿却拿着一支黄漆的棍子——就是阿Q所谓哭丧棒⑤——大踏步走了过来。阿Q在这刹那,便知道大约要打了,赶紧抽紧筋骨,耸了肩膀等候着,果然,拍的一声,似乎确凿打在自己头上了。

"我说他!"阿Q指着近旁的一个孩子,分辩说。

拍!拍拍!

在阿Q的记忆上,这大约要算是生平第二件的屈辱。幸而拍拍的响了之后,于他倒似乎完结了一件事,反而觉得轻松些,而且"忘却"这一件祖传的宝贝也发生了效力,他慢慢的走,将到酒店门口,早已有些高兴了。

但对面走来了静修庵里的小尼姑。阿Q便在平时,看见伊也一定要唾骂,而况在屈辱之后呢?他于是发生了回忆,又发生了敌忾了。

"我不知道我今天为什么这样晦气,原来就因为见了你!"他想。

他迎上去,大声的吐一口唾沫:

"咳,呸!"

小尼姑全不睬,低了头只是走。阿Q走近伊身旁,突然伸出手去摩着伊新剃的头皮,呆笑着,说:

"秃儿!快回去,和尚等着你……"

"你怎么动手动脚……"尼姑满脸通红的说,一面赶快走。

酒店里的人大笑了。阿Q看见自己的勋业得了赏识,便愈加兴高采烈起来:

"和尚动得,我动不得?"他扭住伊的面颊。

酒店里的人大笑了。阿Q更得意,而且为了满足那些赏鉴家起见,再用力的一拧,才放手。

他这一战，早忘却了王胡，也忘却了假洋鬼子，似乎对于今天的一切"晦气"都报了仇；而且奇怪，又仿佛全身比拍拍的响了之后更轻松，飘飘然的似乎要飞去了。

"这断子绝孙的阿Q！"远远地听得小尼姑的带哭的声音。

"哈哈哈！"阿Q十分得意的笑。

"哈哈哈！"酒店里的人也九分得意的笑。

【注释】①《小孤孀上坟》：当时流行的一出绍兴地方戏。"孤孀"，也就是寡妇，她们不仅仅是指一类失去了丈夫，因而无依无靠的可怜的女人，并且还必须遵循传统道德的严格规定，以不再改嫁的方式来证明女人的贞操。这本该引发人们同情的曲词，现在却挂在四处游荡的阿Q的嘴上，戏曲的意义立刻发生了反转。阿Q粗俗的哼唱使戏曲中的丧夫之痛变成可以把玩的东西，这种亵玩不仅仅是从他人的痛苦中获取愉悦的不人道的举动，并且也反映出一种男性性心理的投射方式：通过对戏文中的小孤孀的亵玩态度，来达到自己欲望的想象性满足。（以上解释主要参照唐利群的《〈阿Q正传〉与中国两性文化》一文，略有删节。）②太牢：按古代祭礼，原指牛、羊、豕三牲，但后来单称牛为太牢。③出言无状：说话放肆，没有礼貌。状，形状，样子，应有的表现，礼貌。④皇帝已经停了考：光绪三十一年（1905），清政府下令自丙午科起，废止科举考试。⑤哭丧棒：旧时在为父母送殡时，儿子须手拄"孝杖"，以表示悲痛难支。阿Q因厌恶假洋鬼子，所以把他的手杖骂为"哭丧棒"。

【解读】

这一章题为"续优胜记略"，继续叙写阿Q的优胜事件。

这一章的叙述别具意趣。首先用转折连词"然而"巧妙地将阿Q的优胜与序文中赵太爷打他的事件勾连起来。序中只写到阿Q被打后不敢反抗并被地保讹诈二百文钱的屈辱经历。这里则补写了阿Q遭赵太爷欺辱后用精神胜利法麻醉自己转败为胜的心理。

在此之后，"说也奇怪"，"果然大家也仿佛格外尊敬他"。这"奇怪"何在？鲁迅先生用一个比方诠释了大家"格外尊敬"的原因："如孔庙里的太牢一般,虽然与猪羊一样,同是畜生,但既经圣人下箸,先儒们便不敢妄动了"。这一诠释,深刻地揭露了在当时的社会中人们对有权有势者非同一般的尊崇。而无权无势、地位卑微者非同一般的低贱也于此可见。

然而低贱的阿Q却能因此而得意许多年。

在得意之中,却还让阿Q经历两件屈辱:一是被一向让他奚落的王胡打了一顿,一是被他最厌恶的假洋鬼子拿着阿Q所谓的哭丧棒打了好几下。然而,阿Q依然借助"忘却"这一件祖传的宝贝从屈辱走向了高兴。

跟王胡的矛盾冲突中,可以看出阿Q依然有着妄自尊大的心理。他藐视王胡,竟然以自己捉到的虱子比不上王胡的多而气愤地辱骂王胡,并由此招致两人的冲突与打架事件。这样的心理实在是有些畸形了。

而阿Q对假洋鬼子的厌恶之因呢?"是他的一条假辫子。辫子而至于假,就是没有了做人的资格;他的老婆不跳第四回井,也不是好女人。"

从文章的写作时间来看,辛亥革命已过去十年了,然而阿Q还以体现清朝特征的辫子为做人的资格,还认为假洋鬼子的老婆要为假洋鬼子失去辫子而一次次跳井,可见革命的影响力还不足以让未庄的风气发生改变,像未庄一样的广大农村依然生活在清朝的制度影响之中。

这一章中或许阿Q自以为得意的优胜便是当着众人的面欺辱小尼姑的事件了。当听到小尼姑以带哭的声音骂"这断子绝孙的阿Q"时,"哈哈哈!"阿Q十分得意地笑。而酒店里的人也九分得意地笑。这一章就在这十分得意与九分得意的笑声中结束。

何以理解这相差一分的笑声?

阿Q笑声中的得意有十分。可见欺辱了比他弱小的尼姑后,他的得意之情有多么充分！十分得意的笑里显现了怕硬欺软的阿 Q 的十分可鄙。

酒店里的人笑声中的得意有九分可见看到别人欺侮弱小后他们似乎也有一种较为强烈的得胜的快意。那相差的一分呢？相差的一分应该就是阿 Q 相对而言多出来的欺侮弱小的可鄙。

【原文】

第四章　恋爱的悲剧

有人说：有些胜利者，愿意敌手如虎，如鹰，他才感得胜利的欢喜；假使如羊，如小鸡，他便反觉得胜利的无聊。又有些胜利者，当克服一切之后，看见死的死了，降的降了，"臣诚惶诚恐死罪死罪"，他于是没有了敌人，没有了对手，没有了朋友，只有自己在上，一个，孤零零，凄凉，寂寞，便反而感到了胜利的悲哀。然而我们的阿 Q 却没有这样乏，他是永远得意的：这或者也是中国精神文明冠于全球的一个证据了。

看哪，他飘飘然的似乎要飞去了！

然而这一次的胜利，却又使他有些异样。他飘飘然的飞了大半天，飘进土谷祠，照例应该躺下便打鼾。谁知道这一晚，他很不容易合眼，他觉得自己的大拇指和第二指有点古怪：仿佛比平常滑腻些。不知道是小尼姑的脸上有一点滑腻的东西粘在他指上，还是他的指头在小尼姑脸上磨得滑腻了？……

"断子绝孙的阿 Q！"

阿 Q 的耳朵里又听到这句话。他想：不错，应该有一个女人，断子绝孙便没有人供一碗饭，……应该有一个女人。夫"不孝有三无后为大"①，而"若敖之鬼馁而"②，也是一件人生的大哀，所以他那思想，其实是样样合于圣经贤传的，只可惜后来有些"不能收其放心"③了。

"女人，女人！……"他想。

"……和尚动得……女人，女人！……女人！"他又想。

　　我们不能知道这晚上阿Q在什么时候才打鼾。但大约他从此总觉得指头有些滑腻，所以他从此总有些飘飘然；"女……"他想。

　　即此一端，我们便可以知道女人是害人的东西。

　　中国的男人，本来大半都可以做圣贤，可惜全被女人毁掉了。商是妲己④闹亡的；周是褒姒⑤弄坏的；秦……虽然史无明文，我们也假定他因为女人，大约未必十分错；而董卓⑥可是的确给貂蝉⑦害死了。

　　阿Q本来也是正人，我们虽然不知道他曾蒙什么明师指授过，但他对于"男女之大防"⑧却历来非常严；也很有排斥异端——如小尼姑及假洋鬼子之类——的正气。他的学说是：凡尼姑，一定与和尚私通；一个女人在外面走，一定想引诱野男人；一男一女在那里讲话，一定要有勾当⑨了。为惩治他们起见，所以他往往怒目而视，或者大声说几句"诛心"⑩话，或者在冷僻处，便从后面掷一块小石头。

　　谁知道他将到"而立"⑪之年，竟被小尼姑害得飘飘然了。这飘飘然的精神，在礼教上是不应该有的，——所以女人真可恶，假使小尼姑的脸上不滑腻，阿Q便不至于被蛊，又假使小尼姑的脸上盖一层布，阿Q便也不至于被蛊了，——他五六年前，曾在戏台下的人丛中拧过一个女人的大腿，但因为隔一层裤，所以此后并不飘飘然，——而小尼姑并不然，这也足见异端之可恶。

　　"女……"阿Q想。

　　他对于以为"一定想引诱野男人"的女人，时常留心看，然而伊并不对他笑。他对于和他讲话的女人，也时常留心听，然而伊又并不提起关于什么勾当的话来。哦，这也是女人可恶之一节：伊们全都要装"假正经"的。

　　这一天，阿Q在赵太爷家里舂了一天米，吃过晚饭，便坐在厨房里吸旱烟。倘在别家，吃过晚饭本可以回去的了，但赵府上晚饭早，虽说定例不准掌灯，一吃完便睡觉，然而偶然也有一些例外：其一，是赵大爷未进秀才的时候，准其点灯读文章；其二，便是阿Q来做短工的时候,准其点灯舂米。因为这一条例外,所以阿Q在动手舂米之前,还坐在厨房里吸旱烟。

吴妈,是赵太爷家里唯一的女仆,洗完了碗碟,也就在长凳上坐下了,而且和阿Q谈闲天:

"太太两天没有吃饭哩,因为老爷要买一个小的……"

"女人……吴妈……这小孤孀……"阿Q想。

"我们的少奶奶是八月里要生孩子了……"

"女人……"阿Q想。

阿Q放下烟管,站了起来。

"我们的少奶奶……"吴妈还唠叨说。

"我和你困觉,我和你困觉!"阿Q忽然抢上去,对伊跪下了。

一刹时中很寂然。

"阿呀!"吴妈楞了一息,突然发抖,大叫着往外跑,且跑且嚷,似乎后来带哭了。

阿Q对了墙壁跪着也发楞,于是两手扶着空板凳,慢慢的站起来,仿佛觉得有些糟。他这时确也有些忐忑了,慌张的将烟管插在裤带上,就想去舂米。蓬的一声,头上着了很粗的一下,他急忙回转身去,那秀才便拿了一支大竹杠站在他面前。

"你反了,……你这……"

大竹杠又向他劈下来了。阿Q两手去抱头,拍的正打在指节上,这可很有一些痛。他冲出厨房门,仿佛背上又着了一下似的。

"忘八蛋!"秀才在后面用了官话这样骂。

阿Q奔入舂米场,一个人站着,还觉得指头痛,还记得"忘八蛋",因为这话是未庄的乡下人从来不用,专是见过官府的阔人用的,所以格外怕,而印象也格外深。但这时,他那"女……"的思想却也没有了。而且打骂之后,似乎一件事也已经收束,倒反觉得一无挂碍似的,便动手去舂米。舂了一会,他热起来了,又歇了手脱衣服。

脱下衣服的时候，他听得外面很热闹，阿Q生平本来最爱看热闹，便即寻声走出去了。寻声渐渐的寻到赵太爷的内院里，虽然在昏黄中，却辨得出许多人，赵府一家连两日不吃饭的太太也在内，还有间壁的邹七嫂，真正本家的赵白眼，赵司晨。

少奶奶正拖着吴妈走出下房来，一面说：

"你到外面来，……不要躲在自己房里想……"

"谁不知道你正经，……短见是万万寻不得的。"邹七嫂也从旁说。

吴妈只是哭，夹些话，却不甚听得分明。

阿Q想："哼，有趣，这小孤孀不知道闹着什么玩意儿了？"他想打听，走近赵司晨的身边。这时他猛然间看见赵大爷向他奔来，而且手里捏着一支大竹杠。他看见这一支大竹杠，便猛然间悟到自己曾经被打，和这一场热闹似乎有点相关。他翻身便走，想逃回春米场，不图这支竹杠阻了他的去路，于是他又翻身便走，自然而然的走出后门，不多工夫，已在土谷祠内了。

阿Q坐了一会，皮肤有些起粟⑫，他觉得冷了，因为虽在春季，而夜间颇有余寒，尚不宜于赤膊。他也记得布衫留在赵家，但倘若去取，又深怕秀才的竹杠。然而地保进来了。

"阿Q，你的妈妈的！你连赵家的用人都调戏起来，简直是造反。害得我晚上没有觉睡，你的妈妈的！……"

如是云云的教训了一通，阿Q自然没有话。临末，因为在晚上，应该送地保加倍酒钱四百文，阿Q正没有现钱，便用一顶毡帽做抵押，并且订定了五条件：

一　明天用红烛——要一斤重的——一对，香一封，到赵府上去赔罪。

二　赵府上请道士被除⑬缢鬼，费用由阿Q负担。

三　阿Q从此不准踏进赵府的门槛。

四　吴妈此后倘有不测,惟阿Q是问。

五　阿Q不准再去索取工钱和布衫。

阿Q自然都答应了,可惜没有钱。幸而已经春天,棉被可以无用,便质了二千大钱,履行条约。赤膊磕头之后,居然还剩几文,他也不再赎毡帽,统统喝了酒了。但赵家也并不烧香点烛,因为太太拜佛的时候可以用,留着了。那破布衫是大半做了少奶奶八月间生下来的孩子的衬尿布,那小半破烂的便都做了吴妈的鞋底。

【注释】①"不孝有三无后为大":语见《孟子·离娄》。据汉代赵岐注:"于礼有不孝者三事,谓阿意曲从,陷亲不义,一不孝也;家穷亲老,不为禄仕,二不孝也;不娶无子,绝先祖祀,三不孝也。三者之中,无后为大。"②"若敖之鬼馁而":语出《左传》宣公四年,楚国令尹子良(若敖氏)的儿子越椒长相凶恶,子良的哥哥子文认为越椒长大后会招致灭族之祸,要子良杀死他。子良没有依从。子文临死时说:"鬼犹求食,若敖氏之鬼,不其馁而?"意思是若敖氏以后没有子孙供饭,鬼魂都要挨饿了。而,语尾助词。③"不能收其放心":《尚书·毕命》:"虽收放心,闲之维艰。"放心,心无约束的意思。④妲己:殷纣王的妃子。《史记》中有商因妲己而亡的记载。⑤褒姒:周幽王的妃子。《史记》中有周因褒姒而衰的记载。⑥董卓:东汉末年献帝时军阀、权臣,官至太师,封郿侯;司徒王允设反间计,挑拨董卓大将吕布杀死董卓,初平三年(192),董卓为其亲信吕布所杀。⑦貂蝉:《三国演义》中王允家的一个歌妓,书中有吕布为争夺她而杀死董卓的故事。⑧"男女之大防":指封建礼教对男女之间所规定的严格界限,如"男子居外,女子居内"(《礼记·内则》),"男女授受不亲"(《孟子·离娄》),等等。⑨勾当(gòu dàng):事情,今常指坏事情。⑩"诛心":犹"诛意"。《后汉书·霍谞传》:"《春秋》之义,原情定过,赦事诛意。"诛意,指不问实际情形如何而主观地推究别人的居心。⑪"而立":语出《论语·为政》:"三十而立"。原是孔丘说他三十岁在学问上有所自立的话,后来就常被用作三十岁的代词。⑫起粟:皮肤起鸡皮疙瘩。⑬祓除(fú chú):除灾去邪之祭。

【解读】

这一章题为"恋爱的悲剧"。其实,这里的"恋爱"只能说是阿Q

一厢情愿的欲望。那么,"悲"从何来?

在这一章里,鲁迅先生先承接上一章,就胜利者的三种心态分别加以论述:因对手的不同而有所不同,或欢喜,或无聊,或凄凉。以此引出对阿Q欺侮小尼姑心态的讽刺:"他是永远得意的:这或者也是中国精神文明冠于全球的一个证据了。"这些内容看似与阿Q的"恋爱悲剧"无关,实则揭露了阿Q不知欺侮弱者无耻的可悲。

这样的人怎么可能懂得真正的爱?悲剧的内因于是显现。

接下来,鲁迅先生继续由阿Q的胜利写至他晚上因小尼姑事件而难以安眠的心理。其中夹有这样一句议论:"他那思想,其实是样样合于圣经贤传的,只可惜后来有些'不能收其放心'了。"像这样的议论还有"中国的男人,本来大半都可以做圣贤,可惜全被女人毁掉了",讽刺中国男人经常将罪责推给女人的恶习。读《阿Q正传》一定不能忽视这样在情节叙述中夹入的深刻议论。

再回到阿Q的形象上来。

是的,阿Q有合于圣经贤传的"不孝有三,无后为大"的意识,想有一个女人,不要断子绝孙,原本没有什么不正常,但是接下来阿Q的心理与行为则开始显得异常:

认为女人们都在装"假正经",臆测人家的心理。这样的臆测反而更显现出阿Q的不正经。

在吴妈以正常的语气跟他聊天的过程中,开始有不正经的想法,并且说出了让吴妈"楞了一息,突然发抖,大叫着往外跑,且跑且嚷,似乎后来带哭了"的不正经的话语。

这话语显然是阿Q心理愿望不由自主的表露。可惜,这只是一厢情愿的欲望而已。

于是,被秀才拿大竹杠打,被地保教训一通后还要送地保加倍酒钱四百文,因没有现钱,便用一顶毡帽做抵押。而且还订定了五个条件,相当于屈辱条约:即要给赵府送红烛、送香,还要替赵家出钱请道士被除缢鬼,工钱和布衫不准再去索要,不能再进赵家大门,还得为吴妈的人身安全负全责……然而,究其原因,还是阿Q伤害了吴妈,而得到赔偿的竟是赵家。阿Q因一句非礼之言而遭受巨大的经济损失,也算得上是"悲剧"了……

【原文】

第五章 生计问题

阿Q礼毕之后,仍旧回到土谷祠,太阳下去了,渐渐觉得世上有些古怪。他仔细一想,终于省悟过来:其原因盖在自己的赤膊。他记得破夹袄还在,便披在身上,躺倒了,待张开眼睛,原来太阳又已经照在西墙上头了。他坐起身,一面说道,"妈妈的……"

他起来之后,也仍旧在街上逛,虽然不比赤膊之有切肤之痛,却又渐渐的觉得世上有些古怪了。仿佛从这一天起,未庄的女人们忽然都怕了羞,伊们一见阿Q走来,便个个躲进门里去。甚而至于将近五十岁的邹七嫂,也跟着别人乱钻,而且将十一岁的女儿都叫进去了。阿Q很以为奇,而且想:"这些东西忽然都学起小姐模样来了。这娼妇们……"

但他更觉得世上有些古怪,却是许多日以后的事。其一,酒店不肯赊欠了;其二,管土谷祠的老头子说些废话,似乎叫他走;其三,他虽然记不清多少日,但确乎有许多日,没有一个人来叫他做短工。酒店不赊,熬着也罢了;老头子催他走,噜苏一通也就算了;只是没有人来叫他做短工,却使阿Q肚子饿:这委实是一件非常"妈妈的"的事情。

阿Q忍不下去了,他只好到老主顾的家里去探问,——但独不许踏进赵府的门槛,——然而情形也异样:一定走出一个男人来,现了十分烦厌的相貌,像回复乞丐一般的摇手道:

"没有没有!你出去!"

阿Q愈觉得稀奇了。他想,这些人家向来少不了要帮忙,不至于现在忽然都无事，这总该有些蹊跷在里面了。他留心打听，才知道他们有事都去叫小 Don①。这小 D，是一个穷小子，又瘦又乏，在阿 Q 的眼睛里，位置是在王胡之下的，谁料这小子竟谋了他的饭碗去。所以阿 Q 这一气，更与平常不同，当气愤愤的走着的时候，忽然将手一扬，唱道：

"我手执钢鞭将你打！②……"

几天之后，他竟在钱府的照壁前遇见了小 D。"仇人相见分外眼明"，阿 Q 便迎上去，小 D 也站住了。

"畜生！"阿 Q 怒目而视的说，嘴角上飞出唾沫来。

"我是虫豸，好么？……"小 D 说。

这谦逊反使阿 Q 更加愤怒起来，但他手里没有钢鞭，于是只得扑上去，伸手去拔小 D 的辫子。小 D 一手护住了自己的辫根，一手也来拔阿 Q 的辫子，阿 Q 便也将空着的一只手护住了自己的辫根。从先前的阿 Q 看来，小 D 本来是不足齿数的，但他近来挨了饿，又瘦又乏已经不下于小 D，所以便成了势均力敌的现象，四只手拔着两颗头，都弯了腰，在钱家粉墙上映出一个蓝色的虹形，至于半点钟之久了。

"好了，好了！"看的人们说，大约是解劝的。

"好，好！"看的人们说，不知道是解劝，是颂扬，还是煽动。

然而他们都不听。阿 Q 进三步，小 D 便退三步，都站着；小 D 进三步，阿 Q 便退三步，又都站着。大约半点钟，——未庄少有自鸣钟，所以很难说，或者二十分，——他们的头发里便都冒烟，额上便都流汗，阿 Q 的手放松了，在同一瞬间，小 D 的手也正放松了，同时直起，同时退开，都挤出人丛去。

"记着罢，妈妈的……"阿 Q 回过头去说。

"妈妈的，记着罢……"小 D 也回过头来说。

这一场"龙虎斗"似乎并无胜败，也不知道看的人可满足，都没有发什么议论，而阿 Q 却仍然没有人来叫他做短工。

有一日很温和,微风拂拂的颇有些夏意了,阿Q却觉得寒冷起来,但这还可担当,第一倒是肚子饿。棉被,毡帽,布衫,早已没有了,其次就卖了棉袄;现在有裤子,却万不可脱的;有破夹袄,又除了送人做鞋底之外,决定卖不出钱。他早想在路上拾得一注钱,但至今还没有见;他想在自己的破屋里忽然寻到一注钱,慌张的四顾,但屋内是空虚而且了然。于是他决计出门求食去了。

他在路上走着要"求食",看见熟识的酒店,看见熟识的馒头,但他都走过了,不但没有暂停,而且并不想要。他所求的不是这类东西了;他求的是什么东西,他自己不知道。

未庄本不是大村镇,不多时便走尽了。村外多是水田,满眼是新秧的嫩绿,夹着几个圆形的活动的黑点,便是耕田的农夫。阿Q并不赏鉴这田家乐,却只是走,因为他直觉的知道这与他的"求食"之道是很辽远的。但他终于走到静修庵的墙外了。

庵周围也是水田,粉墙突出在新绿里,后面的低土墙里是菜园。阿Q迟疑了一会,四面一看,并没有人。他便爬上这矮墙去,扯着何首乌藤,但泥土仍然簌簌的掉,阿Q的脚也索索的抖;终于攀着桑树枝,跳到里面了。里面真是郁郁葱葱,但似乎并没有黄酒馒头,以及此外可吃的之类。靠西墙是竹丛,下面许多笋,只可惜都是并未煮熟的,还有油菜早经结子,芥菜已将开花,小白菜也很老了。

阿Q仿佛文童落第似的觉得很冤屈,他慢慢走近园门去,忽而非常惊喜了,这分明是一畦老萝卜。他于是蹲下便拔,而门口突然伸出一个很圆的头来,又即缩回去了,这分明是小尼姑。小尼姑之流是阿Q本来视若草芥的,但世事须"退一步想",所以他便赶紧拔起四个萝卜,拧下青叶,兜在大襟里。然而老尼姑已经出来了。

"阿弥陀佛,阿Q,你怎么跳进园里来偷萝卜!……阿呀,罪过呵,阿唷,阿弥陀佛!……"

"我什么时候跳进你的园里来偷萝卜?"阿Q且看且走的说。

"现在……这不是?"老尼姑指着他的衣兜。

"这是你的? 你能叫得他答应你么? 你……"

阿Q没有说完话,拔步便跑;追来的是一匹很肥大的黑狗。这本来在前门的,不知怎的到后园来了。黑狗哼而且追,已经要咬着阿Q的腿,幸而从衣兜里落下一个萝卜来,那狗给一吓,略略一停,阿Q已经爬上桑树,跨到土墙,连人和萝卜都滚出墙外面了。只剩着黑狗还在对着桑树嗥,老尼姑念着佛。

阿Q怕尼姑又放出黑狗来,拾起萝卜便走,沿路又捡了几块小石头,但黑狗却并不再出现。阿Q于是抛了石块,一面走一面吃,而且想道,这里也没有什么东西寻,不如进城去……

待三个萝卜吃完时,他已经打定了进城的主意了。

【注释】①小Don:即小同。作者在《且介亭杂文·寄〈戏〉周刊编者信》中说:"他叫'小同',大起来,和阿Q一样。"②"我手执钢鞭将你打!":这一句及下文的"悔不该,酒醉错斩了郑贤弟",都是当时绍兴地方戏《龙虎斗》中的唱词。这出戏演的是宋太祖赵匡胤和呼延赞交战的故事。

【解读】

在这一章里,阿Q因为受到对吴妈非礼事件带来的恶劣影响,在未庄成了人人厌弃的异类,找不到可以谋生的活路,无奈之中,到静修庵里偷人家的萝卜,又被黑狗追咬。最终为了生计,打定了进城的主意。

阿Q首先感受到的是"赤膊"之寒:"太阳下去了,渐渐觉得世上有些古怪。他仔细一想,终于省悟过来:其原因盖在自己的赤膊。"

其次,是未庄的女人们见了他之后个个躲避。显然阿Q的形象已经成了令人生厌的流氓形象。

第三,他已经能感受到未庄人对他普遍的厌弃:不肯赊欠,不想让他住在土谷祠,不找他做短工。于是他开始遭遇饥饿之苦,而饥饿显然是直接威胁到他生命的感觉。

与此同时,"又瘦又乏"的小D成了当地人愿意雇用的短工。而阿Q不去反思人们不愿意用他的原因是厌恶他的人品,却简单地认为是小D抢了他的饭碗。于是便跟小D闹起了一场并无胜败的"龙虎斗"。在这场有多人围观的争斗中,小D的"我是虫豸,好么?……"的言语实在就是之前的阿Q的复制版。只是小D未曾有像阿Q非礼吴妈一般的劣迹罢了。

不要忽视小D这一形象的出现。这一形象与阿Q的形象相互补充,表现了当时的社会这样的人原是有很多的啊!

这一场有众多看客的打斗并不能改变阿Q饥寒交迫的命运,饥饿感催促他急需解决求食的难题。

但是,在这一章里,作者却写道,"他在路上走着要'求食',看见熟识的酒店,看见熟识的馒头,但他都走过了,不但没有暂停,而且并不想要",他为什么在如此饥饿的时候,"不但没有暂停,而且也不想要"呢?

其实,阿Q并不是"不想要",而是要不到。阿Q再麻木,也能从人们的冷暴力中感受到一种强大的排斥力。是的,这里充斥着比他强大得多的权势与力量,是已经饿得没有力气的他不能去接近的。所以他"都走过了,不但没有暂停,而且并不想要"。这里的"不想要"不过是他自欺心理的再现罢了。否则他为什么要翻过静修庵的矮墙去偷萝卜呢?因为他潜意识里认为静修庵是相对而言没有办法排斥他的地方,这里的小尼姑不就曾遭到他的欺侮么?

但是静修庵里另有显现威力的黑狗在,于是阿Q终于在无路可走的情形下要进城了……

【原文】

第六章　从中兴到末路

在未庄再看见阿Q出现的时候,是刚过了这年的中秋。人们都惊异,说是阿Q回来了,于是又回上去想道,他先前那里去了呢?阿

Q前几回的上城，大抵早就兴高采烈的对人说，但这一次却并不，所以也没有一个人留心到。他或者也曾告诉过管土谷祠的老头子，然而未庄老例，只有赵太爷钱太爷和秀才大爷上城才算一件事。假洋鬼子尚且不足数，何况是阿Q：因此老头子也就不替他宣传，而未庄的社会上也就无从知道了。

但阿Q这回的回来，却与先前大不同，确乎很值得惊异。天色将黑，他睡眼蒙胧的在酒店门前出现了，他走近柜台，从腰间伸出手来，满把是银的和铜的，在柜上一扔说，"现钱！打酒来！"穿的是新夹袄，看去腰间还挂着一个大搭连①，沉钿钿的将裤带坠成了很弯很弯的弧线。未庄老例，看见略有些醒目的人物，是与其慢也宁敬的，现在虽然明知道是阿Q，但因为和破夹袄的阿Q有些两样了，古人云，"士别三日便当刮目相待"②，所以堂倌，掌柜，酒客，路人，便自然显出一种疑而且敬的形态来。掌柜既先之以点头，又继之以谈话：

"嗄，阿Q，你回来了！"

"回来了。"

"发财发财，你是——在……"

"上城去了！"

这一件新闻，第二天便传遍了全未庄。人人都愿意知道现钱和新夹袄的阿Q的中兴史，所以在酒店里，茶馆里，庙檐下，便渐渐的探听出来了。这结果，是阿Q得了新敬畏。

据阿Q说，他是在举人老爷家里帮忙。这一节，听的人都肃然了。这老爷本姓白，但因为合城里只有他一个举人，所以不必再冠姓，说起举人来就是他。这也不独在未庄是如此，便是一百里方圆之内也都如此，人们几乎多以为他的姓名就叫举人老爷的了。在这人的府上帮忙，那当然是可敬的。但据阿Q又说，他却不高兴再帮忙了，因为这举人老爷实在太"妈妈的"了。这一节，听的人都叹息而且快意，因为阿Q本不配在举人老爷家里帮忙，而不帮忙是可惜的。

据阿Q说，他的回来，似乎也由于不满意城里人，这就在他们将长凳称为条凳，而且煎鱼用葱丝，加以最近观察所得的缺点，是女人的走路也扭得不很好。然而也偶有大可佩服的地方，即如未庄的乡下人不过打三十二张的竹牌③，只有假洋鬼子能够叉"麻酱"，城里却连小乌龟子都叉得精熟的。什么假洋鬼子，只要放在城里的十几岁的小乌龟子的手里，也就立刻是"小鬼见阎王"。这一节，听的人都赧然④了。

"你们可看见过杀头么？"阿Q说，"咳，好看。杀革命党。唉，好看好看，……"他摇摇头，将唾沫飞在正对面的赵司晨的脸上。这一节，听的人都凛然了。但阿Q又四面一看，忽然扬起右手，照着伸长脖子听得出神的王胡的后项窝上直劈下去道：

"嚓！"

王胡惊得一跳，同时电光石火似的赶快缩了头，而听的人又都悚然而且欣然了。从此王胡瘟头瘟脑⑤的许多日，并且再不敢走近阿Q的身边；别的人也一样。

阿Q这时在未庄人眼睛里的地位，虽不敢说超过赵太爷，但谓之差不多，大约也就没有什么语病的了。

然而不多久，这阿Q的大名忽又传遍了未庄的闺中。虽然未庄只有钱赵两姓是大屋，此外十之九都是浅闺，但闺中究竟是闺中，所以也算得一件神异。女人们见面时一定说，邹七嫂在阿Q那里买了一条蓝绸裙，旧固然是旧的，但只花了九角钱。还有赵白眼的母亲，——一说是赵司晨的母亲，待考，——也买了一件孩子穿的大红洋纱衫，七成新，只用三百大钱九二串⑥。于是伊们都眼巴巴的想见阿Q，缺绸裙的想问他买绸裙，要洋纱衫的想问他买洋纱衫，不但见了不逃避，有时阿Q已经走过了，也还要追上去叫住他，问道：

"阿Q，你还有绸裙么？没有？纱衫也要的，有罢？"

后来这终于从浅闺传进深闺里去了。因为邹七嫂得意之余，将伊的绸裙请赵太太去鉴赏,赵太太又告诉了赵太爷而且着实恭维了一番。赵太爷便在晚饭桌上,和秀才大爷讨论,以为阿Q实在有些古怪,我们门窗应该小心些;但他的东西,不知道可还有什么可买,也许有点好东西罢。加以赵太太也正想买一件价廉物美的皮背心。于是家族决议,便托邹七嫂即刻去寻阿Q,而且为此新辟了第三种的例外:这晚上也姑且特准点油灯。

油灯干了不少了,阿Q还不到。赵府的全眷都很焦急,打着呵欠,或恨阿Q太飘忽,或怨邹七嫂不上紧。赵太太还怕他因为春天的条件不敢来,而赵太爷以为不足虑:因为这是"我"去叫他的。果然,到底赵太爷有见识,阿Q终于跟着邹七嫂进来了。

"他只说没有没有,我说你自己当面说去,他还要说,我说……"邹七嫂气喘吁吁的走着说。

"太爷!"阿Q似笑非笑的叫了一声,在檐下站住了。

"阿Q,听说你在外面发财,"赵太爷踱开去,眼睛打量着他的全身,一面说。"那很好,那很好的。这个,……听说你有些旧东西,……可以都拿来看一看,……这也并不是别的,因为我倒要……"

"我对邹七嫂说过了。都完了。"

"完了?"赵太爷不觉失声的说,"那里会完得这样快呢?"

"那是朋友的,本来不多。他们买了些,……"

"总该还有一点罢。"

"现在,只剩了一张门幕了。"

"就拿门幕来看看罢。"赵太太慌忙说。

"那么,明天拿来就是,"赵太爷却不甚热心了。"阿Q,你以后有什么东西的时候,你尽先送来给我们看,……"

"价钱决不会比别家出得少!"秀才说。秀才娘子忙一瞥阿Q的脸,看他感动了没有。

"我要一件皮背心。"赵太太说。

阿Q虽然答应着，却懒洋洋的出去了，也不知道他是否放在心上。这使赵太爷很失望，气愤而且担心，至于停止了打呵欠。秀才对于阿Q的态度也很不平，于是说，这忘八蛋要提防，或者不如吩咐地保，不许他住在未庄。但赵太爷以为不然，说这也怕要结怨，况且做这路生意的大概是"老鹰不吃窝下食"，本村倒不必担心的；只要自己夜里警醒点就是了。秀才听了这"庭训"⑦，非常之以为然，便即刻撤消了驱逐阿Q的提议，而且叮嘱邹七嫂，请伊千万不要向人提起这一段话。

但第二日，邹七嫂便将那蓝裙去染了皂，又将阿Q可疑之点传扬出去了，可是确没有提起秀才要驱逐他这一节。然而这已经于阿Q很不利。最先，地保寻上门了，取了他的门幕去，阿Q说是赵太太要看的，而地保也不还，并且要议定每月的孝敬钱。其次，是村人对于他的敬畏忽而变相了，虽然还不敢来放肆，却很有远避的神情，而这神情和先前的防他来"嚓"的时候又不同，颇混着"敬而远之"的分子了。

只有一班闲人们却还要寻根究底的去探阿Q的底细。阿Q也并不讳饰，傲然的说出他的经验来。从此他们才知道，他不过是一个小角色，不但不能上墙，并且不能进洞，只站在洞外接东西。有一夜，他刚才接到一个包，正手再进去，不一会，只听得里面大嚷起来，他便赶紧跑，连夜爬出城，逃回未庄来了，从此不敢再去做。然而这故事却于阿Q更不利，村人对于阿Q的"敬而远之"者，本因为怕结怨，谁料他不过是一个不敢再偷的偷儿呢？这实在是"斯亦不足畏也矣"⑧。

【注释】①搭连：旧时民间所用的一种装物的口袋，又称"搭腰"，流行于全国大部分地区；长方形，中间开口，两端可以装钱物；多为布制，质地较厚，大的可以甩搭在肩上。②"士别三日便当刮目相待"：语出《三国志·吴书·吕蒙传》裴松之注："士别三日，即更刮目相待。"刮目，拭目的意思。③三十二张的竹牌：一种赌具，即牙牌或骨牌，用象牙或兽骨所制，简陋的就用竹制成。下文的

"麻酱"指麻雀牌,俗称麻将,也是一种赌具。阿Q把"麻将"讹为"麻酱"。④赧(nǎn)然:形容难为情的样子,羞愧的样子。⑤瘟头瘟脑:垂头丧气,精神萎靡不振的样子。⑥三百大钱九二串:即"三百大钱,以九十二文作为一百"(见《华盖集续编·阿Q正传的成因》)。旧时我国用的铜钱,中有方孔,可用绳子串在一起,每千枚(或每枚"当十"的大钱一百枚)为一串,称作一吊,但实际上常不足数。⑦"庭训":《论语·季氏》载,孔丘"尝独立,鲤(按:即孔丘的儿子)趋而过庭",孔丘要他学"诗"与"礼",后来就常有人称父亲的教训为"庭训"或"过庭之训"。⑧"斯亦不足畏也矣":意思是,那就不值得害怕了。语见《论语·子罕》。

【解读】

上章末尾写阿Q打定了进城的主意。进城之后阿Q是如何解决生计问题的?作者一概略去,仍将小说的"镜头"聚焦于未庄。

未庄的时空里阿Q缺失了多久?不知道。只知道阿Q重新出现的时候,"确乎很值得惊异":"天色将黑,他睡眼蒙胧的在酒店门前出现了,他走近柜台,从腰间伸出手来,满把是银的和铜的,在柜上一扔说,'现钱!打酒来!'穿的是新夹袄,看去腰间还挂着一个大搭连,沉钿钿的将裤带坠成了很弯很弯的弧线。"这哪里是之前穷酸的阿Q?分明是一个要阔的富佬的形象嘛。

于是,阿Q虽然还是那个阿Q,还是那个当过雇工,因非礼吴妈被未庄人以冷暴力赶走的阿Q,却因为他的新夹袄,尤其因为他满把"银的和铜的"的阔绰,让堂倌、掌柜、酒客、路人,"自然显出一种疑而且敬的形态来"。并在打听与传播中,让"阿Q得了新敬畏"。

阿Q因此成了未庄的明星式人物:他在举人老爷家里帮忙的经历,他对城里人的不满意,城里人偶有的大可佩服的地方,都引发了未庄人的感慨。

尤其是他描述革命党被砍头的事件时,形象的动作与语言——照着伸长脖子听得出神的王胡的后项窝上直劈下去道:"嚓!"——生动地显现了他夸示于人的神气。而王胡这次"缩了头"的动作则更能表现出阿Q"中兴"的影响力。这影响力"虽不敢说超过赵太爷,但谓之差不多,大约也就没有什么语病的了"。

但是阿Q很快又从中兴到末路了。原因是阿Q的大名传遍了未庄的闺中后,能从阿Q那里买到绸裙、洋纱衫的消息从浅闺传进了深闺,引发了赵太爷对阿Q的疑心与秀才要提防阿Q的非议。虽然秀才"叮嘱邹七嫂,请伊千万不要向人提起这一段话",但是阿Q的可疑之点还是被传扬出去了。接下来,从地保到村人开始转变对阿Q的态度。地保再度欺侮阿Q,"村人对于他的敬畏忽而变相了,虽然还不敢来放肆,却很有远避的神情",即"敬而远之"了。当闲人们打听到阿Q不过是一个不敢再偷的偷儿时,便觉得他再也没有什么值得害怕的了。

于是阿Q便从中兴走到了末路。

本章所描绘的人们对待阿Q态度的变化,显现的不仅是阿Q被迫走上偷窃道路的悲哀,也有未庄人趋炎附势、欺软怕硬的心态。这心态不正是阿Q的心理滋生的土壤吗?

【原文】

第七章　革命

宣统三年九月十四日①——即阿Q将搭连卖给赵白眼的这一天——三更四点,有一只大乌篷船到了赵府上的河埠头。这船从黑魆魆中荡来,乡下人睡得熟,都没有知道;出去时将近黎明,却很有几个看见的了。据探头探脑的调查来的结果,知道那竟是举人老爷的船!

那船便将大不安载给了未庄,不到正午,全村的人心就很动摇。船的使命,赵家本来是很秘密的,但茶坊酒肆里却都说,革命党要进城,举人老爷到我们乡下来逃难了。惟有邹七嫂不以为然,说那不过是几口破衣箱,举人老爷想来寄存的,却已被赵太爷回复转去。其实举人老爷和赵秀才素不相能②,在理本不能有"共患难"的情谊,况且邹七嫂又和赵家是邻居,见闻较为切近,所以大概该是伊对的。

然而谣言很旺盛,说举人老爷虽然似乎没有亲到,却有一封长信,和赵家排了"转折亲"。赵太爷肚里一轮,觉得于他总不会有坏处,便将箱子留下了,现就塞在太太的床底下。至于革命党,有的说是便在这一夜进了城,个个白盔白甲:穿着崇正皇帝的素③。

阿Q的耳朵里,本来早听到过革命党这一句话,今年又亲眼见过杀掉革命党。但他有一种不知从那里来的意见,以为革命党便是造反,造反便是与他为难,所以一向是"深恶而痛绝之"的。殊不料这却使百里闻名的举人老爷有这样怕,于是他未免也有些"神往"了,况且未庄的一群鸟男女的慌张的神情,也使阿Q更快意。

"革命也好罢,"阿Q想,"革这伙妈妈的命,太可恶! 太可恨! ……便是我,也要投降革命党了。"

阿Q近来用度窘,大约略略有些不平;加以午间喝了两碗空肚酒,愈加醉得快,一面想一面走,便又飘飘然起来。不知怎么一来,忽而似乎革命党便是自己,未庄人却都是他的俘虏了。他得意之余,禁不住大声的嚷道:

"造反了! 造反了!"

未庄人都用了惊惧的眼光对他看。这一种可怜的眼光,是阿Q从来没有见过的,一见之下,又使他舒服得如六月里喝了雪水。他更加高兴的走而且喊道:

"好,……我要什么就是什么,我欢喜谁就是谁。

得得,锵锵!

悔不该,酒醉错斩了郑贤弟,

悔不该,呀呀呀……

得得,锵锵,得,锵令锵!

我手执钢鞭将你打……"

赵府上的两位男人和两个真本家,也正站在大门口论革命。阿 Q 没有见,昂了头直唱过去。

"得得,……"

"老 Q,"赵太爷怯怯的迎着低声的叫。

"锵锵,"阿 Q 料不到他的名字会和"老"字联结起来,以为是一句别的话,与己无干,只是唱。"得,锵,锵令锵,锵!"

"老 Q。"

"悔不该……"

"阿 Q!"秀才只得直呼其名了。

阿 Q 这才站住,歪着头问道,"什么?"

"老 Q,……现在……"赵太爷却又没有话,"现在……发财么?"

"发财? 自然。要什么就是什么……"

"阿……Q 哥,像我们这样穷朋友是不要紧的……"赵白眼惴惴的说,似乎想探革命党的口风。

"穷朋友? 你总比我有钱。"阿 Q 说着自去了。

大家都怃然④,没有话。赵太爷父子回家,晚上商量到点灯。赵白眼回家,便从腰间扯下搭连来,交给他女人藏在箱底里。

阿 Q 飘飘然的飞了一通,回到土谷祠,酒已经醒透了。这晚上,管祠的老头子也意外的和气,请他喝茶;阿 Q 便向他要了两个饼,吃完之后,又要了一支点过的四两烛和一个树烛台,点起来,独自躺在自己的小屋里。他说不出的新鲜而且高兴,烛火像元夜似的闪闪的跳,他的思想也迸跳起来了:

"造反? 有趣,……来了一阵白盔白甲的革命党,都拿着板刀,钢鞭,炸弹,洋炮,三尖两刃刀,钩镰枪,走过土谷祠,叫道,'阿 Q! 同去同去!'于是一同去。……

"这时未庄的一伙鸟男女才好笑哩,跪下叫道,'阿 Q,饶命!'谁听他! 第一个该死的是小 D 和赵太爷,还有秀才,还有假洋鬼子,……留几条么？王胡本来还可留，但也不要了。……

"东西，……直走进去打开箱子来：元宝，洋钱，洋纱衫，……秀才娘子的一张宁式床⑤先搬到土谷祠，此外便摆了钱家的桌椅，——或者也就用赵家的罢。自己是不动手的了，叫小D来搬，要搬得快，搬得不快打嘴巴。……

"赵司晨的妹子真丑。邹七嫂的女儿过几年再说。假洋鬼子的老婆会和没有辫子的男人睡觉，吓，不是好东西！秀才的老婆是眼胞上有疤的。……吴妈长久不见了，不知道在那里，——可惜脚太大。"

阿Q没有想得十分停当，已经发了鼾声，四两烛还只点去了小半寸，红焰焰的光照着他张开的嘴。

"荷荷！"阿Q忽而大叫起来，抬了头仓皇的四顾，待到看见四两烛，却又倒头睡去了。

第二天他起得很迟，走出街上看时，样样都照旧。他也仍然肚饿，他想着，想不起什么来；但他忽而似乎有了主意了，慢慢的跨开步，有意无意的走到静修庵。

庵和春天时节一样静，白的墙壁和漆黑的门。他想了一想，前去打门，一只狗在里面叫。他急急拾了几块断砖，再上去较为用力的打，打到黑门上生出许多麻点的时候，才听得有人来开门。

阿Q连忙捏好砖头，摆开马步，准备和黑狗来开战。但庵门只开了一条缝，并无黑狗从中冲出，望进去只有一个老尼姑。

"你又来什么事？"伊大吃一惊的说。

"革命了……你知道？……"阿Q说得很含糊。

"革命革命，革过一革的，……你们要革得我们怎么样呢？"老尼姑两眼通红的说。

"什么？……"阿Q诧异了。

"你不知道，他们已经来革过了！"

"谁？……"阿Q更其诧异了。

"那秀才和洋鬼子！"

阿Q很出意外，不由的一错愕；老尼姑见他失了锐气，便飞速的关了门，阿Q再推时，牢不可开，再打时，没有回答了。

那还是上午的事。赵秀才消息灵，一知道革命党已在夜间进城，便将辫子盘在顶上，一早去拜访那历来也不相能的钱洋鬼子。这是"咸与维新"⑥的时候了，所以他们便谈得很投机，立刻成了情投意合的同志，也相约去革命。他们想而又想，才想出静修庵里有一块"皇帝万岁万万岁"的龙牌，是应该赶紧革掉的，于是又立刻同到庵里去革命。因为老尼姑来阻挡，说了三句话，他们便将伊当作满政府，在头上很给了不少的棍子和栗凿。尼姑待他们走后，定了神来检点，龙牌固然已经碎在地上了，而且又不见了观音娘娘座前的一个宣德炉⑦。

这事阿Q后来才知道。他颇悔自己睡着，但也深怪他们不来招呼他。他又退一步想道：

"难道他们还没有知道我已经投降了革命党么？"

【注释】①宣统三年九月十四日：这一天是公元一九一一年十一月四日，辛亥革命武昌起义后的第二十五天；据《中国革命记》第三册（一九一一年上海自由社编印）记载，辛亥九月十四日杭州府为民军占领，绍兴府即日宣布光复。②素不相能：能，亲善；指一向不和睦。③穿着崇正皇帝的素：崇正，作品中人物对崇祯的讳称。崇祯是明思宗（朱由检）的年号。明亡于清，后来有些农民起义的部队，常用"反清复明"的口号来反对清朝统治，因此直到清末还有人认为革命军起义是替崇祯皇帝报仇。④忧然：形容失望的样子。⑤宁式床：浙江宁波一带制作的一种比较讲究的床。⑥"咸与维新"：语见《尚书·胤征》，"旧染污俗，咸与维新。"原意是对一切受恶习影响的人都给以弃旧从新的机会，这里指辛亥革命时革命派与反对势力妥协，地主官僚等乘此投机的现象。⑦宣德炉：明宣宗宣德年间（1426—1435）制造的一种比较名贵的小型铜香炉，炉底有"大明宣德年制"字样。

【解读】

这一章中,三更四点荡到赵府上河埠头的大乌篷船"将大不安载给了未庄"。"革命党要进城"的传言动摇了未庄的人心。革命党的形象也在旺盛的谣言中鲜明起来了:"个个白盔白甲:穿着崇正皇帝的素。"妙在这里的"崇正"二字,既表现了未庄人不识字,没有文化,将"崇祯"传为"崇正",也暗示关于革命党的形象也只是谣言而已。

然而革命党的谣言给未庄带来的变化深深地触动了阿Q的心。当看到革命党让上至举人下至未庄的普通人如此恐惧的时候,竟然滋生了投降他一度极为厌恶的革命党的想法。

大概是阿Q无牵无挂的缘故,造反的想法很快就挂在口头了。接下来"未庄人都用了惊惧的眼光对他看。这一种可怜的眼光,是阿Q从来没有见过的,一见之下,又使他舒服得如六月里喝了雪水"。连赵太爷和赵秀才也立刻改换了对待他的态度:从之前的鄙视、欺凌改为尊崇与敬畏。赵太爷竟"怯怯的迎着低声的叫"他"老Q"。之前的赵太爷曾对阿Q自称是赵太爷本家而气得满脸溅朱,跳过去,给了他一个嘴巴,并斥责道:"你怎么会姓赵!——你那里配姓赵!"现在却称呼阿Q为"老Q",其心何其恭敬也!因为阿Q声称要造反了!看来,赵太爷是多么害怕造反的革命者呀!看来赵太爷也是欺软怕硬之人哪!看来,赵太爷的本性中其实也有阿Q的特质呀!

沉醉于"造反"快意之中的阿Q开始在土谷祠中想象跟着"白盔白甲"的革命党造反的情景:未庄人跪下求饶命,杀死自己平时看不顺眼的小D、赵太爷、秀才、王胡等人,直接去开人家箱子,拿人家钱财,评判女人……这不完完全全是强盗、流氓的行径吗?

阿Q想象中的革命者就是这样无耻的强盗、流氓的形象,是不是也折射出了当时社会革命本身衍生的某些特征呢?

从想象中清醒过来的阿Q并没有加入到实际的革命队伍,当然他也不知到哪找革命队伍,革命的想法是他于长期受压迫的处境中被点燃的火花。这样的想法促使他自发地产生了革命行动:到向来清静的静修庵去实施革命行动。

然而,阿Q的"革命行动"竟晚了一步:赵秀才与钱洋鬼子已先行一步,将"皇帝万岁万万岁"的龙牌砸碎于地,并掠走了观音娘娘座前的一个宣德炉……

阿Q"颇悔自己睡着,但也深怪他们不来招呼他","又退一步想道:'难道他们还没有知道我已经投降了革命党么?'"即便醒着,赵秀才与钱洋鬼子就会招呼他吗? 就会把他当成同党吗? 显然不会。因为赵秀才与钱洋鬼子不过是借革命之名义来满足自己的私欲罢了……而阿Q不也是这样想的吗?

如此看来,那里的革命带来的变化与之前的社会又有什么本质的不同吗? 引人深思……

【原文】

第八章　不准革命

未庄的人心日见其安静了。据传来的消息,知道革命党虽然进了城,倒还没有什么大异样。知县大老爷还是原官,不过改称了什么,而且举人老爷也做了什么 ——这些名目,未庄人都说不明白——官,带兵的也还是先前的老把总①。只有一件可怕的事是另有几个不好的革命党夹在里面捣乱,第二天便动手剪辫子,听说那邻村的航船七斤便着了道儿,弄得不像人样子了。但这却还不算大恐怖,因为未庄人本来少上城,即使偶有想进城的,也就立刻变了计,碰不着这危险。阿Q本也想进城去寻他的老朋友,一得这消息,也只得作罢了。

但未庄也不能说是无改革。几天之后,将辫子盘在顶上的逐渐增加起来了,早经说过,最先自然是茂才公,其次便是赵司晨和赵白眼,后来是阿Q。倘在夏天,大家将辫子盘在头顶上或者打一个结,本不算什么稀奇事,但现在是暮秋,所以这"秋行夏令"的情形,在盘辫家不能不说是万分的英断,而在未庄也不能说无关于改革了。

赵司晨脑后空荡荡的走来,看见的人大嚷说,

"嗄,革命党来了!"

阿Q听到了很羡慕。他虽然早知道秀才盘辫的大新闻,但总没有想到自己可以照样做,现在看见赵司晨也如此,才有了学样的意思,定下实行的决心。他用一支竹筷将辫子盘在头顶上,迟疑多时,这才放胆的走去。

他在街上走,人也看他,然而不说什么话,阿Q当初很不快,后来便很不平。他近来很容易闹脾气了;其实他的生活,倒也并不比造反之前反艰难,人见他也客气,店铺也不说要现钱。而阿Q总觉得自己太失意:既然革了命,不应该只是这样的。况且有一回看见小D,愈使他气破肚皮了。

小D也将辫子盘在头顶上了,而且也居然用一支竹筷。阿Q万料不到他也敢这样做,自己也决不准他这样做!小D是什么东西呢?他很想即刻揪住他,拗断他的竹筷,放下他的辫子,并且批他几个嘴巴,聊且惩罚他忘了生辰八字,也敢来做革命党的罪。但他终于饶放了,单是怒目而视的吐一口唾沫道"呸!"

这几日里,进城去的只有一个假洋鬼子。赵秀才本也想靠着寄存箱子的渊源,亲身去拜访举人老爷的,但因为有剪辫的危险,所以也就中止了。他写了一封"黄伞格"②的信,托假洋鬼子带上城,而且托他给自己绍介绍介,去进自由党。假洋鬼子回来时,向秀才讨还了四块洋钱,秀才便有一块银桃子挂在大襟上了;未庄人都惊服,说这是柿油党的顶子③,抵得一个翰林④;赵太爷因此也骤然大阔,远过于他儿子初隽秀才的时候,所以目空一切,见了阿Q,也就很有些不放在眼里了。

阿Q正在不平,又时时刻刻感着冷落,一听得这银桃子的传说,他立即悟出自己之所以冷落的原因了:要革命,单说投降,是不行的;盘上辫子,也不行的;第一着仍然要和革命党去结识。他生平所知道

的革命党只有两个,城里的一个早已"嚓"的杀掉了,现在只剩了一个假洋鬼子。他除却赶紧去和假洋鬼子商量之外,再没有别的道路了。

钱府的大门正开着,阿 Q 便怯怯的蹩⑤进去。他一到里面,很吃了惊,只见假洋鬼子正站在院子的中央,一身乌黑的大约是洋衣,身上也挂着一块银桃子,手里是阿 Q 曾经领教过的棍子,已经留到一尺多长的辫子都拆开了披在肩背上,蓬头散发的像一个刘海仙⑥。对面挺直的站着赵白眼和三个闲人,正在必恭必敬的听说话。

阿 Q 轻轻的走近了,站在赵白眼的背后,心里想招呼,却不知道怎么说才好:叫他假洋鬼子固然是不行的了,洋人也不妥,革命党也不妥,或者就应该叫洋先生了罢。

洋先生却没有见他,因为白着眼睛讲得正起劲:

"我是性急的,所以我们见面,我总是说:洪哥⑦!我们动手罢!他却总说道 No!——这是洋话,你们不懂的。否则早已成功了。然而这正是他做事小心的地方。他再三再四的请我上湖北,我还没有肯。谁愿意在这小县城里做事情。……"

"唔,……这个……"阿 Q 候他略停,终于用十二分的勇气开口了,但不知道因为什么,又并不叫他洋先生。

听着说话的四个人都吃惊的回顾他。洋先生也才看见:

"什么?"

"我……"

"出去!"

"我要投……"

"滚出去!"洋先生扬起哭丧棒来了。

赵白眼和闲人们便都吆喝道:"先生叫你滚出去,你还不听么!"

阿 Q 将手向头上一遮,不自觉的逃出门外;洋先生倒也没有追。他快跑了六十多步,这才慢慢的走,于是心里便涌起了忧愁:洋先生不准他革命,他再没有别的路;从此决不能望有白盔白甲的人来叫他，他所有的抱负，志向，希望，前程，全被一笔勾销了。至于闲人们传扬开去，给小 D 王胡等辈笑话，倒是还在其次的事。

他似乎从来没有经验过这样的无聊。他对于自己的盘辫子，仿佛也觉得无意味，要侮蔑；为报仇起见，很想立刻放下辫子来，但也没有竟放。他游到夜间，赊了两碗酒，喝下肚去，渐渐的高兴起来了，思想里才又出现白盔白甲的碎片。

有一天，他照例的混到夜深，待酒店要关门，才踱回土谷祠去。

拍，吧——！

他忽而听得一种异样的声音，又不是爆竹。阿 Q 本来是爱看热闹，爱管闲事的，便在暗中直寻过去。似乎前面有些脚步声；他正听，猛然间一个人从对面逃来了。阿 Q 一看见，便赶紧翻身跟着逃。那人转弯，阿 Q 也转弯，那人站住了，阿 Q 也站住。他看后面并无什么，看那人便是小 D。

"什么？"阿 Q 不平起来了。

"赵……赵家遭抢了！"小 D 气喘吁吁的说。

阿 Q 的心怦怦的跳了。小 D 说了便走；阿 Q 却逃而又停的两三回。但他究竟是做过"这路生意"，格外胆大，于是蹩出路角，仔细的听，似乎有些嚷嚷，又仔细的看，似乎许多白盔白甲的人，络绎的将箱子抬出了，器具抬出了，秀才娘子的宁式床也抬出了，但是不分明，他还想上前，两只脚却没有动。

这一夜没有月，未庄在黑暗里很寂静，寂静到像羲皇⑧时候一般太平。阿 Q 站着看到自己发烦，也似乎还是先前一样，在那里来来往往的搬，箱子抬出了，器具抬出了，秀才娘子的宁式床也抬出了，……抬得他自己有些不信他的眼睛了。但他决计不再上前，却回到自己的祠里去了。

土谷祠里更漆黑；他关好大门，摸进自己的屋子里。他躺了好一会，这才定了神，而且发出关于自己的思想来：白盔白甲的人明明到了,并不来打招呼,搬了许多好东西,又没有自己的份,——这全是假洋鬼子可恶,不准我造反,否则,这次何至于没有我的份呢? 阿Q越想越气,终于禁不住满心痛恨起来,毒毒的点一点头:"不准我造反,只准你造反? 妈妈的假洋鬼子,——好,你造反! 造反是杀头的罪名呵,我总要告一状,看你抓进县里去杀头,——满门抄斩,——嚓! 嚓!"

【注释】①把总:清代最下一级的武官。②"黄伞格":一种写信格式,这样的信表示对于对方的恭敬。③柿油党的顶子:柿油党是"自由党"的谐音,作者在《华盖集续集·阿Q正传的成因》中说:"'柿油党'……原是'自由党',乡下人不能懂,便讹成他们能懂的'柿油党'了。"顶子是清代官员帽顶上表示官阶的帽珠,未庄人把自由党的徽章比作官员的"顶子"。④翰林:唐代以来皇帝的文学侍从的名称。明、清时代凡进士选入翰林院供职者通称翰林,担任编修国史、起草文件等工作,是一种名望较高的文职官衔。⑤躄(bì):表示仆倒或腿瘸,这里是指不声不响慢慢行进的动作。⑥刘海仙:指五代时的刘海蟾,相传他在终南山修道成仙,流行于民间的他的画像,一般都是披着长发,前额覆有短发。⑦洪哥:大概指黎元洪。他原任清朝新军第二十一混成协的协统(相当于以后的旅长),一九一一年武昌起义时,被拉出来担任革命军的鄂军都督;他并未参与武昌起义的筹划。⑧羲皇:指伏羲氏。传说中我国上古时代的帝王。他的时代过去曾被形容为太平盛世。

【解读】

革命的风波对于未庄人而言,"倒还没有什么大异样"。"只有一件可怕的事是另有几个不好的革命党夹在里面捣乱,第二天便动手剪辫子……"

革命对于未庄人最显著的影响就是"辫子盘在顶上的逐渐增加起来了",即便是在不适合盘辫子的暮秋,似乎一将辫子盘起来就是革命党了。看见脑后空空荡荡的赵司晨,看的人就会大嚷说,"嚄,革命党来了!"

于是阿 Q 也从学样的意思，转为实行的决心，"迟疑多时，这才放胆的走去"，但却未曾听见看的人说什么话，于是他的心态由不快转为不平，作者写阿 Q"近来很容易闹脾气了；其实他的生活，倒也并不比造反之前反艰难，人见他也客气，店铺也不说要现钱"，为什么阿 Q 近来"很容易闹脾气"呢？

或许是革命一度给他带来了让人尊崇的地位，让他对人生充满了美好的想象，然而美好的理想与眼前现实之间的落差，则让他感到"太失意"，并对小 D 盘辫于头的行为"气破肚皮"、"怒目而视"。看来，在阿 Q 的眼里，"革命"行为也不是人人都可以轻易实施的呀！不平等的意识还是牢牢扎根在他的心里。

当秀才将四块洋钱换的一块银桃子挂在大襟上后，当未庄人都惊服地说这是柿油党的顶子后，赵太爷见了阿 Q，便"也就很有些不放在眼里了"。革命的"自由"精神到了未庄人这里变成了"柿油"，革命的权利原来凭借四块洋钱就可以买到……

阿 Q 在不平与冷落感中，开始萌生结识革命党的想法。他盘算了自己能结识的革命党，不过只有假洋鬼子——看来，阿 Q 通往革命的路径是多么狭窄！而且这假洋鬼子也不是真真正正的革命者。

所以阿 Q 投奔革命的愿望很轻易地就落了空：他"怯怯的蹩进去"后，根本进不了对方的言语场中，好不容易插上话后，得到的却是"出去！"与"滚出去！"的喝斥与哭丧棒的威吓。

阿 Q 通往革命的道路就这样被吓断了……

接下来晚上发生的赵家遭抢的事却再度引发阿 Q 的不平："白盔白甲的人明明到了，并不来打招呼，搬了许多好东西，又没有自己的份，——这全是假洋鬼子可恶，不准我造反……"由想到气，由气到恨，由恨到咒："……造反是杀头的罪名呵，我总要告一状，看你抓进县里去杀头，——满门抄斩，——嚓！嚓！"

阿 Q 的精神胜利法再次发挥作用了……

【原文】

第九章　大团圆

赵家遭抢之后，未庄人大抵很快意而且恐慌，阿Q也很快意而且恐慌。但四天之后，阿Q在半夜里忽被抓进县城里去了。那时恰是暗夜，一队兵，一队团丁，一队警察，五个侦探，悄悄地到了未庄，乘昏暗围住土谷祠，正对门架好机关枪；然而阿Q不冲出。许多时没有动静，把总焦急起来了，悬了二十千的赏，才有两个团丁冒了险，踰垣进去，里应外合，一拥而入，将阿Q抓出来；直待擒出祠外面的机关枪左近，他才有些清醒了。

到进城，已经是正午，阿Q见自己被搀进一所破衙门，转了五六个弯，便推在一间小屋里。他刚刚一跄踉，那用整株的木料做成的栅栏门便跟着他的脚跟阖上了，其余的三面都是墙壁，仔细看时，屋角上还有两个人。

阿Q虽然有些忐忑，却并不很苦闷，因为他那土谷祠里的卧室，也并没有比这间屋子更高明。那两个也仿佛是乡下人，渐渐和他兜搭①起来了，一个说是举人老爷要追他祖父欠下来的陈租，一个不知道为了什么事。他们问阿Q，阿Q爽利的答道，"因为我想造反。"

他下半天便又被抓出栅栏门去了，到得大堂，上面坐着一个满头剃得精光的老头子。阿Q疑心他是和尚，但看见下面站着一排兵，两旁又站着十几个长衫人物，也有满头剃得精光像这老头子的，也有将一尺来长的头发披在背后像那假洋鬼子的，都是一脸横肉，怒目而视的看他；他便知道这人一定有些来历，膝关节立刻自然而然的宽松，便跪了下去了。

"站着说！不要跪！"长衫人物都吆喝说。

阿Q虽然似乎懂得，但总觉得站不住，身不由己的蹲了下去，而且终于趁势改为跪下了。

"奴隶性！……"长衫人物又鄙夷似的说，但也没有叫他起来。

"你从实招来罢，免得吃苦。我早都知道了。招了可以放你。"那光头的老头子看定了阿Q的脸，沉静的清楚的说。

"招罢！"长衫人物也大声说。

"我本来要……来投……"阿Q胡里胡涂的想了一通，这才断断续续的说。

"那么，为什么不来的呢？"老头子和气的问。

"假洋鬼子不准我！"

"胡说！此刻说，也迟了。现在你的同党在那里？"

"什么？……"

"那一晚打劫赵家的一伙人。"

"他们没有来叫我。他们自己搬走了。"阿Q提起来便愤愤。

"走到那里去了呢？说出来便放你了。"老头子更和气了。

"我不知道，……他们没有来叫我……"

然而老头子使了一个眼色，阿Q便又被抓进栅栏门里了。他第二次抓出栅栏门，是第二天的上午。

大堂的情形都照旧。上面仍然坐着光头的老头子，阿Q也仍然下了跪。

老头子和气的问道，"你还有什么话说么？"

阿Q一想，没有话，便回答说，"没有。"

于是一个长衫人物拿了一张纸，并一支笔送到阿Q的面前，要将笔塞在他手里。阿Q这时很吃惊，几乎"魂飞魄散"了：因为他的手和笔相关，这回是初次。他正不知怎样拿；那人却又指着一处地方教他画花押。

"我……我……不认得字。"阿Q一把抓住了笔，惶恐而且惭愧的说。

"那么，便宜你，画一个圆圈！"

阿Q要画圆圈了，那手捏着笔却只是抖。于是那人替他将纸铺

164

在地上,阿 Q 伏下去,使尽了平生的力气画圆圈。他生怕被人笑话,立志要画得圆,但这可恶的笔不但很沉重,并且不听话,刚刚一抖一抖的几乎要合缝,却又向外一耸,画成瓜子模样了。

阿 Q 正羞愧自己画得不圆,那人却不计较,早已掣了纸笔去,许多人又将他第二次抓进栅栏门。

他第二次进了栅栏,倒也并不十分懊恼。他以为人生天地之间,大约本来有时要抓进抓出,有时要在纸上画圆圈的,惟有圈而不圆,却是他"行状"上的一个污点。但不多时也就释然了,他想:孙子才画得很圆的圆圈呢。于是他睡着了。

然而这一夜,举人老爷反而不能睡:他和把总恼了气了。举人老爷主张第一要追赃,把总主张第一要示众。把总近来很不将举人老爷放在眼里了,拍案打凳的说道,"惩一儆百!你看,我做革命党还不上二十天,抢案就是十几件,全不破案,我的面子在那里?破了案,你又来迁。不成!这是我管的!"举人老爷窘急了,然而还坚持,说是倘若不追赃,他便立刻辞了帮办民政的职务。而把总却道,"请便罢!"于是举人老爷在这一夜竟没有睡,但幸第二天倒也没有辞。

阿 Q 第三次抓出栅栏门的时候,便是举人老爷睡不着的那一夜的明天的上午了。他到了大堂,上面还坐着照例的光头老头子;阿 Q 也照例的下了跪。

老头子很和气的问道,"你还有什么话么?"

阿 Q 一想,没有话,便回答说,"没有。"

许多长衫和短衫人物,忽然给他穿上一件洋布的白背心,上面有些黑字。阿 Q 很气苦:因为这很像是带孝,而带孝是晦气的。然而同时他的两手反缚了,同时又被一直抓出衙门外去了。

阿 Q 被抬上了一辆没有篷的车,几个短衣人物也和他同坐在一处。这车立刻走动了,前面是一班背着洋炮的兵们和团丁,两旁是许多张着嘴的看客,后面怎样,阿 Q 没有见。但他突然觉到了:这岂不是去杀头么？他一急，两眼发黑，耳朵里喤的一声，似乎发昏了。然而他又没有全发昏，有时虽然着急，有时却也泰然；他意思之间，似乎觉得人生天地间，大约本来有时也未免要杀头的。

他还认得路，于是有些诧异了：怎么不向着法场走呢？他不知道这是在游街，在示众。但即使知道也一样，他不过便以为人生天地间，大约本来有时也未免要游街要示众罢了。

他省悟了，这是绕到法场去的路，这一定是"嚓"的去杀头。他惘惘的向左右看，全跟着蚂蚁似的人，而在无意中，却在路旁的人丛中发现了一个吴妈。很久违，伊原来在城里做工了。阿Q忽然很羞愧自己没志气：竟没有唱几句戏。他的思想仿佛旋风似的在脑里一回旋：《小孤孀上坟》欠堂皇②，《龙虎斗》里的"悔不该……"也太乏，还是"手执钢鞭将你打"罢。他同时想手一扬，才记得这两手原来都捆着，于是"手执钢鞭"也不唱了。

"过了二十年又是一个……"阿Q在百忙中，"无师自通"的说出半句从来不说的话。

"好！！！"从人丛里，便发出豺狼的嗥叫一般的声音来。

车子不住的前行，阿Q在喝采声中，轮转眼睛去看吴妈，似乎伊一向并没有见他，却只是出神的看着兵们背上的洋炮。

阿Q于是再看那些喝采的人们。

这刹那中，他的思想又仿佛旋风似的在脑里一回旋了。四年之前，他曾在山脚下遇见一只饿狼，永是不近不远的跟定他，要吃他的肉。他那时吓得几乎要死，幸而手里有一柄斫柴刀，才得仗这壮了胆，支持到未庄；可是永远记得那狼眼睛，又凶又怯，闪闪的像两颗鬼火，似乎远远的来穿透了他的皮肉。而这回他又看见从来没有见过的更可怕的眼睛了，又钝又锋利，不但已经咀嚼了他的话，并且还要咀嚼他皮肉以外的东西，永是不近不远的跟他走。

这些眼睛们似乎连成一气，已经在那里咬他的灵魂。

"救命,……"

然而阿Q没有说。他早就两眼发黑,耳朵里嗡的一声,觉得全身仿佛微尘似的迸散了。

至于当时的影响,最大的倒反在举人老爷,因为终于没有追赃,他全家都号啕了。其次是赵府,非特秀才因为上城去报官,被不好的革命党剪了辫子,而且又破费了二十千的赏钱,所以全家也号啕了。从这一天以来,他们便渐渐的都发生了遗老的气味。

至于舆论,在未庄是无异议,自然都说阿Q坏,被枪毙便是他的坏的证据:不坏又何至于被枪毙呢? 而城里的舆论却不佳,他们多半不满足,以为枪毙并无杀头这般好看;而且那是怎样的一个可笑的死囚呵,游了那么久的街,竟没有唱一句戏:他们白跟一趟了。

一九二一年十二月

【注释】①兜搭:交谈;交往。②堂皇:形容气势盛大。

【解读】

赵家遭抢事件的间接受害人便是阿Q了。阿Q当过小偷,说过要造反的话,没有家室,没有产业……即便如此,抓捕阿Q的举动也夸张得可笑:"一队兵,一队团丁,一队警察,五个侦探,悄悄地到了未庄,乘昏暗围住土谷祠,正对门架好机关枪",甚至"悬了二十千的赏,才有两个团丁冒了险,踰垣进去,里应外合……"

阿Q就这样成了囚犯,并自定罪名为"想造反"。

如果说抓捕阿Q的行为是小题大做,夸张得滑稽的话,审问阿Q的场景就荒谬得可笑了。

且不说阿Q下跪动作之遭受"革命者"鄙夷,单说审问时的对话:一个让招,一个说要投;一个投的目标没说完,一个就问为什么;接下来,一个要追问偷窃的同党,一个答的是革命的同党;一个让画押,一个说不会;一个改令画圆圈,一个就"使尽了平生的力气画圆圈",不仅不知道这个圆圈将会"圈"去自己的命,还为画得不圆而自感羞愧。并再次用"孙子才画得很圆"的精神胜利法来麻醉自己的灵魂,再度"睡着了"。

虽然举人老爷和把总因为追赃还是示众的问题有过争执,阿Q还是被反缚双手,"抓出衙门外","被抬上了一辆没有篷的车",示众了;"两旁是许多张着嘴的看客"。

阿Q就这样走近了人生的终点。"无师自通"地说出半句从来不说的话:"过了二十年又是一个……"人丛里,便发出豺狼的嗥叫一般的声音:"好!!!"

豺狼嗥叫的声音,是怎样可怕的声音?临死之前的阿Q听出了这声音的恐怖,而且从看客的眼光里看到了又凶又怯的狼眼闪出的"鬼火"般的光。他觉得"这些眼睛们似乎连成一气,已经在那里咬他的灵魂"。或许作者在表现阿Q临死前的清醒,所以他想喊救命。但这"救命"二字尚未说出,全身便"仿佛微尘似的迸散了"……

阿Q就这样结束了自己可悲、可怜、可憎、可叹的一生。

那么,这一章的标题"大团圆"该怎么理解呢?"团圆"有圆满的意思。"大团圆"当为极度的圆满。可是哪里来的圆满呢?阿Q明明是带着突然的清醒后的恐怖离开了人间;举人老爷因为终于没有追到赃,全家都号啕了;赵秀才因为上城去报官,被不好的革命党剪了辫子,又破费了二十千的赏钱,所以全家也号啕了……未庄的舆论都说阿Q坏,城里的舆论却认为阿Q是一个可笑的死囚,游了那么久的街,竟没有唱一句戏,让他们白跟了一趟。

明明是极不圆满的结局,作者却要冠以"大团圆"的名目,或许这大团圆,即指阿Q这个未庄人眼中的"坏"人得到了应有的处死的下场,反讽现实的混沌与盲目。或者这"大团圆"中表现的圆满一如作者在《祝福》中的感叹:"这百无聊赖的祥林嫂,被人们弃在尘芥堆中的,看得厌倦了的陈旧的玩物,先前还将形骸露在尘芥里,从活得有趣的人看来,恐怕还要怪讶她何以还要存在,现在总算被无常扫得干干净净了。"如果仿写一句的话,那就是:"这百无聊赖的阿Q,被人们弃在尘芥堆中的,看得厌倦了的陈旧的玩物,先前还将形骸露在尘芥里,从活得有趣的人看来,恐怕还要怪讶他何以还要存在,现在总算被无常扫得干干净净了。"用反讽的笔法来表现人世间的麻木与悲凉。

总之,《阿Q正传》这部小说塑造了一个生活在被压迫、被欺凌的世界中的阿Q的形象,这个形象身上有无数被压迫、被欺凌者的勤劳的美德,有对美好人生的憧憬,然而也有诸如妄自尊大、自欺欺人、欺软怕硬、不明是非等病态的心理或性格。阿Q虽然被杀头了,但阿Q这样的病态心理或性格不是仍然在现实中存在吗?而鲁迅先生则是多么希望这样的病态心理或性格随着阿Q的被杀头而烟消云散啊!

让阿Q的典型形象成为一面镜子,帮助读者消除病态的心理或性格,拥有健康美好的性情与人生吧!

(张英华)

参考文献

①鲁迅:《呐喊》(价值典藏版),商务印书馆,2015。

②鲁迅:《鲁迅全集》[M],人民文学出版社,1998。

③鲁迅:《阿Q正传》,[EB/OL]. http://www.sbkk88.com/ming-zhu/luxun/nahan/42916.html.

《端午节》解读

【学生之问】

1.《端午节》通篇在写什么？虽然文中的一个个汉字全都认识，但合在一起就不知所云了。

2.《端午节》的社会背景是什么？它所表达的中心思想是什么？

3. 鲁迅先生是在赞美方玄绰还是在讽刺他？

4. 我们应该如何理解方玄绰这一形象？方玄绰指的是一类人吗？

5.《端午节》与鲁迅的其他小说比，语言风格上是不是很相似？

【阅读指要】

《端午节》最初发表于一九二二年，当时正处于"五四"落潮期，新文化运动和五四运动激发起民众反封建的革命热潮，但这种狂热随着军阀政府与封建旧势力的镇压，暂时退了下去，新旧势力的交锋出现了此消彼长的状况。在这种情况下不单一些封建的遗老遗少们开始大行其道，就是一些接受了新文化洗礼的人也回到了旧的轨迹上来了。还有一些貌似进步实则落后的人物趁机转向。

《端午节》就是鲁迅先生对"方玄绰"这类表面上进步，骨子里落后的旧知识分子的辛辣讽刺。方玄绰是因循守旧，看不惯新的事物，总是喜欢在过去的世界里思考问题的人物代表。从他的身份地位上看,他不仅栖身于高等学府,喜欢发发奇谈怪论,而且又混迹于官场,扭扭捏捏地做个政府的小官。从他的文化角色上看,表面上他是新式文人,天天捧着《尝试集》咿咿唔唔。但骨子里浅薄、市侩,在家里是坐吃等伺候的"家长",在社会上是袖手旁观,静观待变的"看客",是个披着新衣的旧式文人。

【原文】

方玄绰近来爱说"差不多"这一句话,几乎成了"口头禅"似的;而且不但说,的确也盘据在他脑里了。他最初说的是"都一样",后来大约觉得欠稳当了,便改为"差不多",一直使用到现在。

他自从发见了这一句平凡的警句以后,虽然引起了不少的新感慨,同时却也得到许多新慰安。譬如看见老辈威压青年,在先是要愤愤的,但现在却就转念道,将来这少年有了儿孙时,大抵也要摆这架子的罢,便再没有什么不平了。又如看见兵士打车夫,在先也要愤愤的,但现在也就转念道,倘使这车夫当了兵,这兵拉了车,大抵也就这么打,便再也不放在心上了。他这样想着的时候,有时也疑心是因为自己没有和恶社会奋斗的勇气,所以瞒心昧己的故意造出来的一条逃路,很近乎于"无是非之心"①,远不如改正了好。然而这意见,总反而在他脑里生长起来。

他将这"差不多说"最初公表的时候是在北京首善学校的讲堂上,其时大概是提起关于历史上的事情来,于是说到"古今人不相远",说到各色人等的"性相近"②,终于牵扯到学生和官僚身上,大发其议论道:

"现在社会上时髦的都通行骂官僚,而学生骂得尤利害。然而官僚并不是天生的特别种族,就是平民变就的。现在学生出身的官僚就不少,和老官僚有什么两样呢?'易地则皆然'③,思想、言论、举动、丰采都没有什么大区别……便是学生团体新办的许多事业,不是也已经难免出弊病,大半烟消火灭了么?差不多的。但中国将来之可虑就在此……"

散坐在讲堂里的二十多个听讲者,有的怅然了,或者是以为这话对;有的勃然了,大约是以为侮辱了神圣的青年;有几个却对他微笑了,大约以为这是他替自己的辩解:因为方玄绰就是兼做官僚的。

而其实却是都错误。这不过是他的一种新不平;虽说不平,又只是他的一种安分的空论。他自己虽然不知道是因为懒,还是因为无用,总之觉得是一个不肯运动,十分安分守己的人。总长冤他有神经病,只要地位还不至于动摇,他决不开一开口;教员的薪水欠到大半年了,只要别有官俸支持,他也决不开一开口。不但不开口,当教员联合索薪的时候,他还暗地里以为欠斟酌,太嚷嚷;直到听得同僚过分的奚落他们了,这才略有些小感慨,后来一转念,这或者因为自己正缺钱,而别的官并不兼做教员的缘故罢,于是也就释然了。

【注释】①"无是非之心":语见《孟子·公孙丑》:"无是非之心,非人也。"没有是非善恶的心,就不能算是人。②"性相近":语见《论语·阳货》:"性相近也,习相远也。"人先天具有的纯真本性,互相之间是接近的,而后天习染积久养成的习性,却互相之间差异甚大。③"易地则皆然":语见《孟子·离娄》。改换到别人的环境,也会像别人那样看待问题。

【解读】

本文第一部分,讲方玄绰所奉行的"差不多说"。他愤激于世事而宣扬起"差不多"论,凡事都用差不多的心态面对,对当时教育制度的改革既不赞成也不反对,看似泰然自若,实则是一种迂腐,一种自我陶醉。写他自私自利,自命清高,他的"差不多"一说挟带私心,但偏要戴上忧国的花环。

【原文】

他虽然也缺钱,但从没有加入教员的团体内,大家议决罢课,可是不去上课了。政府说"上了课才给钱",他才略恨他们的类乎用果子耍猴子;一个大教育家①说道:"教员一手挟书包一手要钱不高尚"。

他才对于他的太太正式的发牢骚了。

"喂,怎么只有两盘?"听了"不高尚说"这一日的晚餐时候,他看着菜蔬说。

他们是没有受过新教育的,太太并无学名或雅号,所以也就没有什么称呼了,照老例虽然也可以叫"太太",但他又不愿意太守旧,于是就发明了一个"喂"字。太太对他却连"喂"字也没有,只要脸向着他说话,依据习惯法,他就知道这话是对他而发的。

"可是上月领来的一成半都完了……昨天的米,也还是好容易才赊来的呢。"伊站在桌旁,脸对着他说。

"你看,还说教书的要薪水是卑鄙哩。这种东西似乎连人要吃饭,饭要米做,米要钱买这一点粗浅事情都不知道……"

"对啦。没有钱怎么买米,没有米怎么煮……"

他两颊都鼓起来了,仿佛气恼这答案正和他的议论"差不多",近乎随声附和模样;接着便将头转向别一面去了,依据习惯法,这是宣告讨论中止的表示。

待到凄风冷雨这一天,教员们因为向政府去索欠薪②,在新华门前烂泥里被国军打得头破血出之后,倒居然也发了一点薪水。方玄绰不费一举手之劳的领了钱,酌还些旧债,却还缺一大笔款,这是因为官俸也颇有些拖欠了。当是时,便是廉吏清官们也渐以为薪水之不可不索,而况兼做教员的方玄绰,自然更表同情于学界起来,所以大家主张继续罢课的时候,他虽然仍未到场,事后却尤其心悦诚服的确守了公共的决议。

然而政府竟又付钱,学校也就开课了。但在前几天,却有学生总会上一个呈文给政府,说:"教员倘若不上课,便不要付欠薪。"这虽然并无效,而方玄绰却忽而记起前回政府所说的"上了课才给钱"的话来,"差不多"这一个影子在他眼前又一晃,而且并不消灭,于是他便在讲堂上公表了。

　　准此，可见如果将"差不多说"锻炼罗织起来，自然也可以判作一种挟带私心的不平，但总不能说是专为自己做官的辩解。只是每到这些时，他又常常喜欢拉上中国将来的命运之类的问题，一不小心，便连自己也以为是一个忧国的志士：人们是每苦于没有"自知之明"的。

　　但是"差不多"的事实又发生了，政府当初虽只不理那些招人头痛的教员，后来竟不理到无关痛痒的官吏，欠而又欠，终于逼得先前鄙薄教员要钱的好官，也很有几员化为索薪大会里的骁将了。惟有几种日报上却很发了些鄙薄讥笑他们的文字。方玄绰也毫不为奇，毫不介意，因为他根据了他的"差不多说"，知道这是新闻记者还未缺少润笔③的缘故，万一政府或是阔人停了津贴，他们多半也要开大会的。

　　他既已表同情于教员的索薪，自然也赞成同僚的索俸，然而他仍然安坐在衙门中，照例的并不一同去讨债。至于有人疑心他孤高，那可也不过一种误解罢了。他自己说，他是自从出世以来，只有人向他来要债，他从没有向人去讨过债，所以这一端是"非其所长"。而且他最不敢见手握经济之权的人物，这种人待到失了权势之后，捧着一本《大乘起信论》④讲佛学的时候，固然也很是"蔼然可亲"的了，但还在宝座上时，却总是一副阎王脸，将别人都当奴才看，自以为手操着你们这些穷小子们的生杀之权。他因此不敢见，也不愿见他们。这种脾气，虽然有时连自己也觉得是孤高，但往往同时也疑心这其实是没本领。

　　【注释】①大教育家：指范源濂。据北京《语丝》周刊第十四期《理想中的教师》一文追述："前教育总长……范静生先生（按：即范源濂）也曾非难过北京各校的教员，说他们一手拿钱，一手拿书包上课。"②指当时曾发生的索薪事件。一九二一年六月三日，国立北京专门以上八校辞职教职员代表联席会，联合全市各校教职员工和学生群众一万多人举行示威游行，向以徐世昌为首的北洋军阀政府索取欠薪,遭到镇压,多人受伤。下文的新华门,在北京西长安街,当时曾是北洋军阀政府总统府的大门。③润笔:原指给撰作诗文或写字、画画的人的报酬,后来也用作稿酬的别称。④《大乘起信论》:佛经名,印度马鸣作。

【解读】

本文第二部分,讲方玄绰缺钱又不愿向官方讨回被欠下的薪资,自以为很洒脱,实则是一个庸俗违心的伪君子。他不加入"索薪"行列,认为索薪欠斟酌,太嚷嚷,而一旦经济拮据,他也赞同索薪了。鲁迅先生就是借方玄绰这种表面上高谈阔论,但内心又浅薄、市侩的反差来辛辣讽刺他。

【原文】

大家左索右索,总算一节一节的挨过去了,但比起先前来,方玄绰究竟是万分的拮据,所以使用的小厮和交易的店家不消说,便是方太太对于他也渐渐的缺了敬意,只要看伊近来不很附和,而且常常提出独创的意见,有些唐突的举动,也就可以了然了。到了阴历五月初四的午前,他一回来,伊便将一叠账单塞在他的鼻子跟前,这也是往常所没有的。

"一总总得一百八十块钱才够开销……发了么?"伊并不对着他看的说。

"哼,我明天不做官了。钱的支票是领来的了,可是索薪大会的代表不发放,先说是没有同去的人都不发,后来又说是要到他们跟前去亲领。他们今天单捏着支票,就变了阎王脸了,我实在怕看见……我钱也不要了,官也不做了,这样无限量的卑屈……"

方太太见了这少见的义愤,倒有些愕然了,但也就沉静下来。

"我想,还不如去亲领罢,这算什么呢。"伊看着他的脸说。

"我不去!这是官俸,不是赏钱,照例应该由会计科送来的。"

"可是不送来又怎么好呢……哦,昨夜忘记说了,孩子们说那学费,学校里已经催过好几次了,说是倘若再不缴……"

"胡说！做老子的办事教书都不给钱，儿子去念几句书倒要钱？"

伊觉得他已经不很顾及道理，似乎就要将自己当作校长来出气，犯不上，便不再言语了。

两个默默的吃了午饭。他想了一会，又懊恼的出去了。

照旧例，近年是每逢节根或年关的前一天，他一定须在夜里的十二点钟才回家，一面走，一面掏着怀中，一面大声的叫道："喂，领来了！"于是递给伊一叠簇新的中交票[1]，脸上很有些得意的形色。谁知道初四这一天却破了例，他不到七点钟便回家来。方太太很惊疑，以为他竟已辞了职了，但暗暗地察看他脸上，却也并不见有什么格外倒运的神情。

"怎么了？……这样早？……"伊看定了他说。

"发不及了，领不出了，银行已经关了门，得等初八。"

"亲领？……"伊惴惴的问。

"亲领这一层，倒也已经取消了，听说仍旧由会计科分送。可是银行今天已经关了门，休息三天，得等到初八的上午。"他坐下，眼睛看着地面了，喝过一口茶，才又慢慢的开口说："幸而衙门里也没有什么问题了，大约到初八就准有钱……向不相干的亲戚朋友去借钱，实在是一件烦难事。我午后硬着头皮去寻金永生，谈了一会，他先恭维我不去索薪，不肯亲领，非常之清高，一个人正应该这样做；待到知道我想要向他通融五十元，就像我在他嘴里塞了一大把盐似的，凡有脸上可以打皱的地方都打起皱来，说房租怎样的收不起，买卖怎样的赔本，在同事面前亲身领款，也不算什么的，即刻将我支使出来了。"

"这样紧急的节根，谁还肯借出钱去呢。"方太太却只淡淡的说，并没有什么慨然。

方玄绰低下头来了，觉得这也无怪其然的，况且自己和金永生本来很疏远，他接着就记起去年年关的事来，那时有一个同乡来借十块钱，他其时明明已经收到了衙门的领款凭单的了，因为恐怕这人将来未必会还钱,便装了一副为难的神色,说道衙门里既然领不到俸钱,学校里又不发薪水,实在"爱莫能助",将他空手送走了。他虽然自己并不看见装了怎样的脸,但此时却觉得很局促,嘴唇微微一动,又摇一摇头。

然而不多久,他忽而恍然大悟似的发命令了:叫小厮即刻上街去赊一瓶莲花白。他知道店家希图明天多还账,大抵是不敢不赊的,假如不赊,则明天分文不还,正是他们应得的惩罚。

莲花白竟赊来了,他喝了两杯,青白色的脸上泛了红,吃完饭,又颇有些高兴了,他点上一支大号哈德门香烟,从桌上抓起一本《尝试集》②来,躺在床上就要看。

"那么,明天怎么对付店家呢?"方太太追上去,站在床面前,看着他的脸说。

"店家? ……教他们初八的下半天来。"

"我可不能这么说。他们不相信,不答应的。"

"有什么不相信。他们可以问去,全衙门里什么人也没有领到,都得初八!"他戟着第二个指头在帐子里的空中画了一个半圆,方太太跟着指头也看了一个半圆,只见这手便去翻开了《尝试集》。

方太太见他强横到出乎情理之外了,也暂时开不得口。

"我想,这模样是闹不下去的,将来总得想点法,做点什么别的事……"伊终于寻到了别的路,说。

"什么法呢? 我'文不像誊录生,武不像救火兵',别的做什么?"

"你不是给上海的书铺子做过文章么?"

"上海的书铺子? 买稿要一个一个的算字,空格不算数。你看我做在那里的白话诗去,空白有多少,怕只值三百大钱一本罢。收版权税又半年六月没消息,'远水救不得近火',谁耐烦。"

"那么,给这里的报馆里……"

"给报馆里? 便在这里很大的报馆里,我靠着一个学生在那里做编辑的大情面,一千字也就是这几个钱,即使一早做到夜,能够养活你们么? 况且我肚子里也没有这许多文章。"

"那么,过了节怎么办呢?"

"过了节么?——仍旧做官……明天店家来要钱,你只要说初八的下午。"

他又要看《尝试集》了。方太太怕失了机会,连忙吞吞吐吐的说:

"我想,过了节,到了初八,我们……倒不如去买一张彩票③……"

"胡说! 会说出这样无教育的……"

这时候,他忽而又记起被金永生支使出来以后的事了。那时他惘惘的走过稻香村,看见店门口竖着许多斗大的字的广告道"头彩几万元",仿佛记得心里也一动,或者也许放慢了脚步的罢,但似乎因为舍不得皮夹里仅存的六角钱,所以竟也毅然决然的走远了。他脸色一变,方太太料想他是在恼着伊的无教育,便赶紧退开,没有说完话。方玄绰也没有说完话,将腰一伸,咿咿呜呜的就念《尝试集》。

一九二二年六月

【注释】①中交票:中国银行和交通银行(都是当时的国家银行)发行的钞票。②《尝试集》:胡适作的白话诗集,一九二〇年三月上海亚东图书馆出版。③彩票:旧时一种带有赌博性质的奖券。大多由官方发行,编有号码,以一定的价格出售,从售得的款中提出一小部分作奖金,中彩者按头彩、二彩等各种等级得奖。一般不还本,也不计利息。

【解读】

小说第三部分通过方玄绰与方太太对话来进一步来刻画其表里不一的虚伪相。方玄绰口头上责备太太提出的买彩票"无教育",但对"头彩几万元"的广告也是动心的。思想迂腐,却整天装着看一些进步书刊。一边大谈他的"差不多论",一边读胡适所著《尝试集》,是一种反讽,因为"差不多先生"正是胡适在此书中塑造的悲剧文化形象,这是一种刻意的讽刺,鲁迅要借这一形象来批判的国人思想上的愚昧与懦弱,批判喜欢空发牢骚而不做实事的人。

《端午节》塑造的是一个表面上进步,骨子里落后的旧知识分子形象。而在中国的传统里,屈原是先进的知识分子的代表,端午节又是纪念诗人屈原的。用端午节作题目,更加讽刺了主人公的浅薄和市侩。

参考文献

①鲁迅:《呐喊》[M],人民文学出版社,1973。

②任慧群:《试析鲁迅〈端午节〉对共和危机的万思》[J],《文学教育》,2010 年 3 月。

《白光》解读

【学生之问】

1.《白光》中的陈士成最后发现自己榜上无名,他是疯了吗? 是不是精神错乱了?

2. 是什么支撑陈士成终其一生参加了十六回科考? 是什么催逼陈士成拼命寻宝导致外出溺水?

3. 鲁迅为什么详细描述陈士成挖坑寻空的荒唐举动和癫狂内心?

4. 陈士成的生存困境和命运悲剧似乎归因于封建科举,鲁迅创作《白光》的动机仅仅只为批判封建科举吗? 封建科举在鲁迅执笔创作《白光》之时不是早已成为过眼云烟了吗?

5. "白光"一词有什么寓意?

【阅读指要】

鲁迅先生的小说中描述人的疯狂、控诉科举残酷的小说有《狂人日记》和《孔乙己》。而《白光》用近似孔乙己的故事和人物,讲述了一个在十六次落第后精神失常的读书人陈士成掘藏未果,在一团诡异的白光指引下溺水而亡的故事。

读懂《白光》要理解主人公陈士成的人生悲剧以及导致这一悲剧的原因。他满怀希望地考试,第十六次落榜,先前美好光明的前程轰然倒塌。没有前途出路的他,在窒息的孤寂环境中想起了童年的歌谣,传说祖上为有福气的子孙准备了宝藏。怀才不遇的愤懑令陈士成产生了求官不得不如求财之想。在这孤寂无人的夜晚,他由精神恍惚而至于神经错乱,一直随着月亮的白光寻到城外,最终淹死在万流湖里。小说通过描写封建科举制度害死陈士成,重点批判了古代的科举制度,同时也批判了陈士成的利欲熏心。在封建社会,陈士成作为封建大家庭的子弟,只有走读书应试的道路,是封建社会做出了科举这个套子把他牢牢套住,他是封建科举制度的牺牲品。

【原文】

陈士成看过县考的榜,回到家里的时候,已经是下午了。他去得本很早,一见榜,便先在这上面寻陈字。陈字也不少,似乎也都争先恐后的跳进他眼睛里来,然而接着的却全不是士成这两个字。他于是重新再在十二张榜的圆图①里细细地搜寻,看的人全已散尽了,而陈士成在榜上终于没有见,单站在试院的照壁的面前。

凉风虽然拂拂地吹动他斑白的短发,初冬的太阳却还是很温和的来晒他。但他似乎被太阳晒得头晕了,脸色越加变成灰白,从劳乏的红肿的两眼里,发出古怪的闪光。这时他其实早已不看到什么墙上的榜文了,只见有许多乌黑的圆圈,在眼前泛泛的游走。

隽了②秀才,上省去乡试,一径联捷上去,……绅士们既然千方百计的来攀亲,人们又都像看见神明似的敬畏,深悔先前的轻薄,发昏,……赶走了租住在自己破宅门里的杂姓——那是不劳说赶,自己就搬的,——屋宇全新了,门口是旗竿和扁额,……要清高可以做京官,否则不如谋外放。……他平日安排停当的前程,这时候又像受潮的糖塔一般,刹时倒塌,只剩下一堆碎片了。他不自觉的旋转了觉得涣散了身躯,惘惘的走向归家的路。

他刚到自己的房门口,七个学童便一齐放开喉咙,吱的念起书来。他大吃一惊,耳朵边似乎敲了一声磬,只见七个头拖了小辫子在眼前幌,幌得满房,黑圈子也夹着跳舞。他坐下了,他们送上晚课来,脸上都显出小觑他的神色。

"回去罢。"他迟疑了片时,这才悲惨的说。

他们胡乱的包了书包,挟着,一溜烟跑走了。

【注释】①圆图:科举时代县考初试公布的名榜,也叫图榜。一般不计名次。为了便于计算,将每五十名考取者的姓名写成一个圆图;开始一名以较大的字提高写,其次沿时针方向自右至左写去。②隽(jùn)了:考中。隽:科举时代喻称考中。

【解读】

这是小说的第一部分,写主人公陈士成满怀希望地考试,第十六次落榜,升官梦破碎。

《白光》里的陈士成多次落第,小说从主人公看榜写起,陈士成最后发现自己榜上无名,一心想升官发财,但连续十六回的落第,他的升官梦破碎了,他的神经错乱了,"耳朵边似乎敲了一声磬,⋯⋯黑圈子也夹着跳舞。"这段文字写出了落第秀才神智昏乱的情景。他脸色灰白,眼前游走着乌黑的圆圈。

陈士成梦寐以求的是自己能够当上秀才,去乡试,青云直上,绅士们千方百计来攀亲,人们像见神明似的敬畏他;自己再赶走了租住自己破宅门里的杂姓,全新的屋宇门口是旗竿和匾额,"要清高可以做京官,否则不如谋外放"。正是这种想爬到人上人地位的欲望,怂恿着陈士成连续十六次去参加科举考试,而在落第时又是那样的颓废与绝望,并且以那种野兽般的疯狂去寻掘祖先埋下的财宝。作者着意揭示陈士成这种人生观,就为人物的全部活动提供了有力的思想的和心理的依据。

【原文】

陈士成还看见许多小头夹着黑圆圈在眼前跳舞,有时杂乱,有时也摆成异样的阵图,然而渐渐的减少了,模胡了。

"这回又完了！"

他大吃一惊，直跳起来，分明就在耳边的话，回过头去却并没有什么人，仿佛又听得嗡的敲了一声磬，自己的嘴也说道：

"这回又完了！"

他忽而举起一只手来，屈指计数着想，十一，十三回，连今年是十六回，竟没有一个考官懂得文章，有眼无珠，也是可怜的事，便不由嘻嘻的失了笑。然而他愤然了，蓦地从书包布底下抽出誊真的制艺和试帖来，拿着往外走，刚近房门，却看见满眼都明亮，连一群鸡也正在笑他，便禁不住心头突突的狂跳，只好缩回里面了。

他又就了坐，眼光格外的闪烁；他目睹着许多东西，然而很模胡，——是倒塌了的糖塔一般的前程躺在他面前，这前程又只是广大起来，阻住了他的一切路。

别家的炊烟早消歇了，碗筷也洗过了，而陈士成还不去做饭。寓在这里的杂姓是知道老例的，凡遇到县考的年头，看见发榜后的这样的眼光，不如及早关了门，不要多管事。最先就绝了人声，接着是陆续的熄了灯火，独有月亮，却缓缓的出现在寒夜的空中。

空中青碧到如一片海，略有些浮云，仿佛有谁将粉笔洗在笔洗里似的摇曳。月亮对着陈士成注下寒冷的光波来，当初也不过像是一面新磨的铁镜罢了，而这镜却诡秘的照透了陈士成的全身，就在他身上映出铁的月亮的影。

他还在房外的院子里徘徊，眼里颇清静了，四近也寂静。但这寂静忽又无端的纷扰起来，他耳边又确凿听到急促的低声说：

"左弯右弯……"

他竦然了，倾耳听时，那声音却又提高的复述道：

"右弯！"

他记得了。这院子，是他家还未如此凋零的时候，一到夏天的夜间，夜夜和他的祖母在此纳凉的院子。那时他不过十岁有零的孩子，躺在竹榻上,祖母便坐在榻旁边,讲给他有趣的故事听。伊说是曾经听得伊的祖母说,陈氏的祖宗是巨富的,这屋子便是祖基,祖宗埋着无数的银子,有福气的子孙一定会得到的罢,然而至今还没有现。至于处所,那是藏在一个谜语的中间:

"左弯右弯,前走后走,量金量银不论斗。"

对于这谜语,陈士成便在平时,本也常常暗地里加以揣测的,可惜大抵刚以为可以通,却又立刻觉得不合了。有一回,他确有把握,知道这是在租给唐家的房底下的了,然而总没有前去发掘的勇气;过了几时,可又觉得太不相像了。至于他自己房子里的几个掘过的旧痕迹,那却全是先前几回下第以后的发了怔忡的举动,后来自己一看到,也还感到惭愧而且羞人。

但今天铁的光罩住了陈士成,又软软的来劝他了,他或者偶一迟疑,便给他正经的证明,又加上阴森的摧逼,使他不得不又向自己的房里转过眼光去。

白光如一柄白团扇,摇摇摆摆的闪起在他房里了。

"也终于在这里!"

【解读】

这是小说的第二部分,写主人公陈士成落榜之后在孤寂无人的夜晚,精神恍惚而至于神经错乱,产生幻觉、幻听,想起的是童年的歌谣,传说为有福气的子孙准备的宝藏。

"月亮对着陈士成注下寒冷的光波来,当初也不过像是一面新磨的铁镜罢了,而这镜却诡秘的照透了陈士成的全身,就在他身上映出铁的月亮的影。"这是陈士成在院子里寻求清净时出现的现象。"铁的月亮的影",还有后来提到"今天铁的光罩住了陈士成"。由此可见,白光的产生是与月光有关的,白光最初的形象就是月亮或月光。月光本来也没有什么特别之处,但陈士成在失落以致绝望的心理状态下看过去,却感到月光是铁一般的光。"铁的光"给了陈士成一种冷清以至寒冷的感觉,也充满金属的质感,同样有着对象征财富的贵金属银的预示。

"这回又完了"的重复话语印证了陈士成遭遇落榜之后惶惑不安,不仅使其产生幻觉、幻听,而且使他不断产生荒谬至极的举动。所以,前文提到榜上的名字只能是"乌黑的圆圈在眼前泛泛的游走",私塾学童的脑袋也只是"许多黑圆圈在眼前跳舞"。

落榜的现实横亘在陈士成的面前,堵塞了他的一切出路,最先绝了人声,后又熄了灯火,一切归于平静。落第粉碎了他的升官梦,又勾起了他的发财欲望。陈士成就被限制在一个没有人声,没有灯火的"围城"之中。怀才不遇的愤懑令陈士成产生了求官不得不如求财之想。月光也只能是"白光如一栖白团扇,摇摇摆摆的闪起……"

【原文】

他说着,狮子似的赶快走进那房里去,但跨进里面的时候,便不见了白光的影踪,只有莽苍苍的一间旧房,和几个破书桌都没在昏暗里。他爽然的站着,慢慢的再定睛,然而白光却分明的又起来了,这回更广大,比硫黄火更白净,比朝雾更霏微,而且便在靠东墙的一张书桌下。

陈士成狮子似的奔到门后边,伸手去摸锄头,撞着一条黑影。他不知怎的有些怕了,张惶的点了灯,看锄头无非倚着。他移开桌子,用锄头一气掘起四块大方砖,蹲身一看,照例是黄澄澄的细沙,撹了袖爬开细沙,便露出下面的黑土来。他极小心的,幽静的,一锄一锄往下掘,然而深夜究竟太寂静了,尖铁触土的声音,总是钝重的不肯瞒人的发响。

土坑深到二尺多了,并不见有瓮口,陈士成正心焦,一声脆响,颇震得手腕痛,锄尖碰到什么坚硬的东西了;他急忙抛下锄头,摸索着看时,一块大方砖在下面。他的心抖得很利害,聚精会神的挖起那方砖来,下面也满是先前一样的黑土,爬松了许多土,下面似乎还无穷。

但忽而又触着坚硬的小东西了,圆的,大约是一个锈铜钱;此外也还有几片破碎的磁片。

陈士成心里仿佛觉得空虚了,浑身流汗,急躁的只爬搔;这其间,心在空中一抖动,又触着一种古怪的小东西了,这似乎约略有些马掌形的,但触手很松脆。他又聚精会神的挖起那东西来,谨慎的撮着,就灯光下仔细看时,那东西斑斑剥剥的像是烂骨头,上面还带着一排零落不全的牙齿。他已经误到这许是下巴骨了,而那下巴骨也便在他手里索索的动弹起来,而且笑吟吟的显出笑影,终于听得他开口道:

"这回又完了!"

他栗然的发了大冷,同时也放了手,下巴骨轻飘飘的回到坑底里不多久,他也就逃到院子里了。他偷看房里面,灯火如此辉煌,下巴骨如此嘲笑,异乎寻常的怕人,便再不敢向那边看。他躲在远处的檐下的阴影里,觉得较为安全了;但在这平安中,忽而耳朵边又听得窃窃的低声说:

"这里没有……到山里去……"

陈士成似乎记得白天在街上也曾听得有人说这种话,他不待再听完,已经恍然大悟了。他突然仰面向天,月亮已向西高峰这方面隐去,远想离城三十五里的西高峰正在眼前,朝笏①一般黑魁魁的挺立着,周围便放出浩大闪烁的白光来。

而且这白光又远远的就在前面了。

"是的,到山里去!"

他决定的想,惨然的奔出去了。几回的开门之后,门里面便再不闻一些声息。灯火结了大灯花照着空屋和坑洞,毕毕剥剥的炸了几声之后,便渐渐的缩小以至于无有,那是残油已经烧尽了。

"开城门来～～～～"

含着大希望的恐怖的悲声,游丝似的在西关门前的黎明中,战战兢兢的叫喊。

【注释】①朝笏(hù)：古代臣子朝见皇帝时所执狭长而稍弯的手板,按品级不同,分别用玉、象牙或竹制成,将要奏的事书记其上,以免遗忘。

【解读】

这是小说的第三部分,讲陈士成在幻觉中受"白光"的指引开始了掘藏活动,一直随着月亮的白光,寻到城外。

白光第二次亮起来时,"这回更广大,比硫黄火更白净,比朝雾更霏微,而且便在靠东墙的一张书桌下"。在陈士成的眼中,这白光已经变成了埋在地下的银子发出来的光。它引得陈士成渐近疯狂,引得他挖出了一个恐怖的下巴骨,"在他手里索索的动弹起来,而且笑吟吟的显出笑影",并且说出那句话令陈绝望的话:"这回又完了!"这句话可以理解是白光寄居在下巴骨之中,对陈士成发出的刻骨的嘲讽、恐怖的诅咒。陈士成对于白银的渴望反而变成了一种对他自己更有杀伤力的嘲讽。

白光第三次出现,是在西高峰上。"月亮已向西高峰这方面隐去","周围便放出浩大闪烁的白光来"。引得陈士成"含着大希望的恐怖的悲声"在黎明中走进了万流湖里。陈士成本来是要到山上去的,为什么会走进湖里死于其中? 有了前面对白光的分析,这种结果也不难解释。白光一直在引导着陈,月亮在湖里的倒影也被陈士成看成了白光的所在。他的"十个指甲里都满嵌着河底泥",恰恰说明了他在河底也曾对着白光的所在疯狂地挖了一阵,而终于溺水而亡。

陈士成感受到自己功成名就的美好前景倒塌幻灭以后,再度进行的以另一种形式出现的追求利禄的努力,开始了掘藏活动,强烈表现了他追求利禄的疯狂性。陈士成在孤寂的夜晚,月光激发了人心里最深层的欲念。逃不开脱不掉的白光如铁一般罩住了陈士成,这光"软软地来劝他",读书人如果没有考中科举不仅是耻辱,更是自己被封闭了前途和出路，在这种窘境中陈士成唯有通过迅速而有效的途径再度得到人们的认可，即求才不得转而求财的方法——掘藏。在整个掘藏的过程中，白光贯穿始终，黑夜中的白光犹如指路明灯一般，在此刻陈士成的心中白光意味着希望，意味着他多年来不受人尊重的耻辱得以平反的希望，他相信自己是祖辈预知的有福气的子孙，将要继承宝藏，然而这白光却成了陈士成悲剧的催化剂。

在幻觉中，他"看到"了祖宗所传的埋在地下的无数银子所发的白光，"不是也终于在这里吗?"他狂喜、恐惧、张惶失措，银子发着诡秘的白光，左转右拐地把他从家引到山里，期待地仔细掘出宝藏，除了几枚锈了的铜钱便是一块斑斑驳驳的下巴骨。从陈士成的欲火余烬里，窃窃响起的二几后一缕幻音是："这里没有……到山里去……"他终于遵着幻音的相引，奔向城外西高峰的方向，"而且白光又远远的就在面前了。"第二天，有人在西门外的万流湖里，看见了一具浮尸……《白光》中的"白光"和看不见人的话声，则全属于虚幻。错觉的产生，主要是主人公陈士成的心理状态的作用，在受到刺激之后器官产生的种种不正常的知觉。

【原文】

第二天的日中，有人在离西门十五里的万流湖里看见一个浮尸，当即传扬开去，终于传到地保的耳朵里了，便叫乡下人捞将上来。那是一个男尸，五十多岁，"身中面白无须"，浑身也没有什么衣裤。或者说这就是陈士成。但邻居懒得去看，也并无尸亲认领，于是经县委员相验之后，便由地保埋了。至于死因，那当然是没有问题的，剥取死尸的衣服本来是常有的事，够不上疑心到谋害去；而且仵作[1]也证明是生前的落水，因为他确凿曾在水底里挣命，所以十个指甲里都满嵌着河底泥。

【注释】[1]仵作：旧时官府中检验命案死尸的人。

【解读】

这是小说的结尾部分。白光在黎明之前把他"接引"到城外的万流湖里,身后连衣裤也被剥光,赤条条地来到这个世界上,又赤条条地离开了这个世界。一个因科举考试落榜而发疯而死的应试者形象,深刻揭露了旧科举制度对人的毒害,表现了科举制度下文人的悲哀。

"白光"在结构上,作为情节线索构建全篇,白光一直在诱惑着陈士成的思维和行动,直至他出城门,投水而死。白光的象征意义正暗示了文章的主旨,疯人的恍惚感觉中追寻着穷途末路中的一丝"白光"样的希望,升官发财的诱惑像白光一样使追逐者为之疯狂。这就是作者所要抨击的罪恶的科举制度。

(杨敏)

参考文献

①鲁迅:《呐喊》[M],人民文学出版社,1973。

②高珊:《解析〈白光〉的叙事策略》[J],《名著欣赏》,2011 年第27 期。

③王婷:《众意下的毁灭——〈白光〉中陈士成的悲剧命运》[J],《安徽文学》,2007 年 10 月。

④沃春霞:《浅谈鲁迅小说〈白光〉的情节提炼》[J],《语文天地》,2011 年 9 月。

《兔和猫》^①解读

【学生之问】

1. 这篇文章是寓言、小说,还是杂文?

2. 题目是"兔和猫",为什么文中要写到小狗 S?

3. 为什么写兔子笔墨多而写猫用墨稀少?

4. 文章主要人物是兔和猫还是三太太、我、母亲?

5. 第 21 段中为什么"我"联想到那么多其他生物的惨状?

6. "我"到底有没有对猫下狠手?

7. 本文的主题思想是什么?

【阅读指要】

《兔和猫》围绕兔的出现和消失展开起伏曲折的故事情节:三太太抱养白兔;三太太提防黑猫;黑猫吃掉了两只幼兔;三太太挖兔洞发现又一胎幼兔,以"无双"养兔法救助;"我"决定除掉黑猫。

三太太善良,仁慈,深爱白兔,深恨黑猫,但仅防范而不惩治。"母亲"是一个恕敌、修善的驯良百姓形象。这两类人对事态度的本质一样,有着国民性中的"中庸主义思想"。这样的国民偏安一隅,停滞不前,遏制创新,缺乏反抗意识,只会忍气吞声,形成故步自封的守旧观念,是敢怒不敢言的懦弱角色。"我"爱憎分明,同情新生弱小的兔子,憎恶凶恶的大黑猫,做事果断,敢于反抗,刚正不阿,坚定信念,

190

充满伟大的人道主义精神。

《兔和猫》是鲁迅受了爱罗先珂童话的影响而创作的一篇带有寓言色彩的童话式小说,充满童趣和诗意,语言生动准确。但它没有沉浸于"童心的美梦"中,仍然呈现出鲁迅式"报仇雪耻"的思想特点与"现在抗争"的鲜明个性。它所表现的热爱生命、同情弱小的伟大人道主义精神和反对无原则"修善",憎恶残暴、抗争强权、为无辜牺牲的弱小者复仇的斗争思想令人深思、给人启迪,在鲁迅创作及其思想发展史上有着重要的意义。

【原文】

住在我们后进院子里的三太太,在夏间买了一对白兔,是给伊的孩子们看的。

这一对白兔,似乎离娘并不久,虽然是异类,也可以看出他们的天真烂熳来。但也竖直了小小的通红的长耳朵,动着鼻子,眼睛里颇现些惊疑的神色,大约究竟觉得人地生疏,没有在老家时候的安心了。这种东西,倘到庙会②日期自己出去买,每个至多不过两吊钱,而三太太却花了一元,因为是叫小使上店买来的。

孩子们自然大得意了,嚷着围住了看;大人也都围着看;还有一匹小狗名叫S的也跑来,闯过去一嗅,打了一个喷嚏,退了几步。三太太吆喝道,"S,听着,不准你咬他!"于是在他头上打了一掌,S便退开了,从此并不咬。

【注释】①本篇最初发表于一九二二年十月十日北京《晨报副刊》。②庙会:又称"庙市",旧时在节日或规定的日子,设在寺庙或其附近的集市。

【解读】

第一部分:故事开端,三太太买了一对白兔来给伊的孩子们看。白兔天真烂漫,引得孩子们大得意,连小狗S也来凑热闹。文章对一对白兔的描述很生动:"竖直了小小的通红的长耳朵,动着鼻子,眼睛里颇现些惊疑的神色",活画出这对小兔天真烂漫的样子。"大约究竟觉得人地生疏，没有在老家时候的安心了"，运用拟人手法猜测，活现出小兔一直警惕着的神态。这样生动传神的描写，极富童趣。

"一匹小狗名叫S的也跑来，闯过去一嗅，打了一个喷嚏，退了几步。"运用准确的动词描写，一只小狗的形象跃然纸上。三太太吆喝，打它头上一掌，"S便退开了，从此并不咬"，可见小狗S是驯良温和的，对白兔并无攻击性。这就排除了后文咬死幼兔的凶手是S的可能性。写小狗看似闲笔，细想却采用了侧面描写的方法烘托出大黑猫的阴险凶残。三太太便吆喝："S，听着，不准你咬他！"这里的一个"咬"字，便埋下了伏线，暗藏了后来的黑猫的杀机。

【原文】

这一对兔总是关在后窗后面的小院子里的时候多，听说是因为太喜欢撕壁纸，也常常啃木器脚。这小院子里有一株野桑树，桑子落地，他们最爱吃，便连喂他们的菠菜也不吃了。乌鸦喜鹊想要下来时，他们便躬着身子用后脚在地上使劲的一弹，砉的一声直跳上来，像飞起了一团雪，鸦鹊吓得赶紧走，这样的几回，再也不敢近来了。三太太说，鸦鹊倒不打紧，至多也不过抢吃一点食料，可恶的是一匹大黑猫，常在矮墙上恶狠狠的看，这却要防的，幸而S和猫是对头，或者还不至于有什么罢。

孩子们时时捉他们来玩耍；他们很和气，竖起耳朵，动着鼻子，驯良的站在小手的圈子里，但一有空，却也就溜开去了。他们夜里的卧榻是一个小木箱，里面铺些稻草，就在后窗的房檐下。

【解读】

第二部分：故事发展，一对小兔渐渐成长，活动能力增强，和气且驯良，给孩子们带来玩耍的欢乐。"躬着身子用后脚在地上使劲的一弹，砉的一声直跳上来，像飞起了一团雪"细节描写有声有色，声情并茂，多么传神！让你感受到鲁迅笔下动物世界的生机盎然。这就是鲁迅生动准确的描写带来的魅力。这里主要写人与兔的欢乐。"可恶的是一匹大黑猫,常在矮墙上恶狠狠的看,这却要防的,幸而 S 和猫是对头,或者还不至于有什么罢",这不经意的一笔,为后文新生小兔被害埋下伏笔。三太太时时提防大黑猫,然而也心存侥幸,才发生了后面新生幼兔被黑猫害死的意外。

作者以极强的观察力,传神的笔致把白兔的外形、动作、神态描绘得栩栩如生。透过作者轻灵的文字,我们可以窥见一颗不曾泯灭的"童心"。而作者对幼小生灵的喜爱之情,也溢于言表。

【原文】

这样的几个月之后,他们忽而自己掘土了,掘得非常快,前脚一抓,后脚一踢,不到半天,已经掘成一个深洞。大家都奇怪,后来仔细看时,原来一个的肚子比别一个的大得多了。他们第二天便将干草和树叶衔进洞里去,忙了大半天。

大家都高兴,说又有小兔可看了;三太太便对孩子们下了戒严令,从此不许再去捉。我的母亲也很喜欢他们家族的繁荣,还说待生下来的离了乳,也要去讨两匹来养在自己的窗外面。

他们从此便住在自造的洞府里,有时也出来吃些食,后来不见了,可不知道他们是预先运粮存在里面呢还是竟不吃。过了十多天,三太太对我说,那两匹又出来了,大约小兔是生下来又都死掉了,因为雌的一匹的奶非常多,却并不见有进去哺养孩子的形迹。伊言语之间颇气愤,然而也没有法。

有一天,太阳很温暖,也没有风,树叶都不动,我忽听得许多人在那里笑,寻声看时,却见许多人都靠着三太太的后窗看:原来有一个小兔,在院子里跳跃了。这比他的父母买来的时候还小得远,但也已经能用后脚一弹地,迸跳起来了。孩子们争着告诉我说,还看见一个小兔到洞口来探一探头,但是即刻缩回去了,那该是他的弟弟罢。

那小的也检① 些草叶吃,然而大的似乎不许他,往往夺口的抢去了,而自己并不吃。孩子们笑得响,那小的终于吃惊了,便跳着钻进洞里去;大的也跟到洞门口,用前脚推着他的孩子的脊梁,推进之后,又爬开泥土来封了洞。

从此小院子里更热闹,窗口也时时有人窥探了。

然而竟又全不见了那小的和大的。这时是连日的阴天,三太太又虑到遭了那大黑猫的毒手的事去。我说不然,那是天气冷,当然都躲着,太阳一出,一定出来的。

太阳出来了,他们却都不见。于是大家就忘却了。

【注释】①检,现在一般写成"捡"。

【解读】

第三部分:故事继续发展,白兔夫妇头胎幼崽的波折命运。只见怀孕不见幼崽,三太太心中起疑,"大约小兔是生下来又都死掉了",伊"颇气愤",暗示新生兔可能不是自然死亡,可能遭了黑手迫害。与前文大黑猫"恶狠狠地看"照应;又再次为后文伏笔。行文有草灰蛇线之妙。这部分先写三太太推测小兔死亡,再写小兔子意外地出现,给人意料之外的惊喜,情节跌宕起伏,摇曳多姿,引起读者的阅读兴趣。随着情节的发展,读者也不能不为兔的生死存亡时而高兴,时而忧虑。

三太太是小说的重要人物,她的行动推动了情节发展。小说运用对比凸现三太太的性格品质。对于孩子们与邻居们来说,与小兔有关的这一幕生活是清浅的。他们只关注小兔祖露在人前的那些快乐生活。孩子们眼尖得能最先看到洞口只探一探头立刻缩回的兔弟弟,这一幕将给他们的童年生活留下神秘的快乐。而邻居们当小兔们在日光中出现时才格外热心地观赏,小兔们一会儿欢腾一会儿躲闪,这充满动感的生活节奏点缀了他们平淡乏味的日常生活。但是,对于自己视线之外的小兔的生活,孩子们与邻居们都无暇顾及,阴天一到,小兔几天不在眼前出现,太阳出来了,仍然连日不见小兔,"于是大家就忘却了"。唯有三太太时时在意,处处留心兔子的生死状貌。只有三太太真心珍爱兔子:为保护孕兔而对孩子们下"戒严令",使用这样庄重的字眼,虽有调侃意味,却也突出了三太太对兔子的关心和宠爱。别人都忘记大兔小兔时,只有三太太清醒明白,疑心大黑猫下毒手。

这里鲁迅写出一种深刻的生命被漠视的状态:日子无声无息地流逝,事过境迁,人们都庸常地过自己的日子,曾经带来一时欣喜的小生灵,很容易被人们忽视淡忘,即使可爱的生命消失了,众人也未必留心在意;或许某时某刻想到过,但似乎与自己关系不大,大家很快也就忘记了。可爱之物的生命尚且如此,更何况其他。作者对白兔命运浓墨详写,不动声色地为主题张本。白兔越可爱、鲜活、灵动,白兔被"吃"越引人同情,令人愤慨,发人深思。

【原文】

惟有三太太是常在那里喂他们菠菜的,所以常想到。伊有一回走进窗后的小院子去,忽然在墙角上发现了一个别的洞,再看旧洞口,却依稀的还见有许多爪痕。这爪痕倘说是大兔的,爪该不会有这样大,伊又疑心到那常在墙上的大黑猫去了,伊于是也就不能不定下发掘的决心了。伊终于出来取了锄子,一路掘下去,虽然疑心,却也希望着意外的见了小白兔的,但是待到底,却只见一堆烂草夹些兔毛,怕还是临蓐①时候所铺的罢,此外是冷清清的,全没有什么雪白的小兔的踪迹,以及他那只一探头未出洞外的弟弟了。

气愤和失望和凄凉,使伊不能不再掘那墙角上的新洞了。一动手,那大的两匹便先窜出洞外面。伊以为他们搬了家了,很高兴,然而仍然掘,待见底,那里面也铺着草叶和兔毛,而上面却睡着七个很小的兔,遍身肉红色,细看时,眼睛全都没有开。

一切都明白了,三太太先前的预料果不错。伊为预防危险起见,便将七个小的都装在木箱中,搬进自己的房里,又将大的也捺进箱里面,勒令伊去哺乳。

　　三太太从此不但深恨黑猫,而且颇不以大兔为然了。据说当初那两个被害之先,死掉的该还有,因为他们生一回,决不至于只两个,但为了哺乳不匀,不能争食的就先死了。这大概也不错的,现在七个之中,就有两个很瘦弱。所以三太太一有闲空,便捉住母兔,将小兔一个一个轮流的摆在肚子上来喝奶,不准有多少。

　　母亲对我说,那样麻烦的养兔法,伊历来连听也未曾听到过,恐怕是可以收入《无双谱》②的。

　　白兔的家族更繁荣;大家也又都高兴了。

　　【注释】①临蓐(rù):临产。②《无双谱》:清代金古良编绘,内收从汉到宋四十个行为独特人物的画像,并各附一诗。这里借用来形容独一无二。

　　【解读】

　　第四部分:故事的高潮,三太太两掘兔洞,发现了二胎七只幼兔,施以"无双谱"养兔法拯救之;坐实了头胎小兔被大黑猫所害的事实。

　　文本写兔子笔墨多而写猫用墨稀少。写兔子多用直接正面描写和叙述;而黑猫是小兔的映衬物,采用了侧面描写间接暗示的方法。先是小狗S的烘托,在小兔刚买来时,小狗S也跑来,"闯过去一嗅,打了一个喷嚏,退了几步",接着便是三太太的直截了当地提示:"可恶的是一匹大黑猫,常在矮墙上恶狠狠的看。"凸现了黑猫的形象,凶狠暴戾、阴鸷残忍。后来是三太太的推测。小兔不见了,三太太先就虑到"遭了那大黑猫的毒手",不久,就在旧洞口,发现了许多"依稀""爪痕"。那常在墙上的大黑猫前文三次被提到,分别在4、12、14段,分别用"要防"、"虑到"、"疑心",大黑猫一次比一次嫌疑大,凶手越来越清晰明确指向大黑猫。16段"一切都明白了,三太太先前的预料果不错"。谜底揭开,"我"断定凶手乃大黑猫。这样,作品虽然没有正面描写大黑猫叼走小兔,却由小狗S到三太太再到"我"对大黑猫的描述,已将有别于幼弱小兔的黑猫的残暴揭露无遗。黑猫象征凶残、狡猾、强悍、狠毒的反面形象,象征凶暴残忍、任意践踏生命的人,强者,吃人者。这一对白兔的两个孩子确实被"可恶的""一匹大猫"吃掉了。白兔则象征着善良、弱小,被虐者,饱受欺凌的人,弱者,被吃者。

三太太也是文中线索人物,她对小兔投入、付出最多。付出,才会记住;付出越多,才越不会忘记。小兔在人后更为真实具体的生活,只有那些为小兔投注了心思的人才能了解。三太太和"我"都用心于其间,与孩子们邻居们相比,三太太和"我"与小兔的联系深厚,但是两人对小兔的关注点不尽相同。

三太太在小兔的生活上布了最多的心思。首先,小兔是她花大价钱让小使特地买的。只有她天天给小兔喂食,也只有她愿意为兔儿劳心劳力,亲自掏兔窝,人工喂奶,救了小兔们。一点一滴、日积月累的现实投入,看似琐碎无用,却能渐渐转化为一种心力,这种心力让三太太能对小兔们各时期的现实处境做出任何人无法企及的准确判断。她对猫保持着最清醒、最持久的提防,胜过了"我"。对小兔的生活环境和习性,三太太也最为熟悉,她能留心到母兔的奶,留心到兔毛。如此细致的注意力,只有不断实心地投入感情与精力才能具备。

用心,使得三太太和"我"没像孩子与邻居们那样忘却,同时,在用心的过程中逐渐探得了生活的层层深意。三太太用心于具体的现实生活,她为了小兔嬉笑怒骂,跳出跳进,过得酣畅淋漓。她对小兔的感情不同于邻居和"我",不是远隔的,而是现实中的真切交融,也比孩子们对小兔的喜爱更为复杂深切。她能一不做二不休地连掏两个兔洞,她的养兔法能入《无双谱》,这些"兴致",都赖真切情感的驱迫。融入了心思,也便激活了隐匿于平常生活之下的激情与创造力。三太太切实帮助白兔家族更繁荣了。但她没有想起惩治大黑猫,祸患仍存在。三太太只关心养兔的乐趣,她一个普通妇女,没有看穿兔和猫生存矛盾的本质,更不及思考解决之道。三太太们用她们的善良、温和、仁爱、中庸维持着这不公道的"兔"和"猫"的世界。

与其说三太太每次看到兔，不如说是每次"看"到猫，甚至主要"看"到的是猫，她尤其关注和兔有关的各种现实联系的分析。而"我"，常常看到兔儿的"神"。小兔一买来，初次见面时"我"就能通灵地看到它们的天真烂漫和思乡情绪。又如，在小兔的日常活动中，我能目击它们"像飞起一团雪"似的弹跳，或者大兔"用前脚推他孩子的脊梁"。小兔的生命活力只有"我"能细心赞赏。生命消逝的凄凉，生命的哲理只有"我"沉思醒悟。

【原文】

但自此之后，我总觉得凄凉。夜半在灯下坐着想，那两条小性命，竟是人不知鬼不觉的早在不知什么时候丧失了，生物史上不着一些痕迹，并 S 也不叫一声。我于是记起旧事来，先前我住在会馆里，清早起身，只见大槐树下一片散乱的鸽子毛，这明明是膏于鹰吻的了，上午长班①来一打扫，便什么都不见，谁知道曾有一个生命断送在这里呢？我又曾路过西四牌楼，看见一匹小狗被马车轧得快死，待回来时，什么也不见了，搬掉了罢，过往行人憧憧②的走着，谁知道曾有一个生命断送在这里呢？夏夜，窗外面，常听到苍蝇的悠长的吱吱的叫声，这一定是给蝇虎咬住了，然而我向来无所容心于其间，而别人并且不听到……

假使造物也可以责备，那么，我以为他实在将生命造得太滥，毁得太滥了。

嗥的一声，又是两条猫在窗外打起架来。

"迅儿！你又在那里打猫了？"

"不，他们自己咬。他那里会给我打呢。"

我的母亲是素来很不以我的虐待猫为然的，现在大约疑心我要替小兔抱不平，下什么辣手，便起来探问了。而我在全家的口碑上，却的确算一个猫敌。我曾经害过猫，平时也常打猫，尤其是在他们配合的时候。但我之所以打的原因并非因为他们配合，是因为他们嚷，嚷到使我睡不着，我以为配合是不必这样大嚷而特嚷的。

况且黑猫害了小兔，我更是"师出有名"的了。我觉得母亲实在太修善，于是不由的就说出模棱的近乎不以为然的答话来。

造物太胡闹，我不能不反抗他了，虽然也许是倒是帮他的忙……

那黑猫是不能久在矮墙上高视阔步的了，我决定的想，于是又不由的一瞥③那藏在书箱里的一瓶青酸钾④。

一九二二年十月

【注释】①长班：旧时官员的随身仆人，也用以称一般的"听差"。②憧憧（chōng chōng）：往来不定。③瞥（piē）：快速地看一眼。④青酸钾：即氰酸钾，一种剧毒的化学品。

【解读】

第五部分：故事结局，感慨生命"造得太滥，毁得太滥了"，我决心除掉"黑猫"，奋起反抗。

21段"我"由两只小兔的被害，联想到很多生命的消失，而在生物史上不着一丝痕迹，作者通过"我"的思绪，把作品的寓意提高到哲理的高度。这里饱含了作者的怜爱，不平与反抗。

三太太恨猫，"我""仇"猫。与三太太的"气愤、失望和凄凉"比，在得知小兔被猫害了之后，"我"只有"凄凉"，而且是当小兔事件过去好久之后，当三太太也因兔家族的繁荣而忘了旧事的时候，我记得比三太太长。我没有了现实情绪的汹涌波动，而是越过具体事实，用更沉静的感情，用心于世界的生命与生存状态，努力还原那些生命情节中空白的内容，给予它们应有的价值，并为捍卫这些价值采取更本质更切实的反抗。

母亲对"我"的虐猫采取修善态度，对猫有种无原则的容忍。"母亲"显然是一个恕敌、修善的驯良百姓形象。旧中国，这样的百姓太多太多了。正是这样驯良的百姓，才助长了统治者的凶恶气焰，使得凶暴者更加凶暴,软弱者更加软弱。所以,面对弱小的百姓,革命者必须呐喊;只有呐喊,才有可能唤醒沉睡的人们,换取渴望中的平等和自由。

三太太和母亲两类人对事态度的本质一样,具有国民性中的"中庸主义思想"。儒家观念中根深蒂固的"中庸主义"观念提倡不偏不倚地待人接物,采取折中、调和的态度对待一切。这种观念使国民偏安一隅,停滞不前,遏制创新,缺乏反抗意识,只会忍气吞声,形成故步自封的守旧观念,成为敢怒不敢言的懦弱角色。

小说最后写道:"那黑猫是不能久在矮墙上高视阔步的了,我决定地想,于是又不由的一瞥那藏在书箱里的一瓶青酸钾。"这是"我"对于生物界残害者的反击,是对邪恶势力的一种抨击和抗争,也是对生命体恤的呼喊,更是对冷漠人们的一种戏谑和警示,这就是鲁迅的深刻、鲁迅的风骨。正如钱理群先生所说,"这里出现的是典型的鲁迅式的'复仇'主题",对于欺侮弱者、残害生命的强权者、凶残者是不必讲任何仁慈的,必须以眼还眼,以牙还牙,奋起反抗,斗争到底,决不妥协。

鲁迅在《兔和猫》里传达的正是这种为无辜的牺牲者复仇、为受凌辱的弱小者抗争的思想。《兔和猫》虽然是写动物,以新的形式出现在读者面前,但在精神上与《呐喊》中的其他小说是相通的。鲁迅对于强权和残暴之徒的反抗与斗争的思想借助于具体形象的描写得到了更清楚明确的表达。它启示人们:对于残害弱小者的强敌,决不能宽容,在寻求新生活的过程中决不能放弃反抗和斗争。

(尹莉)

参考文献

①鲁迅:《呐喊 彷徨 故事新编》(丁聪插图本)[M],人民教育出版社,2013。

②钱理群:《鲁迅作品十五讲》[M],北京大学出版社,2003。

《鸭的喜剧》解读

【学生之问】

1. 这篇小说的主旨是什么？

2. 爱罗先珂为什么感到寂寞？

3. 这篇小说既然收入到《呐喊》中,有没有寄寓鲁迅先生深广的思考呢？

4.《鸭的喜剧》和《兔和猫》都是写小动物的,主题上有何共同点？

5. 本篇小说的写法有何特点？

【阅读指要】

《鸭的喜剧》这部小说表面上看来情节简单,写了俄国盲诗人爱罗先珂寓居北京期间,内心深感寂寞,进而先后养蝌蚪、小鸡、鸭,但是没等小鸭长成就因为思念故国回国,仅剩四只鸭还在"鸭鸭"地叫的故事。但是如果只把它当作一篇轻松的喜剧来理解的话未免失于浅薄,在阅读这篇小说时有几点需要着重关注:第一,小说虽名为《鸭的喜剧》,但小说的主角却并非是鸭,而是爱罗先珂,文中对爱罗先珂的刻画主要集中在关爱小动物和反复强调的"寂寞",这些外显的行为背后有着怎样的思想根源,这是理解小说主题的一把钥匙。第二,"借他人酒杯,浇自己块垒"是作家在创作时常见的一种方式,本篇小说的主题除了有爱罗先珂的寂寞外,还有鲁迅先生的寂寞,鲁迅先生的寂寞及原因也是在阅读小说时需要探讨的。除此之外，鲁迅先生的每篇作品都有其精妙的写法，这也是在阅读中要格外注意的。

【原文】

俄国的盲诗人爱罗先珂①君带了他那六弦琴到北京之后不多久，便向我诉苦说：

"寂寞呀，寂寞呀，在沙漠上似的寂寞呀！"

这应该是真实的，但在我却未曾感得；我住得久了，"入芝兰之室，久而不闻其香"②，只以为很是嚷嚷罢了。然而我之所谓嚷嚷，或者也就是他之所谓寂寞罢。

我可是觉得在北京仿佛没有春和秋。老于北京的人说，地气北转了，这里在先是没有这么和暖。只是我总以为没有春和秋；冬末和夏初衔接起来，夏才去，冬又开始了。

一日就是这冬末夏初的时候，而且是夜间，我偶而得了闲暇，去访问爱罗先珂君。他一向寓在仲密③君的家里；这时一家的人都睡了觉了，天下很安静。他独自靠在自己的卧榻上，很高的眉棱在金黄色的长发之间微蹙了，是在想他旧游之地的缅甸，缅甸的夏夜。

"这样的夜间，"他说，"在缅甸是遍地是音乐。房里，草间，树上，都有昆虫吟叫，各种声音，成为合奏，很神奇。其间时时夹着蛇鸣：'嘶嘶！'可是也与虫声相和协……"他沉思了，似乎想要追想起那时的情景来。

我开不得口。这样奇妙的音乐，我在北京确乎未曾听到过，所以即使如何爱国，也辩护不得，因为他虽然目无所见，耳朵是没有聋的。

"北京却连蛙鸣也没有……"他又叹息说。

"蛙鸣是有的！"这叹息，却使我勇猛起来了，于是抗议说，"到夏天，大雨之后，你便能听到许多虾蟆叫，那是都在沟里面的，因为北京到处都有沟。"

"哦……"

【注释】①爱罗先珂:俄国诗人和童话作家。童年时因病双目失明。曾先后到过日本、泰国、缅甸、印度等国。一九二一年在日本因参加"五一"游行,六月间被日本政府驱逐出境,辗转来到中国,曾在北京大学、北京世界语专门学校任教。一九二三年四月回国。他用世界语和日语写作,鲁迅曾翻译过他的作品《桃色的云》《爱罗先珂童话集》。②入芝兰之室,久而不闻其香:进入满是香草的房间,闻久了就不能闻出香味。语出《孔子家语·六本》。③仲密:鲁迅二弟周作人(1885—1967)的笔名。

【解读】

这部分写了爱罗先珂向作者诉苦"寂寞",而作者也深有同感,接着通过爱罗先珂对遍地音乐的缅甸之夜的追想引发作者和爱罗先珂对北京夜晚的音乐的谈话。这是小说的开端部分,运用了多种表现手法表现出了当时处于北洋军阀黑暗统治下的北京社会生活黑暗压抑,人们的精神生活极其匮乏的社会现状。本部分运用了象征手法:"沙漠"本是荒凉的代名词,在这里象征着北京黑暗压抑的社会现实,而北京"只有冬夏没有春秋",不仅是指北京的自然气候,更象征着北京当时压抑的社会环境;通过爱罗先珂对缅甸之夜遍地音乐的描述,反衬出北京夏夜的寂寞荒凉;"入芝兰之室,久而不闻其香"本意是在花室里停留的时间长了,反而闻不出花香了,在这里用作反语,是说在北京这种黑暗压抑的环境中生活久了就感觉不到它的"寂寞"了,表现了北京社会环境的黑暗压抑。所以爱罗先珂寂寞的原因绝不仅仅是因为在北京夜晚听不到虫鸣,要想真正了解他寂寞的原因,我们就必须知人论世,了解他的理想追求和坎坷遭遇。

爱罗先珂在童话创作上颇负盛名,先后游历过泰国、缅甸、印度、日本等国。他初期信奉的是"人类主义",在社会主义运动的影响下,他的思想转变为阶级主义,然而当他目睹了苏俄革命后的混乱后,思想上受到打击,又回复到人类主义。爱罗先珂正是怀着对于革命复杂的感情于一九二二年初,应北京大学之邀,来该校任课,初到北京时,他是被当作俄国革命的预言者被广大中国知识分子尤其是青年学生欢迎,这些怀着热烈革命信仰的知识分子渴望从他身上得到革命的激情与动力,但是又回到"知识分子应该无私地为大众服务"的人类主义的爱罗先珂的言论明显得不到知识分子的拥护,因此爱罗先珂明显有了难觅知音之感。加之,随着新文化阵营的分化和革命中心的南移,当时处于北洋军阀黑暗统治下的北京已经不复是五四运动时新文化运动策源地了,这里社会生活黑暗压抑,人们的精神生活极其匮乏,爱罗先珂作为一个有着博爱之心的文学家,目睹这样的社会现实难免内心中会有忧虑和伤感,这是其寂寞的深刻内在原因。在这部分中其实也为最终爱罗先珂匆匆离开中国,把寂寞留给了这片土地,徒留下四只鸭子反而更增添寂寞埋下了伏笔。在这部分中,作者通过爱罗先珂的内心感受来表现当时的社会现实,且善于运用细节描写表现人物的内心感受。小说自始至终在渲染一种气氛,呈现出一种如置身沙漠似的寂寞,这种写法增加了小说的感染力,并且发人深省。

【原文】

过了几天,我的话居然证实了,因为爱罗先珂君已经买到了十几个科斗子①。他买来便放在他窗外的院子中央的小池里。那池的长有三尺,宽有二尺,是仲密所掘,以种荷花的荷池。从这荷池里,虽然从来没有见过养出半朵荷花来,然而养虾蟆却实在是一个极合式的处所。

科斗成群结队的在水里面游泳;爱罗先珂君也常常踱来访他们。有时候,孩子告诉他说,"爱罗先珂先生,他们生了脚了。"他便高兴的微笑道,"哦!"

然而养成池沼的音乐家却只是爱罗先珂君的一件事。他是向来主张自食其力的,常说女人可以畜牧,男人就应该种田。所以遇到很熟的友人,他便要劝诱他就在院子里种白菜;也屡次对仲密夫人劝告,劝伊养蜂,养鸡,养猪,养牛,养骆驼。后来仲密家里果然有了许多小鸡,满院飞跑,啄完了铺地锦的嫩叶,大约也许就是这劝告的结果了。

【注释】①科斗子:即"蝌蚪"。

【解读】

这部分写了爱罗先珂饲养蝌蚪、小鸡的过程,是小说的发展部分,这部分主要刻画了爱罗先珂的博爱精神。这种博爱精神的对象不仅仅是人类,还包括大千世界的万事万物,比如文中他买蝌蚪、小鸡,高兴地听孩子们向他报告小蝌蚪的成长,虽然这可以看作他排遣寂寞的方式,但是更多的是体现其博爱精神。作为一名诗人和童话作家,爱罗先珂体现出了热爱大自然、热爱生活、主张自力更生的淳朴的赤子之心,他用一颗真诚的心拥抱世间万物。这种博爱的精神关照到人类社会,就体现为爱孩子、爱生活,他认为我们应该生活在自由、愉悦的环境中,可是当时北京黑暗、压抑的社会环境使得爱罗先珂内心苦闷、悲哀。但是爱罗先珂没有被这种现实环境压倒,他本着博爱的情怀试图改变这种环境,买小动物除了为了缓解自己的寂寞外,其实也包含着改变所在院子甚至改变一个地区的社会环境的努力,这都是出于他对人类的博爱。在人类中,他尤其爱孩子,每次孩子们向他报告小动物的趣事时,他不仅是为小动物本身感到高兴,也是为孩子们感到高兴。鲁迅先生在《兔与猫》中表现出对以兔子、鸽子、苍蝇为代表的所有生命的"博爱",尤其是对于弱者的"爱",这种博爱体现在人类社会就是对于孩子的关爱,所以鲁迅先生在《狂人日记》中才会呼喊"救救孩子"。这种爱世间万物、爱孩子的博爱精神是《兔和猫》与《鸭的喜剧》主题的共同之处。

【原文】

从此卖小鸡的乡下人也时常来,来一回便买几只,因为小鸡是容易积食,发痧,很难得长寿的;而且有一匹还成了爱罗先珂君在北京所作唯一的小说《小鸡的悲剧》^①里的主人公。有一天的上午，那乡下人竟意外的带了小鸭来了，咻咻的叫着；但是仲密夫人说不要。爱罗先珂君也跑出来，他们就放一个在他两手里，而小鸭便在他两手里咻咻的叫。他以为这也很可爱，于是又不能不买了，一共买了四个，每个八十文。

小鸭也诚然是可爱，遍身松花黄，放在地上，便蹒跚的走，互相招呼，总是在一处。大家都说好，明天去买泥鳅来喂他们罢。爱罗先珂君说，"这钱也可以归我出的。"

他于是教书去了；大家也走散。不一会，仲密夫人拿冷饭来喂他们时，在远处已听得泼水的声音，跑到一看，原来那四个小鸭都在荷池里洗澡了，而且还翻筋斗，吃东西呢。等到拦他们上了岸，全池已经是浑水，过了半天，澄清了，只见泥里露出几条细藕来；而且再也寻不出一个已经生了脚的科斗了。

伊和希珂先，没有了，虾蟆的儿子。"傍晚时候，孩子们一见他回来，最小的一个便赶紧说。

"唔，虾蟆？"

仲密夫人也出来了，报告了小鸭吃完科斗的故事。

"唉，唉！……"他说。

【注释】①《小鸡的悲剧》：童话。鲁迅于一九二二年七月译出，发表于同年九月上海《妇女杂志》第八卷第九号，后收入《爱罗先珂童话集》。

【解读】

这部分写了爱罗先珂买小鸭，小鸭在院子里玩耍，吃光了池塘里小蝌蚪的故事，是文章的高潮部分。细节处理非常细腻且富有表现力，如写爱罗先珂买小鸭子的情景，本来仲密夫人是不想买的，但是由于小鸭子在爱罗先珂两手里咻咻地叫，爱罗先珂便舍不得它们了，这个细节描写充满情趣，而爱罗先珂提出小鸭的食物费用他也可以承担则再一次强化了他热爱生命、热爱生活的博爱精神。小鸭子在院子里玩耍的场景描写,写出了小鸭子的活泼可爱,渲染了充满生机的环境,给文章增添了一抹亮色。本段的写作中充满了寓意,如小鸡接连死去,小鸭一来就把池沼音乐家——小蝌蚪都吃掉了,爱罗先珂的叹息中包含着无限的失望和悲哀,这也预示着他打破寂寞的努力的最终失败。

【原文】

待到小鸭褪了黄毛,爱罗先珂君却忽而渴念着他的"俄罗斯母亲"了,便匆匆的向赤塔去。

待到四处蛙鸣的时候,小鸭也已经长成,两个白的,两个花的,而且不复咻咻的叫,都是"鸭鸭"的叫了。荷花池也早已容不下他们盘桓了,幸而仲密的住家的地势是很低的,夏雨一降,院子里满积了水,他们便欣欣然,游水,钻水,拍翅子,"鸭鸭"的叫。

现在又从夏末交了冬初,而爱罗先珂君还是绝无消息,不知道究竟在那里了。

只有四个鸭,却还在沙漠上"鸭鸭"的叫。

一九二二年十月。

【解读】

这部分写了爱罗先珂由于思念祖国回去后再无消息,只留下这四只鸭还在这里生活着,更添寂寞。这是小说的结局部分,爱罗先珂的离去,不仅仅由于他思念自己的故国,也宣告着他打破寂寞的努力的最终失败,进而体现了他对北京黑暗压抑的社会环境的失望和悲伤。

小说最后一段意韵深远,爱罗先珂离去后,这四只鸭子,它们的叫声不仅没有消除寂寞,反而更添寂寞,这与小说开头爱罗先珂向作者倾诉自己的寂寞前后呼应,使得小说自始至终笼罩在一种寂寞的氛围之中,这实际上也体现了鲁迅先生的寂寞。本文的鲁迅先生之所以能理解爱罗先珂的寂寞,根源是他对于千疮百孔的祖国早日走出黑暗、不断进步的深沉渴望。爱罗先珂曾试图通过自己的努力改变社会现状,鲁迅又何尝不是如此? 从学习医术疗治国人的身体到弃医从文,提倡文艺疗治国人的精神,鲁迅也一直试图通过自己的努力改变多灾多难的祖国,与爱罗先珂不同的是,鲁迅是出于对祖国深沉的爱和责任感,鲁迅在自题小像中写道:"灵台无计逃神矢,风雨如磐暗故园。寄意寒星荃不察,我以我血荐轩辕。"甚至在《我们怎样做父亲》中说"自己背着因袭的重担,肩住黑暗的闸门,放他们到光明的地方去。"

　　但是残酷的现实却没有给鲁迅先生发挥其热情的环境,鲁迅先生在《呐喊·自序》中说道"凡有一人的主张,得了赞和,是促其前进的,得了反对,是促其奋斗的,独有叫喊于生人中,而生人并无反应,既非赞同,也无反对,如置身毫无边际的荒原,无可措手的了,这是怎样的悲哀呵,我于是以我所感到者为寂寞。这寂寞又一天一天的长大起来,如大毒蛇,缠住了我的灵魂了。"鲁迅先生的寂寞除了由于中国民众的麻木冷漠外,当时新文化阵营的分化也是原因之一,一九二〇年,当年参加新文化运动的各派人物分道扬镳,作为民族主义者的鲁迅与胡适、钱玄同等的意见都不相同,随着大家的分散,鲁迅的寂寞在写作《鸭的喜剧》时达到了一个高峰。

　　因此,鲁迅先生在《呐喊·自序》中说道:"只是我自己的寂寞是不可不驱除的,因为这于我太痛苦。我于是用了种种法,来麻醉自己的灵魂,使我沉入于国民中,使我回到古代去……我便寓在这屋里钞古碑。客中少有人来,古碑中也遇不到什么问题和主义,而我的生命却居然暗暗的消去了,这也就是我惟一的愿望。"但是这种麻醉法并没有真的奏效,对于祖国和人们的深切关注使他仍想通过呐喊惊起较为清醒的几个人,希望他们能毁坏这"铁屋子","也聊以慰藉那在寂寞里奔驰的猛士,使他不惮于前驱。"(《呐喊·自序》)即使身处寂寞的荒原,心中始终怀揣着国家和民族,时刻准备为国家民族奉献出自己的一切,这或许才是鲁迅先生的伟大之处。

纵观全篇,《鸭的喜剧》除了体现出鲁迅先生深邃的思想外,在写法上也可圈可点,主要体现在:第一,运用了多种表现手法,如象征,用"沙漠"象征着北京黑暗压抑的社会现实,用北京"只有冬夏没有春秋"象征着北京当时压抑的社会环境;反衬,用爱罗先珂对缅甸之夜遍地音乐的描述,反衬出北京夏夜的寂寞荒凉;"入芝兰之室,久而不闻其香"用反语说在北京这种黑暗压抑的环境中生活久了就感觉不到它的"寂寞"了,表现了北京社会环境的黑暗压抑。第二,小说善于通过人物的内心感受来表现当时的社会现实,且善于运用细节描写表现人物的内心感受,这种写法增加了小说的感染力,并且发人深省。第三,小说的写作中充满了寓意,如小鸡接连死去,小鸭一来就把池沼音乐家——小蝌蚪都吃掉了,爱罗先珂的叹息中包含着无限的失望和悲哀,这也预示着他打破寂寞的努力最终失败。

《鸭的喜剧》是《呐喊》中别具特色的一篇,表面上记叙的是饶有情趣的生活小事,具有鲁迅式的风趣幽默,但喜剧的背后是鲁迅深沉的忧愤与悲哀,准确地体现了鲁迅先生善于从平淡的生活小事中发掘出时代风貌,在风趣的喜剧笔调中寄寓了深广的忧思的特点。

(王青)

参考文献

①鲁迅:《呐喊 彷徨 故事新编》(丁聪插图本)[M],人民教育出版社,2013。

②钱理群:《鲁迅作品十五讲》[M],北京大学出版社,2003。

③钱理群、温儒敏:《中国现代文学三十年》(修订本)[M],北京大学出版社,2002。

④任美衡:《〈鸭的喜剧〉:转型期的情绪仪式》[J],南宁师范高等专科学校学报,2001 年第 2 期。

⑤唐达晖、陆耀东:《论〈鸭的喜剧〉》[J],《武汉大学学报》(社会科学版),1983 年第 2 期。

⑥陈思敏:《温情表象下的矛盾潜行——〈兔和猫〉、〈鸭的喜剧〉主题辨析》[J],《科教导刊》,2014 年第 4 期。

⑦王钒宇:《饮不尽的寂寞泉——从〈鸭的喜剧〉说开去[J],《文教资料》,2010 年第 4 期。

⑧刘建:《在小说模式的变形中所显现的孤寂之心——〈鸭的喜剧〉真义探寻》[J],《北京师范学院学报》(社会科学版),1990 年第 1 期。

《社戏》解读

【学生之问】

1. 文章以"社戏"为题,但作者写社戏的部分却很少,这是为什么?

2.《社戏》中鲁镇的戏比小村里好得多,为什么"我"却急切盼望着去赵庄看戏?

3. 如何理解六一公公这一人物形象?

4. 为什么在"我"的感觉里,那夜看到的戏是平生最好的戏,那夜吃到的豆是平生最好吃的豆?

5. 读过《社戏》,感觉它更多是带着回忆童年的温情,与《呐喊》中其他篇目的风格差距较大,为何会收录在其中?

【阅读指要】

《社戏》是鲁先生于一九二二年创作的一篇短篇小说,作品分前后两部分记叙了三次看戏的经历。初中课本中收录了本文的节选部分,结合课文的学习经验,同学们对小说有了初步的理解。再次阅读,如何走进鲁迅的世界,倾听他内心的声音?就需要同学们把鲁迅看成和我们一样的"人",寻找生命的共通点。

要读懂这篇小说,可以从以下几个方面进行解读。第一,通过十年前"我"两次看京戏的经历(第一次条件恶劣,第二次人情冷漠),引出对少年看戏的回忆。阅读时注意通过细节描写来体会作者的情绪。例如,作者在短短的叙述中就六次提到"挤"等。第二,回忆少时的"我"在平桥村看戏的生活,与前两次看戏产生强烈的对比。在环境、情感等方面进行比较,体会鲁迅描绘的优美的乡村景色和淳朴的人情。第三,在起伏的情节安排刻画人物形象。例如,盼到社戏的日子找不到船,倍感无奈与沮丧,晚饭时八叔的船又回来了,事情又有了转机;又如,在偷罗汉豆的情节中,展现出的阿发、双喜等人物性格等。第四,本文收录在《呐喊》中,尽管呈现的是宁静淳美的景象,自由自在的童趣,但与《呐喊》对现实关注、思考的主题并不冲突,需要在阅读中体会其深层寓意。

【原文】

我在倒数上去的二十年中①,只看过两回中国戏,前十年是绝不看,因为没有看戏的意思和机会,那两回全在后十年,然而都没有看出什么来就走了。

第一回是民国元年我初到北京的时候,当时一个朋友对我说,北京戏最好,你不去见见世面么?我想,看戏是有味的,而况在北京呢。于是都兴致勃勃的跑到什么园,戏文已经开场了,在外面也早听到冬冬地响。我们挨进门,几个红的绿的在我的眼前一闪烁,便又看见戏台下满是许多头,再定神四面看,却见中间也还有几个空座,挤过去要坐时,又有人对我发议论,我因为耳朵已经喤喤的响着了,用了心,才听到他是说"有人,不行!"

我们退到后面,一个辫子很光的却来领我们到了侧面,指出一个地位来。这所谓地位者,原来是一条长凳,然而他那坐板比我的上腿要狭到四分之三,他的脚比我的下腿要长过三分之二。我先是没有爬上去的勇气,接着便联想到私刑拷打的刑具,不由的毛骨悚然的走出了。

走了许多路,忽听得我的朋友的声音道,"究竟怎的?"我回过脸去,原来他也被我带出来了。他很诧异的说,"怎么总是走,不答应?"我说,"朋友,对不起,我耳朵只在冬冬喤喤的响,并没有听到你的话。"

后来我每一想到,便很以为奇怪,似乎这戏太不好,——否则便是我近来在戏台下不适于生存了。

第二回忘记了那一年,总之是募集湖北水灾捐而谭叫天②还没有死。捐法是两元钱买一张戏票,可以到第一舞台去看戏,扮演的多是名角,其一就是小叫天。我买了一张票,本是对于劝募人聊以塞责的,然而似乎又有好事家乘机对我说了些叫天不可不看的大法要了。我于是忘了前几年的冬冬喤喤之灾,竟到第一舞台去了,但大约一半也因为重价购来的宝票,总得使用了才舒服。我打听得叫天出台是迟的,而第一舞台却是新式构造,用不着争座位,便放了心,延宕到九点钟才出去,谁料照例,人都满了,连立足也难,我只得挤在远处的人丛中看一个老旦在台上唱。那老旦嘴边插着两个点火的纸捻子,旁边有一个鬼卒,我费尽思量,才疑心他或者是目连③的母亲,因为后来又出来了一个和尚。然而我又不知道那名角是谁,就去问挤小在我的左边的一位胖绅士。他很看不起似的斜瞥了我一眼,说道,"龚云甫④!"我深愧浅陋而且粗疏,脸上一热,同时脑里也制出了决不再问的定章,于是看小旦唱,看花旦唱,看老生唱,看不知什么角色唱,看一大班人乱打,看两三个人互打,从九点多到十点,从十点到十一点,从十一点到十一点半,从十一点半到十二点,——然而叫天竟还没有来。

我向来没有这样忍耐的等候过什么事物,而况这身边的胖绅士的吁吁的喘气,这台上的冬冬喤喤的敲打,红红绿绿的晃荡,加之以十二点,忽而使我省悟到在这里不适于生存了。我同时便机械的拧转身子,用力往外只一挤,觉得背后便已满满的,大约那弹性的胖绅士早在我的空处胖开了他的右半身了。我后无回路,自然挤而又挤,终于出了大门。街上除了专等看客的车辆之外，几乎没有什么行人了，大门口却还有十几个人昂着头看戏目，别有一堆人站着并不看什么，我想：他们大概是看散戏之后出来的女人们的，而叫天却还没有来……

然而夜气很清爽，真所谓"沁人心脾"，我在北京遇着这样的好空气，仿佛这是第一遭了。

这一夜，就是我对于中国戏告了别的一夜，此后再没有想到他，即使偶而经过戏园，我们也漠不相关，精神上早已一在天之南一在地之北了。

但是前几天，我忽在无意之中看到一本日本文的书，可惜忘记了书名和著者，总之是关于中国戏的。其中有一篇，大意仿佛说，中国戏是大敲，大叫，大跳，使看客头昏脑眩，很不适于剧场，但若在野外散漫的所在，远远的看起来，也自有他的风致。我当时觉着这正是说了在我意中而未曾想到的话，因为我确记得在野外看过很好的好戏，到北京以后的连进两回戏园去，也许还是受了那时的影响哩。可惜我不知道怎么一来，竟将书名忘却了。

【注释】①本篇最初发表于一九二二年十二月上海《小说月报》第十三卷第十二号。②谭叫天（1847—1917）：即谭鑫培，又称小叫天，当时的京剧演员，擅长老生戏。③目连：释迦牟尼的弟子。据《盂兰盆经》说，目连的母亲因生前违犯佛教戒律，堕入地狱，他曾入地狱救母。《目连救母》一剧，旧时在民间很流行。④龚云甫（1862—1932）：当时的京剧演员，擅长老旦戏。

【解读】

文章第一部分，作者用幽默、讽刺的笔法，呈现了两次看戏的恶劣印象。前两次看戏只是引子，目的在于引出十二岁时所看的那场"远哉遥遥"的好戏。

第一次看戏是一个朋友推荐"北京戏最好"，"于是都兴致勃勃的跑到什么园"，面对满是头的戏台，走向中间的几个空位，却被引领到一个摆放着让人恐惧的长凳的位置。"我"甚至联想到"私刑拷打的刑具"。面对此景,只能毛骨悚然地走出。这里通过形象的比喻,将狭窄拥挤的空间、望而生畏的环境呈现得淋漓尽致。

第二次看戏是受到他人劝募,前去买票观看谭叫天演出。满心期待高价购买的"宝票","是用不着争位置"。没想到却是"连立足也难";不知道演出者是谁,询问时却遭遇了身旁人的蔑视;剧场烦躁的环境,使人感到不耐烦;到最后主角依然没有出场,有如受刑罚,度日如年的感觉。面对喧嚣的气氛和冰冷的看客,只有"机械的拧转身子,用力往外只一挤,觉得背后便已满满的,……我后无回路,自然挤而又挤,终于出了大门",这又是一次令人恐怖的挣扎与逃亡,好不容易逃出了戏园。

两次的看戏经历,一段出色的不着痕迹的心理描写,幽默的语言处处透露出一种沉重之感。人物内心的期待与周围笼罩一切、响彻四方的"咚咚喤喤"之响,"红红绿绿"之晃荡交织,构成了一种精神的钳制和威胁。接下来通过书中谈到的,中国戏是"大敲、大叫、大跳,使看客头昏脑眩,很不适合于剧场,但若在野外散漫的所在,远远的看起来,也自有他的风致",联想到自己"在野外看过很好的戏",自然地过渡到年少社戏那个自由、温情、淳朴的回忆。两部分内容形成了一个强烈的对比,由一个喧杂吵闹之地,走进了诗情画意的生活画面之中。

【原文】

至于我看那好戏的时候,却实在已经是"远哉遥遥"的了,其时恐怕我还不过十一二岁。我们鲁镇的习惯,本来是凡有出嫁的女儿,倘自己还未当家,夏间便大抵回到母家去消夏。那时我的祖母虽然还康健,但母亲也已分担了些家务,所以夏期便不能多日的归省了,只得在扫墓完毕之后,抽空去住几天,这时我便每年跟了我的母亲住在外祖母的家里。那地方叫平桥村,是一个离海边不远,极偏僻的,临河的小村庄；住户不满三十家，都种田，打鱼，只有一家很小的杂货店。但在我是乐土：因为我在这里不但得到优待，又可以免念"秩秩斯干幽幽南山"①了。

和我一同玩的是许多小朋友，因为有了远客，他们也都从父母那里得了减少工作的许可，伴我来游戏。在小村里，一家的客，几乎也就是公共的。我们年纪都相仿，但论起行辈来，却至少是叔子，有几个还是太公，因为他们合村都同姓，是本家。然而我们是朋友，即使偶而吵闹起来，打了太公，一村的老老小小，也决没有一个会想出"犯上"这两个字来，而他们也百分之九十九不识字。

我们每天的事情大概是掘蚯蚓，掘来穿在铜丝做的小钩上，伏在河沿上去钓虾。虾是水世界里的呆子，决不惮用了自己的两个钳捧着钩尖送到嘴里去的，所以不半天便可以钓到一大碗。这虾照例是归我吃的。其次便是一同去放牛，但或者因为高等动物了的缘故罢，黄牛水牛都欺生，敢于欺侮我，因此我也总不敢走近身，只好远远地跟着，站着。这时候，小朋友们便不再原谅我会读"秩秩斯干"，却全都嘲笑起来了。

【注释】①"秩秩斯干幽幽南山"：语见《诗经·小雅·斯干》。据汉代郑玄注："秩秩，流行也；干，涧也；幽幽，深远也。"

【解读】

这部分记叙了"我"在家乡生活的快乐经历。鲁镇归省的习俗，成为"我"可以回到平桥村生活的缘由。"极偏僻的"、"小村庄"、"住户不满三十家"、"很小的杂货店"说明这个小山村偏远落后，这与下文"但在我是乐土"构成了一种表面的矛盾。接下来的解释，用孩子的视角，表达了快乐的理由：既可以得到优待，又可调剂读书之乏味。这里的一切让人自由而舒适，体现在：小朋友可以减少工作来陪伴我游戏；这里的人基本上都不识字，民风淳朴，不担心"犯上"，没有封建礼教的束缚；钓到的虾归"我"吃；每天都能享受伙伴们玩耍的快乐。

这里是"我"的乐土,为下文盼望看社戏做铺垫,表达了我对乡村生活深深的怀念之情。

同时,"偏僻"就更能体现这里到处弥漫着淳朴的民风,不同于城市的喧杂与冷漠,在这个小村庄里,没有阶级、等级之分,人人都是普通平等的劳动者。这里没有剥削,没有压迫,"合村都同姓,是本家",岂不是鲁迅内心中美好理想的体现? 为了寄寓自己的美好理想,他在文章中给我们描绘了一幅和谐轻松的理想图景。

【原文】

至于我在那里所第一盼望的,却在到赵庄去看戏。赵庄是离平桥村五里的较大的村庄;平桥村太小,自己演不起戏,每年总付给赵庄多少钱,算作合做的。当时我并不想到他们为什么年年要演戏。现在想,那或者是春赛,是社戏①了。

就在我十一二岁时候的这一年,这日期也看看等到了。不料这一年真可惜,在早上就叫不到船。平桥村只有一只早出晚归的航船是大船,决没有留用的道理。其余的都是小船,不合用;央人到邻村去问,也没有,早都给别人定下了。外祖母很气恼,怪家里的人不早定,絮叨起来。母亲便宽慰伊,说我们鲁镇的戏比小村里的好得多,一年看几回,今天就算了。只有我急得要哭,母亲却竭力的嘱咐我,说万不能装模装样,怕又招外祖母生气,又不准和别人一同去,说是怕外祖母要担心。

总之,是完了。到下午,我的朋友都去了,戏已经开场了,我似乎听到锣鼓的声音,而且知道他们在戏台下买豆浆喝。

这一天我不钓虾,东西也少吃。母亲很为难,没有法子想。到晚饭时候,外祖母也终于觉察了,并且说我应当不高兴,他们太怠慢,是待客的礼数里从来没有的。吃饭之后,看过戏的少年们也都聚拢来了,高高兴兴的来讲戏。只有我不开口;他们都叹息而且表同情。忽然间,一个最聪明的双喜大悟似的提议了,他说,"大船? 八叔的航船不是回来了么?"十几个别的少年也大悟,立刻撺掇起来,说可以坐了这航船和我一同去。我高兴了。然而外祖母又怕都是孩子,不可靠;母亲又说是若叫大人一同去,他们白天全有工作,要他熬夜,是不合情理的。在这迟疑之中,双喜可又看出底细来了,便又大声的说道,"我写包票!船又大;迅哥儿向来不乱跑;我们又都是识水性的!"

诚然!这十多个少年,委实没有一个不会凫水的,而且两三个还是弄潮的好手。

外祖母和母亲也相信,便不再驳回,都微笑了。我们立刻一哄的出了门。

我的很重的心忽而轻松了,身体也似乎舒展到说不出的大。一出门,便望见月下的平桥内泊着一只白篷的航船,大家跳下船,双喜拔前篙,阿发拔后篙,年幼的都陪我坐在舱中,较大的聚在船尾。母亲送出来吩咐"要小心"的时候,我们已经点开船,在桥石上一磕,退后几尺,即又上前出了桥。于是架起两支橹,一支两人,一里一换,有说笑的,有嚷的,夹着潺潺的船头激水的声音,在左右都是碧绿的豆麦田地的河流中,飞一般径向赵庄前进了。

两岸的豆麦和河底的水草所发散出来的清香,夹杂在水气中扑面的吹来;月色便朦胧在这水气里。淡黑的起伏的连山,仿佛是踊跃的铁的兽脊似的,都远远地向船尾跑去了,但我却还以为船慢。他们换了四回手,渐望见依稀的赵庄,而且似乎听到歌吹了,还有几点火,料想便是戏台,但或者也许是渔火。

那声音大概是横笛,宛转,悠扬,使我的心也沉静,然而又自失起来,觉得要和他弥散在含着豆麦蕴藻之香的夜气里。

那火接近了,果然是渔火;我才记得先前望见的也不是赵庄。那是正对船头的一丛松柏林,我去年也曾经去游玩过,还看见破的石马倒在地下,一个石羊蹲在草里呢。过了那林,船便弯进了叉港,于是赵庄便真在眼前了。

最惹眼的是屹立在庄外临河的空地上的一座戏台,模胡在远处的月夜中,和空间几乎分不出界限,我疑心画上见过的仙境,就在这里出现了。这时船走得更快,不多时,在台上显出人物来,红红绿绿的动,近台的河里一望乌黑的是看戏的人家的船篷。

"近台没有什么空了,我们远远的看罢。"阿发说。

这时船慢了,不久就到,果然近不得台旁,大家只能下了篙,比那正对戏台的神棚还要远。其实我们这白篷的航船,本也不愿意和乌篷的船在一处,而况并没有空地呢……

在停船的匆忙中,看见台上有一个黑的长胡子的背上插着四张旗,捏着长枪,和一群赤膊的人正打仗。双喜说,那就是有名的铁头老生,能连翻八十四个筋斗,他日里亲自数过的。

我们便都挤在船头上看打仗,但那铁头老生却又并不翻筋斗,只有几个赤膊的人翻,翻了一阵,都进去了,接着走出一个小旦来,咿咿呀呀的唱。双喜说,"晚上看客少,铁头老生也懈了,谁肯显本领给白地看呢?"我相信这话对,因为其时台下已经不很有人,乡下人为了明天的工作,熬不得夜,早都睡觉去了,疏疏朗朗的站着的不过是几十个本村和邻村的闲汉。乌篷船里的那些土财主的家眷固然在,然而他们也不在乎看戏,多半是专到戏台下来吃糕饼水果和瓜子的。所以简直可以算白地。

然而我的意思却也并不在乎看翻筋斗。我最愿意看的是一个人蒙了白布,两手在头上捧着一支棒似的蛇头的蛇精,其次是套了黄布衣跳老虎。但是等了许多时都不见,小旦虽然进去了,立刻又出来了一个很老的小生。我有些疲倦了,托桂生买豆浆去。他去了一刻,回来说,"没有。卖豆浆的聋子也回去了。日里倒有,我还喝了两碗呢。现在去舀一瓢水来给你喝罢。"

我不喝水,支撑着仍然看,也说不出见了些什么,只觉得戏子的脸都渐渐的有些稀奇了,那五官渐不明显,似乎融成一片的再没有什么高低。年纪小的几个多打呵欠了，大的也各管自己谈话。忽而一个红衫的小丑被绑在台柱子上，给一个花白胡子的用马鞭打起来了，大家才又振作精神的笑着看。在这一夜里，我以为这实在要算是最好的一折。

然而老旦终于出台了。老旦本来是我所最怕的东西，尤其是怕他坐下了唱。这时候，看见大家也都很扫兴，才知道他们的意见是和我一致的。那老旦当初还只是踱来踱去的唱，后来竟在中间的一把交椅上坐下了。我很担心；双喜他们却就破口喃喃的骂。我忍耐的等着，许多工夫，只见那老旦将手一抬，我以为就要站起来了，不料他却又慢慢的放下在原地方，仍旧唱。全船里几个人不住的吁气，其余的也打起哈欠来。双喜终于熬不住了，说道，怕他会唱到天明还不完，还是我们走的好罢。大家立刻都赞成，和开船时候一样踊跃，三四人径奔船尾，拔了篙，点退几丈，回转船头，架起橹，骂着老旦，又向那松柏林前进了。

月还没有落，仿佛看戏也并不很久似的，而一离赵庄，月光又显得格外的皎洁。回望戏台在灯火光中，却又如初来未到时候一般，又漂渺得像一座仙山楼阁，满被红霞罩着了。吹到耳边来的又是横笛，很悠扬；我疑心老旦已经进去了，但也不好意思说再回去看。

不多久，松柏林早在船后了，船行也并不慢，但周围的黑暗只是浓，可知已经到了深夜。他们一面议论着戏子，或骂，或笑，一面加紧的摇船。这一次船头的激水声更其响亮了，那航船，就像一条大白鱼背着一群孩子在浪花里蹿，连夜渔的几个老渔父，也停了艇子看着喝采起来。

离平桥村还有一里模样，船行却慢了，摇船的都说很疲乏，因为太用力，而且许久没有东西吃。这回想出来的是桂生，说是罗汉豆②正旺相，柴火又现成，我们可以偷一点来煮吃。大家都赞成，立刻近岸停了船；岸上的田里，乌油油的便都是结实的罗汉豆。

"阿阿,阿发,这边是你家的,这边是老六一家的,我们偷那一边的呢?"双喜先跳下去了,在岸上说。

我们也都跳上岸。阿发一面跳,一面说道,"且慢,让我来看一看罢,"他于是往来的摸了一回,直起身来说道,"偷我们的罢,我们的大得多呢。"一声答应,大家便散开在阿发家的豆田里,各摘了一大捧,抛入船舱中。双喜以为再多偷,倘给阿发的娘知道是要哭骂的,于是各人便到六一公公的田里又各偷了一大捧。

我们中间几个年长的仍然慢慢的摇着船,几个到后舱去生火,年幼的和我都剥豆。不久豆熟了,便任凭航船浮在水面上,都围起来用手撮着吃。吃完豆,又开船,一面洗器具,豆荚豆壳全抛在河水里,什么痕迹也没有了。双喜所虑的是用了八公公船上的盐和柴,这老头子很细心,一定要知道,会骂的。然而大家议论之后,归结是不怕。他如果骂,我们便要他归还去年在岸边拾去的一枝枯柏树,而且当面叫他"八癞子"。

"都回来了! 那里会错。我原说过写包票的!"双喜在船头上忽而大声的说。

我向船头一望,前面已经是平桥。桥脚上站着一个人,却是我的母亲,双喜便是对伊说着话。我走出前舱去,船也就进了平桥了,停了船,我们纷纷都上岸。母亲颇有些生气,说是过了三更了,怎么回来得这样迟,但也就高兴了,笑着邀大家去吃炒米。

大家都说已经吃了点心,又渴睡,不如及早睡的好,各自回去了。

【注释】①社戏:"社"原指土地神或土地庙。在绍兴,社是一种区域名称,社戏就是社中每年所演的"年规戏"。②罗汉豆:即蚕豆。

【解读】

这部分是社戏的主要情节。可以从以下几个部分来解读:

第一部分(至于我在那里所第一盼望的……我们立刻一哄的出了门):写"我"盼望看戏的过程。一波三折,峰回路转,体现了小说情节的曲折起伏。通过"第一盼望",说明了社戏在我心中的地位,为下文看戏不能及时实现而着急、哭闹埋下了伏笔。眼看愿望实现,等到的是"在早上就叫不到船",母亲"又不准我和别人一同去",希望落空。看过戏的少年们说航船回来了,事情出现了转机,我为之兴奋,而外祖母和母亲的担心,又让事情停滞。眼看希望落空,由于小朋友的聪明能干,取得了外祖母和母亲的信任,终于达成心愿。特别是出发时的"一哄",突出了愿望实现后的轻松及兴奋之情。这段精彩的叙述,细致地刻画了"我""盼望——沮丧——希望——失望——轻松"的心理变化过程,跌宕起伏,扣人心弦。

　　第二部分(我的很重的心忽而轻松了……于是赵庄便真在眼前了):写"我"看社戏途中的见闻感受。这部分运用细致的描写,将轻松自如之感和如画的水乡美景描绘得生动形象。"点"、"磕"、"架"、"换"等一系动词的恰当运用,写出了小朋友娴熟的驾船技术,也写出了愿望实现后的快乐心情。"我却还以为船慢","似乎听到","料想"等体现了急切盼望到达赵庄的心情。"横笛宛转、悠扬的声音"使"我"沉静,继而又自失,"觉得要和他弥散在含着豆麦蕴藻之香的夜气里",以平静反衬此前的迫切心情,用环境的描写渲染气氛、表达情绪。

　　这部分文字,运用了多种表现手法,情景交融,从儿童的视角,呈现了一个童趣的世界。从看戏愿望实现,到赵庄呈现眼前,心灵的自由、安适、恬淡,完全沉浸在山水景色之中,一山一水,一草一木,给人一种温馨的画面感。读到此处,我们很难把画面和开头的不安、焦躁联系起来。这也是为什么"我"回忆和怀念这段经历的原因。

　　第三部分(最惹眼的是屹立在庄外临河的空地上的一坐戏台……又向那松柏林前进了):写观看社戏。伴随着沉静与柔和的心境,看戏也有了完全不同的感受。这部分看戏与前两次看戏形成了一个强烈的对比。

停船后,距离虽远,模模糊糊的视觉效果,让我感觉是"画上见过的仙境"。戏演得是什么已经不重要了,倒是周围的一切在"我"眼中看来都是新鲜的:乌黑的船篷,戏台下的人,现卖的豆浆……

就社戏本身的内容来看,其实也并不精彩:等待能连翻"八十四个筋斗"的铁头老生来,但他"却又并不翻筋斗";最愿意看的白布人两手捧着蛇精和套了黄布衣跳老虎,"等了许多时都不见";不感兴趣的走出来小旦"咿咿呀呀的唱",出来了的小生却"很老",最怕的老旦"偏偏在中间的一把交椅上坐下"唱个不停;当晚"我"觉得算得最好的一折就是"一个红衫的小丑被绑在台柱子上"被鞭打了……社戏的内容在作者笔下原汁原味地一一道来。从内容上,也并无特别之处,可在当时的心境下,同小朋友自由自在地感受着热闹的气氛和场景,这都是以一个孩子的视角来观察到的,非常鲜明地反映着属于孩子特有的喜好。在孩子们中间,他们的兴趣所在是相同的,都是为看热闹而看戏,沉闷的表演,却也"忍耐的等着",等不及了,就吁气、打呵欠,以至于溜走,一切都自然、随意。

在这个部分,儿时看的社戏与成年后所看的京剧形成了鲜明的对比。京城是在戏园子里看,戏台下满是许多头,无立锥之地,角落里的长凳如同私刑拷打的刑具般可怕,因不知台上的名角是何人而深感浅陋,努力挤出大门后才能呼吸到空气,从此,经过戏园也漠不相关;童年时的社戏,是乘船到台下看,戏台下疏疏朗朗站着几十个闲汉,即使远观也是一种境界,不必担心没位置,表演尽管扫兴,却也享受其中……社戏本身并不精彩,"看社戏"的过程却写得很精彩,营造出一种农村区别于城里的特有的温情。这也是为什么鲁镇的戏比小村里好得多,"我"却急切盼望着去赵庄看戏的原因。

第四部分(月还没有落……各自回去了):写看社戏后深夜归航。这部分重点记叙偷罗汉豆的兴奋,刻画了鲜明的人物形象。"偷豆"的情节,是作品最能体现童年情趣的一处,孩子们内心的顽皮、纯真、质朴的天性表现得十分可爱。在"偷"谁家的罗汉豆时,阿发在六一公公与自家田里"往来摸了一回",说"偷我们家的罢,我们的大得多呢",其实本意就是拿出家中最大最好的东西待客,体现了淳朴的性格。而双喜劝止大家"再多偷,倘给阿发的娘知道是要哭骂的","所虑的是用了八公公船上的盐和柴,这老头子很细心,一定要知道,会骂的",这些都体现了他聪明、细心、为他人着想的性格。偷罗汉豆的过程对于"我"来说,是真正属于孩子的世界,是天性自由自在的经历,是与那群天真活泼、机灵能干、热情好客、淳朴善良的农家少年朋友纯真的生活难忘的画面。因此,才会发出结尾所说"真的,一直到现在,我实在再没有吃到那夜似的好豆,——也不再看到那夜似的好戏了。"怅然若失的情愫感染着每个读者怀念起自己的童年。

这里不仅有淳朴的乡情,纯真的友情,还有浓浓的母子情。在"我"返回的时候,"桥脚上站着一个人,却是我的母亲",只一笔带过,母亲对儿子的挂念之情却显露无遗。

【原文】

第二天,我向午才起来,并没有听到什么关系八公公盐柴事件的纠葛,下午仍然去钓虾。

"双喜,你们这班小鬼,昨天偷了我的豆了罢?又不肯好好的摘,踏坏了不少。"我抬头看时,是六一公公棹着小船,卖了豆回来了,船肚里还有剩下的一堆豆。

"是的。我们请客。我们当初还不要你的呢。你看,你把我的虾吓跑了!"双喜说。

六一公公看见我,便停了楫,笑道,"请客?——这是应该的。"于是对我说,"迅哥儿,昨天的戏可好么?"

我点一点头,说道,"好。"

"豆可中吃呢?"

我又点一点头,说道,"很好。"

　　不料六一公公竟非常感激起来,将大拇指一翘,得意的说道,"这真是大市镇里出来的读过书的人才识货! 我的豆种是粒粒挑选过的,乡下人不识好歹,还说我的豆比不上别人的呢。我今天也要送些给我们的姑奶奶尝尝去……"他于是打着楫子过去了。

　　待到母亲叫我回去吃晚饭的时候,桌上便有一大碗煮熟了的罗汉豆,就是六一公公送给母亲和我吃的。听说他还对母亲极口夸奖我,说"小小年纪便有见识,将来一定要中状元。姑奶奶,你的福气是可以写包票的了。"但我吃了豆,却并没有昨夜的豆那么好。

　　真的,一直到现在,我实在再没有吃到那夜似的好豆,——也不再看到那夜似的好戏了。

一九二二年十月。

【解读】

　　最后一部分,刻画了六一公公这一人物形象。六一公公知道大家"偷"吃了他的罗汉豆,听说摘豆是为了请客,说"这应该的",非但不生气,竟还特地送了些给"我"吃。在这地处偏僻的小村里,人情之质朴、淳厚如同自然的山水一样令人沉醉、感动。在充满了情趣的笑谈中,感受着生活的充盈、人际关系的亲密与和谐,与前述"看客"的无聊、冷漠更形成鲜明的对照。

　　在最后,"我"深情地感慨写道:"真的,一直到现在,我实在再没有吃到那夜似的好豆——也不再看到那夜似的好戏了。""那夜似的好豆"、"那夜的好戏"已经不再是一种具体物像,而是代表了一种轻松而舒展、沉静而柔和,和谐而充满情趣的境界。

　　《社戏》一文收录在《呐喊》中,与其他直指现实的作品的风格看似不太协调,但仔细读过,会引发我们思考:小说中的平桥村,不仅是"我"童年的"乐土",更是鲁迅内心深处的"桃花源",鲁迅很早离开了故乡,他对于理想故乡的具体描绘,也寄寓着美好的社会理想。鲁迅对亮丽、动人的理想故乡的热情讴歌,在这样一幅宁静、温情的画卷背后,不正是对与其相对的黑暗、冷酷现实的审视与呐喊吗?

(贲鎏)

参考文献

①鲁迅:《鲁迅全集》第一卷[M],人民文学出版社,2015。

②钱理群:《读一读〈社戏〉全文》[J],《语文学习》,1994 年第 9 期。

③陈大勇:《一曲自然美的颂歌——鲁迅小说〈社戏〉的文化解读》[J],《名作欣赏》,2001 年第 2 期。

④钱理群:《中学时代怎样与鲁迅相遇?》[N],《中国教育报》,2004 年 6 月 24 日第 6 版。

⑤邓倩倩、胡燕君:《理想中的农村画卷——浅谈鲁迅〈社戏〉中的乡土情结》[J],《安徽文学》,2010 年第 1 期。

⑥陈云燕:《对比中的童年怀旧——解读〈社戏〉》[J],《艺术科技》,2014 年第 10 期。